ことのは文庫

陰陽師と天狗眼

—クシナダ異聞・怨鬼の章—

歌峰由子

MICRO MAGAZINE

目次

陰陽師と天狗眼

—クシナダ異聞・怨鬼の章—

前日譚　花盗人の頼み事

道と道の交わる辻は、異なる世界の接合点、魔のモノが現れる特別な場所とされる。誰そ彼時《たそがれどき》の交差点で、歩行者信号の青が点滅を始めた。市街地を迂回《うかい》して山際を走る国道バイパスに、街から出るための橋が交わる十字路だ。市街地から帰路に就《つ》く車が押し寄せて、なんとか信号をすり抜けようとブレーキランプの赤を明滅させる。空は薄紫色から濃藍へとグラデーションを描き、歩く人影は背景と車のライトの陰影に輪郭《りんかく》を溶かしていた。

歩行者信号が赤になった。

車両用信号が変わる前に何とか国道に折れたい車が、車間距離をギリギリまで詰めて交差点に突っ込んでゆく。

不意にけたたましいブレーキ音が響いた。どんっ、ガシャン。と、衝突音が続く。右折に焦っていた車が、向かいから直進する原付に気付かなかったのだ。正面から撥《は》ね飛ばされた原付が横転して交差点を滑《すべ》る。急ハンドルを切った車は赤信号で停車している国道側の対向車に突っ込んだ。更に後続車の追突が重なる。

死者二名、重傷者三名。軽傷まで合わせれば十名近くの被害を出したその事故は、管轄《かんかつ》した県警にとっても数年に一度の大事故だった。

朧雲《おぼろぐも》が天を覆う薄暮の中、歩行者信号の青が明滅している。

逢魔《おうま》が時の交差点に車の影はひとつもない。田舎街、通勤ラッシュのない日曜とはいえ、幹線道路と市街地の接点を全面通行止めにしたのだ。他の道は相当混雑しているだろう。

「――制限時間、十五分……か」

あまり長い間は止めていられない。

異様な静寂に沈む交差点の真ん中で、腕時計を見ながら青年が呟《つぶや》いた。白くつるりと整った顔立ちの、細身の男だ。

カレンダーは新年度が始まって三日目の日曜日。市内の桜も多くが見頃を迎えたが、日が暮れれば一気に気温は下がる。いかにも事務所の作業着然とした真っ赤なジャンパーの肩をひとつ震わせ、青年は信号を見上げた。

歩行者信号は、まだ青を点滅させている。

一段と冷たい風がひゅるりと舞って、青年の濡れ羽色の髪を煽《あお》った。後頭部でひとつに括《くく》られた、丁寧に梳《くしけず》られた長い髪が翻《ひるがえ》る。

――あんなことが起きなければ。

風の音に悲痛な嘆きが混じる。

――巻き戻せればよいのに。

道路端には、いくつもの献花が重なっている。

――止まれ、止まれ、止まれ――!!

「もう、遅いんです」

目を伏せ、風の悲鳴に耳を傾けていた青年が静かに言った。歩行者信号はヒステリックに青を点滅させたままだ。青年は、悲鳴を上げている「本体」を探して注意深く周囲を見回す。

「時間は戻らない。起きてしまったことは消えない。亡くなった人は、戻って来ません」

静かに、静かに、凪《な》いだ声音で青年は諭《さと》す。男性としては少し高めの、澄んで涼やかな声音はどこか、嘆きの主を慰《なぐさ》めあやす色を持って響いた。

——嫌だ！

——こんな、こんなことは……！

献花を吹き散らしてつむじ風が起こる。傍《かたわ》らの桜から花芽《かが》を引き千切り、身を捩《よじ》って駄々《だだ》をこねるように交差点を吹き荒れる。その中心に、青年は騒動を引き起こしている「核」をみつけた。

（小さい……人形、ぬいぐるみのキーホルダーかな。原付に乗ってた女性のものか……）

右折車に撥ねられて死亡したのは若い女性だった。彼女が大切にしていたキーホルダーに、その事故に居合わせた人々と、事故で大切な相手を亡くした人々の無念が凝《こご》ったのだろう。派手に散らばった原付の荷物を、全て回収できなかったのが直接の原因か。

（場所が場所だし。四つ辻で、しかも橋のたもとで、逢魔が時って条件揃い過ぎでしょう）

内心、呆れ半分の溜息を吐《つ》く。

中国山地のなだらかな山々に囲まれ、水源豊かな盆地に発展したこの街は歴史が古く、山霊の気配が濃い土地柄だ。しかしそれゆえ管理もされているし、人の出入りや変化も緩《ゆる》やかで空気が荒れることも少ない。これだけ条件が揃わなければ、いかに片田舎では珍しい大事故といっても、化けて出るものはなかっただろう。

あの事故からしばらくして、歩行者信号が頻繁《ひんぱん》に故障するようになった。いつまで経っても青を点滅させたまま、赤に変わらないのだ。交換してもすぐに同じ現象を起こすし、ならばいっそ電源を切って手旗で対応しても勝手に電源が入って明滅する。

その現象が起こるのは夕方のほんのひと時だけ、元々あまり歩行者利用のない交差点ではあるが、流石《さすが》にいつまでも放置はしておけない。

そんな依頼が警察署から届き、解決のため青年が出動したわけである。

「そうやって、大勢の無念ばかりを背負い込んでいては苦しいだろう。楽になりなさい、その無念は、お前のものではないよ」

言って右手の二指を立てて刀印を結び、四縦五横《しじゅうごおう》の九字を切る。

「臨兵闘者皆陣烈在前《りんぴょうとうしゃかいじんれつざいぜん》！　清《きよ》く陽なるものは仮初《かりそ》めにも穢《けが》るることなし。祓《はら》い給《たま》い、清め給え。神火清明《しんかしんめい》、神水清明《しんすいしんめい》、神風清明《しんぷうしんめい》、急々如律令《きゅうきゅうにょりつりょう》！」

ぱんっ！　と高らかに柏手《かしわで》を鳴らす。乾いた音に吹き散らされて、とぐろを巻いていたつむじ風が解《ほど》けた。中からぱさりと、小さく草臥《くたび》れたぬいぐるみのキーホルダーがアスファルトに落ちる。ふう、と安堵《あんど》の息を吐いた青年がぬいぐるみを拾い上げた。

「ご家族の所へ届けてあげるから、今度はちゃんと持ち主のところで眠るといい」

言って、ぬいぐるみを懐《ふところ》に納める。再び腕時計を確認して頷《うなず》いた。

「よし。十二分で完了！　ッ……へっくしょん!!　あーさむさむ。やっぱもう一枚着て出るんだった……」

体を縮めて両腕をさする青年の胸ポケットで、顔写真付きの名札が揺れる。

巴《とも》市《え》役所　総務部危機管理課　特殊自然災害係主事　宮澤《みやざわ》美郷《みさと》

温和に整った容貌に長い黒髪の彼は、広島県北の田舎街「巴市」に勤める公務員だ。

「うう、この尾関山《おぜきやま》公園だっけ……。でも時間外手当が付くし、来月はちょっと楽かなあ」

ちなみに、貧乏である。

情けなく洟《はな》を啜《すす》りながら来た道を引き返していると、それを出迎える二つの影が薄暮の中に見えた。人影は成人男性のもので、一人は同業者でもある大家、もう一人は職場の同僚だ。二人とも美郷と同年代で、同僚の方は三日前に同じ部署の仲間になったばかりだが、高校時代の旧友だった。おおい、と手を振られて、美郷も軽く手を振り返す。

「怜路《りょうじ》、広瀬《ひろせ》、終わったよー！」

言って美郷は、彼らの方へと小走りに駆け出した。

これは彼ら三人が、かつてなく凶悪なモノと対峙《たいじ》するよりも半年前——美郷が大学時代に淡い想いを寄せた同期の女性と、そして彼の大家である狩野《かりの》怜路が亡くした姉と再会するよりも、少し前の出来事。その春、初めて三人一緒に仕事をこなした時のエピソードである。

＊　＊　＊

広瀬孝之《たかゆき》、二十三歳。彼は巴市という、広島県北部の田舎街で働く公務員である。

広瀬はまだ新卒二年目にもかかわらず、平均三年で異動が普通の市役所一般事務職において、異例の人事異動を言い渡された。彼の一年目の配属先は管財課住宅営繕《えいぜん》係——市営住宅の管理をする係だったのだが、お次は管財とは全く関係ない部署だ。

その部署名は、総務部危機管理課　特殊自然災害係。

危機管理課といえば防犯や交通安全、防災対策の担当課である。巴市の危機管理課は一課二係、防犯防災係と特殊自然災害係の二つで、そのうち、広瀬が配属された特殊自然災害係は全国でも珍しい部署だ。

「ウッソだろ……」

その異動を知った時、広瀬は呆然と呟いた。

特殊自然災害係、そこはいわゆる『オカルト対策係』なのである。


「やあ広瀬君、ようこそ特自《とくじ》災害へ。よう来んさいましたな！」

人事異動発表があった翌日、前任者からの引き継ぎのため、新年度からの職場へ顔を出した広瀬を新しい上司がにこやかに迎えた。特殊自然災害係長・芳田利美《よしだとしみ》、五十路の小柄な男性職員である。生粋《きっすい》の地元民らしいお国訛《なま》りながら、理知的な喋り方をする人物だ。

ちなみに、芳田は広瀬とは違い「専門技術職員」で、基本的に特自災害から異動することはない。この部署数十年のたたき上げである。そして伯耆大山《ほうきだいせん》で修行を積んだ、強い験力《げんりき》を持つ修験者《しゅげんしゃ》だ。……と、紹介されても、修験者の何たるかもよく知らず、霊的なパワーの類《たぐい》も感じ取れない広瀬では、その凄さが分からない。しかしその温厚な人柄と部下からの信頼の厚さは聞き及んでいた。

　場所は本館と新館の二棟に分かれた巴市役所の、築七十年を迎えようかという本館の方。市議会議場の横に申し訳程度に貼りついた、古びて小狭い事務室の中である。三階建ての最上階で、議場があるため特自災害以外の部署は入っていない。ゆえに人通りも少なく、南側に五階建ての新館がそびえている関係で年中日当たりの悪い、まさしく「片隅にひっそりと」存在する部署だ。

「じゃけ言《ゆ》うたろうが、あんまりウチにしんびょうに通《かよ》よーるけぇで」

　そう豪快に笑ったのは四十代半ばの先輩職員、大久保《おおくぼ》だ。彼は巴市内にある神社の宮司で、厄除《やくよ》けや結界の呪具を作るのが上手いらしい。

　ちなみに「しんびょう」とは広島弁で「頻繁に」という意味である。――そう、広瀬はここ半年くらい、ほぼ毎日この部署に通っていたのだ。理由は友人がいるからと、良く言えばとても静かな場所なので、ゆっくり昼を食べるのには丁度良いからだ。

　そんなわけで、実は部署の面々とは、とっくに顔見知りである。

「ほんと、言わんこっちゃない。絶対三年以内には異動して来る、ってみんなで言ってたけど、まさか二年目で異動になるなんて……」

最後に呆れ笑い気味に声を掛けてきたのが広瀬の友人、宮澤美郷だ。

女性名のようだが男である。男なのだが、とても髪が長い。

背丈は百七十前半で広瀬と変わらないが、細身の骨格に白い肌、端整で中性的な美貌の持ち主で、背の半ばまで伸ばした黒髪をきっちりと後ろでひとつに括っている。いつもにこにことアルカイックスマイルを張り付け柔らかい口調で喋る人物で、良く言えば柔和でとっつきやすい、悪く言えば頼りなさそうな雰囲気の青年だった。

「――その話なんだけどな宮澤。お前、総務部の忘年会で副市長に、俺と高校のクラスメートだって言ったたって話、アレじゃないのか……？」

若干の恨みを込めて、広瀬は宮澤美郷を見返した。「エッ、あれっ、マジで？」と宮澤が慌てる。周囲には、ああ、と納得した空気が流れた。総務部の旅行や飲み会には市長副市長も出席する。ウッカリ席決めのくじ引きで副市長の隣を引き当てた宮澤から、話のネタにした報告は貰《もら》っていた。

「えっと……なんていうか。ゴメン？」

小首を傾げて、てへっ、とばかりに宮澤が笑う。いかにもへにゃりと頼りない、つけ入り易《やす》そうな風情の男だが、彼もまた専門技術職員――広瀬とは別世界に生きる特殊技能の持ち主だ。

彼はいわゆる「陰陽師《おんみょうじ》」。

高校当時広瀬が「人畜無害の代名詞」くらいに思っていたクラスメートは、映画か漫画の中の存在だと思っていたゴーストバスターだった。

新年度明けて始めの日曜日、午後八時頃。広瀬は宮澤、先輩専門職員である辻本《つじもと》、そして宮澤の大家で——なんでも、広瀬同様に今年度から特殊自然災害係の仕事を手伝うことになったという、見た目は完全にチンピラな拝み屋・狩野怜路と共に尾関山公園を訪れていた。尾関山公園の前にもう一件、信号の調子がすぐに狂うという交差点に、宮澤が対処するのを待っての到着である。

尾関山公園は、巴市巴町にある桜の名所だ。名の通り小さな山がまるひとつ公園として整備され、春は桜、秋は紅葉の名所として夜間ライトアップなども行われる。毎年四月第一日曜日——つまり今日は「巴さくら祭り」が行われ、昼間は花曇りながら、イベントを楽しむ人々で賑《にぎ》わった。祭りの終了から四時間ほど経った現在は既にほとんどの片付けが終わり、綺麗に畳まれた資材を残して辺りに人影はない。

世間は花見花見と浮かれていても、中国山地の山間《やまあい》にある巴市は標高が高く、春も遅い。今年は花冷えをもたらす寒波が三月末から巴を訪れており、夜ともなれば、厚着でもじっと立っていれば冷える。そんな夜桜を楽しむ酔狂者も見えない風の強い夜に、四人は尾関山頂上の広場を歩いていた。広瀬らの他に人影は残っていないが、桜の根元に設置された投光器は桜の花々を下から照らし、夜空の下にほの朱《あか》く見頃の桜を浮かび上がらせていた。

「さすがにもう誰もいねーなァ。こんなんじゃライトアップも税金の無駄じゃねーの」

立派なファーのついたモッズコートを着込み、人気のない公園にはしゃいだ声を響かせたのは狩野だった。いかにもチンピラが好みそうな派手な服装と、夜でも外さない、色の薄く入ったサングラスが彼のトレードマークである。

「まあまあ、そう言うてもね。明日は昼から晴れて暖《ぬ》くくなるらしいし。昨日は前夜祭で賑やかだったらしいよ？」

地元民らしい柔らかな口調の広島弁で宥《なだ》めるように言ったのは、市役所支給の作業着上下にジャンパーを重ね着した三十代半ばの男性職員、辻本だ。ハーフリムの眼鏡のブリッジを上げ、辻本は桜の枝を見上げる。

「結構背の高い樹が多いですね」

辻本の視線を追って、暖色のライトに照り映える枝を見上げ、宮澤が言った。

宮澤もまた市職員作業服の上に厚手のジャンパーを羽織り、鼠《ねずみ》色の作業ズボンの下には単色のスニーカーが覗いている。夜桜の似合う妖艶な美貌の陰陽師、宮澤美郷――ただしその出で立ちは辻本や広瀬と変わりなく、「耽美《たんび》」とはほど遠い。そのちぐはぐさを、当人が全く意に介していない辺りが、傍で見ていて面白い男だ。

七分咲きの桜が淡く染める夜空を見上げた宮澤の言葉に、広瀬は前部署で小耳に挟んだ知識を披露する。

「ここも公園としちゃあ百年以上歴史があるらしくて、桜も結構な樹齢って聞いたことあるな。結構密に植えられてるから、枝葉が上の方に偏っちまってるらしい」

広瀬の言葉に、辻本が「そうなんよ」と苦笑気味に頷く。山頂の広場にはいくつも桜が植えられているが、老齢となった染井吉野《そめいよしの》の樹勢が落ちたことや、過密植樹によって日照不足となった樹が上へ上へと枝葉を伸ばしたことで、下からでは桜が見えづらくなってしまっているらしい。

ところで、彼ら特殊自然災害《もののけトラブル》係の「専門員」が、この夜尾関山公園を歩いているのは、当然桜見物のためではない。

「ま、人間の花見の都合なんざ桜の知ったこっちゃねーわな。けど、あんな高ぇ枝の上に犯人が出たんじゃ、捕まえるのも一苦労だぜ」

やれやれ、と両手を腰に当てたのは狩野である。狩野は元々、巴市内で活動している個人営業の「拝み屋」——つまり霊能師とか呪術者と呼ばれる職能者で、下宿人である宮澤が勤める巴市とは、これまでも協力して事件を解決したことがあるらしい。普段は市役所近くの鉄板居酒屋でアルバイトをしており、広瀬も宮澤と共に何度か彼の前で飲んだことがある。

「盗まれる枝の大きさ、かなりありましたよね」

宮澤の言葉に、辻本が頷いた。

今回の任務は尾関山公園の桜を見回り「花盗人」を見つけだして捕らえることだ。

この春、県内や隣県の市町村から、桜の咲いた枝を盗まれたという報告が相次いでいる。

盗まれるのは各地の有名な古木・大木で、身の丈に近い大きな枝が、鋭利な刃物で断ち切られたように忽然《こつぜん》と姿を消すそうだ。鋸《のこぎり》を使ったように木屑が落ちていることもなく、どれだけ高い位置の枝を盗まれた場合でも、足場を組んだ形跡もない。空から桜の樹に舞い降りた何かが、人外の力を使って削ぎ取り盗んでいるとしか思えない事件だという。

そしてとうとう、この尾関山でも一件被害が起きてしまい、特殊自然災害係——通称・特自災害が出動したのだ。被害の発覚は昨日、さくら祭りの準備をしていた時だったらしい。人間や野生動物ではなくもののけが理由では、危険だからと祭りの開催中止や延期を具申《ぐしん》することもできなかったと辻本が苦笑いしていた。

ちなみに本来、宮澤・辻本・狩野の三人が来る予定だったところに、昼間のさくら祭りにボランティアとして動員されていた広瀬は、見学のつもりで同行している。来るのならば折角だからと、現場の状況を撮影するための、備品のデジタルカメラを持たされていた。なお、明日は年次有給休暇を取得しているし、住まいは市役所本庁から自転車で十分もかからない場所にアパートを借りているので、今夜多少遅くなっても困らない。

「地面を引こ摺《ず》って帰れる大きさの枝じゃないけぇ、多分羽根のあるのが来るんじゃろうと思うけど。宮澤君、空中戦ができる式を用意してくれとるよね」

「はい。燕《つばめ》型を何羽か」

宮澤は長く伸ばした髪を決まった形に結ぶことで、様々な形や機能を持つ式神を作ることができるそうだ。その術のために、市民から叱られかねない髪型を特別に許されているという。広瀬も再会当初こそ、その髪型に驚いた。しかし今ではすっかり見慣れてしまい、誰かが彼の髪型に驚くのを見て、逆に驚いてしまうこともままあった。ちなみに広瀬は、その式神とやらを実際に拝んだことは未だない。

「一昨日の晩に盗まれたらしい山桜が――ああ、あの樹じゃろうね。広瀬君、写真撮れそうかね？」

言われて、広瀬は備品のデジタルカメラを夜景モードにして構えた。辻本の指差す方向へレンズと視線を向けると、天を覆う薄紅の霞《かすみ》のような山桜の樹影の中に、確かにぽっかりと枝影が途切れて夜空の見える場所がある。光学ズームしながら切り落とされた枝の付け根を探し、被害が分かるよう撮影する。手ブレ防止のマークが消えるのを待って、撮影した画像を確認した。

「こんな感じでどうスかね？」

言って広瀬が差し出したデジタルカメラの画面を、辻本が覗き込む。「うん、エエんじゃないかね」と頷き、辻本はにこりと微笑《ほほえ》んだ。

「あとは、どの樹か分かるように全体と、幹に掛けてある看板を撮って……それが済んだら広瀬君は上がって貰《もろ》うてエエけえ。報告書の書式とかをまた週明けに教えましょう」

思わず「えっ⁉」と広瀬は声を上げる。まだ、せっかく尾関山に登ったばかりだ。宮澤らの対妖怪バトル（？）を見学する気満々だったのに、ここで帰されるとは拍子抜けである。ありありと失意の響きを含んだ広瀬の声に辻本は苦笑いし、狩野がガリリと己の後頭部を掻いた。宮澤はいつも通りの、ほんのり困った気色のアルカイックスマイルだ。

「正直、相手がどれだけ大物か僕らにもまだ分からんけえね。広瀬君にもしもの事があったらいけんけえ、安全第一じゃ思うてください」

　年齢にして一回りよりも年上の辻本にそう言われては、引き下がるより他にない。渋々と頷いた広瀬は、残りの写真を撮るため再びカメラを構える。ごめんね、と言い添えた辻本は、「まあでも、」とにこやかに続けた。

「今晩無理をせんでも、まだまだこれから一年間たっぷり時間はあるよ。そのうち飽きるほど色々見れると思うけえ、楽しみにしとってください」

　いっそ晴れやかな辻本の言葉に、傍らの二人が若干顔色悪く目配せし合っている。

(つまり、クソ忙しいってことかな……？)

　それはそれで構わない。学生時代はずっと体育系クラブ所属で、体力には自信のある方だ。広瀬はそう、辻本に頷いて見せた。


　名残惜しそうにしながらも、広瀬がその場を去った後。美郷ら残った「専門職」たちは周囲を見回し、次に狙われそうな桜を探し始めた。せっかく時間を取ってくれた広瀬には申し訳ないが、もしも現れた花盗人に身中の白蛇がはしゃいだら——と内心懸念《けねん》していた美郷は、そっと安堵の息を吐く。

公園に植えられている桜の多くは染井吉野で、他に山桜や枝垂《しだ》れ桜、八重桜なども植えられている。どの樹も立派な大木で、公園の歴史を偲《しの》ばせるものだ。

「コン中でいっちばん立派な樹つったらアレかい、辻本サン」

怜路がそう言って指差したのは、広場の端に設えられた野外ステージに枝を伸ばす、染井吉野の大木だった。花はまだ六、七分咲きで、今から見頃を迎えるところである。

「そうじゃね。一昨日盗まれた山桜とそれが、ここの中じゃ一番大きいじゃろう」

辻本が頷いた。怜路が特自災害係と業務提携を始めてから、契約上はほんの三日ばかりだ。しかし昨冬に偶然共同戦線を張って以降、怜路はしょっちゅう係の事務室に顔を出しているため、すっかり辻本とも打ち解けている。

「俺、ステージの屋根で隠行《おんぎょう》しとくわ」

言って、怜路がコンクリート製の野外ステージ壁面を、器用によじ登る。さすがに全員が上がっては他の場所に桜泥棒が現れた時に困るうえ、彼以外誰もそんな壁登りはできない。よって美郷と辻本は舞台の下で辺りの様子を窺《うかが》うことにする。

（それにしても、一体何が目的で――）

昼間の雲が去り、星が見え始めた夜空を見上げながら、美郷は思案を巡らせた。日本人が古来より愛して止まない桜は「常世《とこよ》とうつし世を繋ぐ」樹であり、その花に強い霊力を宿す。

桜はその咲く時季が農耕歳時のしるべとして用いられ、人々に特別視されてきた。古くは、桜の花は常世の霊力――荒御魂《あらみたま》の力を吸って咲くゆえに、散るに伴いその荒ぶる力が疫鬼《えきき》となって蔓延《まんえん》するとされ、神祇官《じんぎかん》が「鎮花祭《はなしずめのまつり》」を執《と》り行っていたともいう。

「花見」がかつての呪術的・祭祀《さいし》的要素をすっかり失った今日でも、桜の大樹が宿す霊力の大きさは変わらない。桜の枝を盗んでいる者も、その力を目当てにしているのだろうか。

——それにしても、冷えてきた。美郷はひとつ身震いする。吹き付ける風の冷たさに耐えかね、せめて体を動かそうと、巡回を申し出かけた時だった。

どう、と公園の木々を揺らして、冷たい突風が美郷らを襲った。

まだ開いたばかりの花弁を引き毟《むし》って、つむじ風が花吹雪を舞わせる。美郷の思わず顔を庇《かば》った腕の向こう、ライトアップの光の奥の闇夜に、何か白い物が浮かんでいた。

「怜路！　出たぞ!!」

言って美郷は、白い影を指差す。出現箇所は怜路が目を付けていた染井吉野の傍らで、目を凝らして視る影は、どうやら白一色の山伏装束だ。更に目のピントを合わせると、装束の背には翼があり、顔は犬のように見える。美郷の傍らに駆け寄って来た辻本が、眼鏡のブリッジを押し上げて言った。

「烏天狗《からすてんぐ》か狗賓《ぐひん》じゃろうね。枝盗みの妨害と、狩野君のところへ誘導を」

「はい！」

辻本の指示に頷いて、美郷は燕の形に結んだ式へ息を吹きかける。美郷の息吹に吹き飛ばされた式神はひらりと闇に舞い、そのまま白い燕に変化して夜を切り裂いた。美郷によって作り出された白燕が三羽、花盗人の狗賓へ襲いかかる。

攻撃に気付いた狗賓が、煩《うるさ》そうに手で白燕を追い払った。その隙に舞台の屋根から怜路が狗賓を捕捉《ほそく》する。

「ノウマクサンマンダ　バザラダン　カン！」

怜路の放った不動明王の幻炎が、真横から狗賓を襲った。

「美郷！　縛《ばく》せ!!」

狙われた樹へ駆け寄る美郷に、怜路から指示が飛ぶ。美郷は頷いて立ち止まり、呼吸を整えた。狗賓は襲い掛かる幻炎から逃れようとして、広場側へ出て来ている。

「緩くともよもやゆるさず縛り縄、不動の心あるに限らん。不動明王正末の御本誓《ごほんぜい》を以ってし、この悪魔をからめとれとの大誓願《だいせいがん》なり。オン　ビシビシ　カラカラ　シバリ　ソワカ」

招請《しょうせい》した不動明王の縛り縄で、美郷は空中の狗賓を狙う。広場の上へ炙《あぶ》り出された狗賓を捕らえかけたその時、夜桜のライトに照らされた犬の口角が、にやりと上がった。

「うわっ！」

再びの突風に煽られて、体勢を崩した美郷は悲鳴を上げた。次の瞬間、桜の中でも最も早く花が開いているひと枝がふわりと宙に舞う。狗賓の放った疾風の刃に切り取られたのだ。

「花はエエけ、二人とも狗賓を！」

落下する桜の大枝に美郷が慌てていると、辻本がそう指示を出した。美郷は風に吹き飛ばされた白燕を呼び戻し、怜路に視線を送る。怜路は舞台屋根の、縁ギリギリに立っていた。

「こっちに寄せろ」

そう手招きする怜路に頷いて、美郷は白燕を仕掛けた。燕は鋭く狗賓の顔や手、翼を狙い、狗賓を怜路の方へ誘導する。燕を振り払おうと腕を振り回しながら、狗賓がふらふらと舞台の方へ近付いてゆく。そして怜路の立つ場所まで五メートル程度になったとき、怜路が狗賓に狙いを定めて屋根を蹴った。

「っらァ！　捕まえたぜ!!」

常人離れした跳躍力で、怜路が空中の狗賓に飛びかかる。見事その腕に狗賓の首を捕らえ、怜路が狗賓もろとも落下した。咄嗟《とっさ》に狗賓が呼んだ風が広場に渦を巻く。落下速度が下がり、一瞬、怜路と狗賓が地上一メートル程度の場所に浮いて見えた。

「ぅわぶっ！」

怜路が放り出されて地面に転がる。渾身の力で体を捩《よじ》った狗賓が、その翼で怜路を振り払ったのだ。

「クソ待て！」

「臨兵闘者皆陣烈在前！」

桜の枝の落ちた方へ、一目散に逃げる狗賓を美郷は追う。切った九字が狗賓を直撃したが、少し前につんのめった狗賓はそれでも耐えて地を蹴った。

(何だ、やたら強いなこの狗賓……！)

狗賓といえば、天狗の類――山の精霊の中でも一番の下っ端である。普通はここまで強力なもののけではない。

(何か、力を与えている存在がいるのか、それとも強い想いがあるのか)

桜の枝に辿り着いた狗賓が、枝を大切に抱える。

狗賓を全力疾走で追いかけた美郷は、ようやくその翼を掴めそうな所まで追いついた。

桜を抱いた狗賓が風を呼ぶ。このままでは逃げられる。突風が狗賓を空に舞い上がらせる寸前、咄嗟に美郷は、追い風に乗って狗賓の背中に飛びかかった。

『なっ……！　貴様!!』

驚いた狗賓が翼で美郷を叩く。狗賓と美郷の足が宙に浮いた。美郷は必死にかじりつく。そのまま風に飛ばされて、狗賓は美郷ごと宙に舞い上がった。

「美郷ォ！」

「宮澤君！」

足下から怜路と辻本の声が聞こえる。我ながら衝動的に動いてしまった、と驚いても遅い。もう今更、手を離したところで墜落するだけだ。身体能力の抜きん出た怜路と違い、美郷はこの高さから受け身を取って着地などできない。

『この！　離せ!!』

狗の口が、聞き取りづらい人語を喋る。焦りの滲む声と共に、一際大きく翼で殴られた。思わず狗賓を掴んだ手が緩む。

つむじ風の中心でもみくちゃにされ、美郷は狗賓と引き剥がされた。未だ月は雲に隠れたままの、わずかに明るい宵闇の空に、天地もわからぬ状態で投げ出される。

「うわっ……!!」

雲間に覗く星と、舞う桜の花びらと、地上に光る照明と、どれが何かも分からないまま、風に舞い上げられた美郷の意識は途切れた。


次に目を覚ました時美郷は、見知らぬ山中の巨木の根本に倒れていた。冷えて軋《きし》む体を起こし、辺りを見回す。頭上に広がる巨木は重く枝を垂らしているが、その枝先に春の気配はない。茶色く干からびた風情のそれを手に取り、美郷は太い幹も検分する。

「山桜だろうな……ああ、幹の皮を喰われて枯れたのか……」

おそらく鹿の仕業だろう。食べ物が乏《とぼ》しい冬の間、鹿は樹の皮を食害する。彼らにしてみれば厳しい季節を懸命に生き抜いているだけだが、鹿の頭数が増えすぎた昨今では、その食害が山の木を枯らして問題となっていた。

狗賓共々飛ばされて辿り着いた場所ならば、あの桜泥棒の住処《すみか》の近くだろう。立ち上がった美郷の視界に、桜の枝を抱え、翼を背負った山伏装束の背中が屋敷に消える様子が見えた。枯れた桜の傍らに建つ屋敷は平安貴族の寝殿を模したような造りで、開け放たれた蔀《しとみ》の奥に御簾《みす》や几帳《きちょう》が覗いている。

周囲は宵の口のような薄闇で、霞がかかり遠くは見えない。几帳に掛かる、花鳥風月の描かれた絹の帳《とばり》の向こうでは、仄朱《ほのあか》く、炎の灯りが揺れていた。舞台セットさながらの建物はもちろんのこと、花冷えのきつい夜気が吹き込むままの、無防備な様子も浮き世離れして見える。

こんな映画セットさながらの建物が近隣に実在するとも聞かないので、ここは恐らく、常世とうつし世の狭間《はざま》にある場所、「異界」の類と思われた。周囲を見渡して寝殿のほかに建物の影も見えず、屋敷を取り囲む庭園の外側にあるのは鬱蒼《うっそう》とした森ばかりだ。つまり狗賓の入って行った屋敷がこの異界の中心――主《ヌシ》の住まいであろう。

(追って忍び込んでみるか……。真正面から挨拶《あいさつ》して、歓迎されるとは思えないし)

狗賓の背中が完全に消えるのを確認して、美郷は足音を忍ばせ歩き始めた。気配を消す呪術「隠行術」を己に施《ほどこ》して靴を脱ぎ、そっと屋敷の濡れ縁に上がる。几帳の陰にしゃがみ込んで耳を澄ますと、中から話し声が聞こえてきた。まず耳に入ったのは、年老いた女の声だ。

「姫様、ご覧くださりませ。備後《びんご》の北に名高い、尾関山の桜にございます。この枝振りの立派で美しいこと！」

その嗄《しわが》れた声は、無理に明るい口調で尾関山の桜を褒《ほ》め称《たた》えた。同時に何か、くぐもった唸《うな》りのような男の声も聞こえる。そちらは多分狗賓だろう。これで几帳の向こうには少なくとも、老女、狗賓、「姫様」と三人――と呼ぶのが適切かは分からないが、妖魔《ようま》もののけの類がいるということだ。

「まあ、本当に美しいこと……でも、あの桜の色と艶やかさには敵わない……ああ、本当に悲しくて胸が痛い……」

たおやかで儚《はかな》げな若い女の声が、今にも消え入りそうにすすり泣く。どうやら病に臥せった姫君の元へ、従者が桜を届けているらしい。そっと首を伸ばして垣間見《かいまみ》る几帳の奥には、寝具らしき衣の裾《すそ》と、いくつもの満開の桜の枝が見えた。

（霊力集めじゃなくて、姫君を慰めに、ほうぼうから桜を集めているのか……『あの桜』はさっき見た、外の桜の大木かな……）

野山に自生する山桜は、その木によって色も形も開花時期も様々である。花弁はよく植樹されている染井吉野よりも小振りなものが多いが、色味の面白さや、小さな花が満開に咲いて、まるで薄紅の霞がかかるような風情は別の味わい深さがある。あの枯れた大木も樹齢は軽く数百年ありそうな立派な樹だった。健在であれば今頃、見事な満開の花を見せてくれたのだろう。

『まこと口惜《くちお》しい……あの程度を知らぬ鹿の莫迦《ばか》もの共が……！』

狗賓と思しき男の声が唸る。やはり鹿にかじられたらしい。今やもののけも獣害に遭う時代か、と下らないことを考えて笑いをかみ殺していると、美郷の隠れる几帳のすぐ傍を小さな気配がいくつも駆け抜けた。何か小物妖怪が走り回っているらしい。

（おっと、まずいな。見つからないように……って、待て待て白太《しろた》さん！　今出てきちゃダメだ！　ソレはおやつじゃない!!）

不意に胸の奥がむずむずと疼《うず》き、美郷は慌てて肚に力を込めて体の中に呼びかけた。飛び出そうとするモノを無理矢理抑え込む時の、内側から押されるような負荷に体が軋む。

美郷は体内に蛇を飼っている。望んで飼い始めたわけではないが、同じ体を共有する同居人として、普段はそれなりに上手くやっている。ただ、この蛇——白い大蛇の白太さんは、妖魔もののけの類が「おやつ」として大好物なのだ。今にも美郷から飛び出して小物妖怪に襲いかかろうと、美郷の中でばたばた暴れていた。これをされると、暴れる白蛇に体を内側から打たれることになる。抑え込む美郷は他への集中を削がれる上に、大変辛い。

（もー、ダメだってのに!!）

——おやつー!!

誘惑に耐えかねた白蛇が、美郷の制止を振り切って首元から飛び出した。隠行にも集中力を割いていた美郷は、咄嗟に抑え切ることができない。

飛び出した瞬間に白蛇は巨大化し、たちまち胴が大人の太腿《ふともも》ほどもある大蛇になってしまう。住人たちの悲鳴が辺りに交錯し、屋敷の中は大混乱に陥《おちい》った。

『ききき、貴様どこからつけてきた!?　姫様を喰らうことは許さぬぞ!!』

「ああ、姫様、姫様こちらへ！　喰らうならば先にこのババを喰らってたもれ」

「いいえ私は良いのです、あの桜が枯れてしまったこの世に未練はない……」

己のペットが巻き起こしてしまった愁嘆場《しゅうたんば》に半ば唖然《あぜん》としつつ、決まり悪く頭を掻いた美郷はひとまず、いまだ几帳の陰にある白蛇の尻尾を掴んだ。

「白太さん！　めっ!!」

ぐいっ、と引っ張り、美郷は問答無用で白蛇を連れ戻す。白蛇は「きゃー！」と悲鳴を上げながらも本体の命令に抗《あらが》えず、一般的なアオダイショウサイズに戻った。それを無理矢理首に巻き付けて、美郷は几帳の陰から出る。

「私の蛇がご無礼を致しましたこと、大変申し訳ございません姫君」

潔くひざまずいて頭を下げる。まだソワソワしている白蛇をぐっと掴んで諫《いさ》めた。おやつぅ……。と名残惜しげな思念が肌に触れた場所から伝わってくる。

『貴様、尾関山の！　付いて来ていたか!!』

美郷を見て激昂《げっこう》した狗賓が棍棒《こんぼう》を振りかざす。白蛇が反応して鎌首をもたげた。

――このおやつ、食べていい？

食欲と敵意が半々といった雰囲気で尋ねてきた白蛇に、胸の内だけで否と返す。事情も聞かず相手を捻《ね》じ伏せれば、更に事態が拗《こじ》れてしまう。

「何卒ご容赦ください。姫君が桜を愛でていらしたように、わたくしども人間も毎年桜の手入れをして、満開の花を心待ちにしております。これ以上の花盗みはお止め頂きますよう、お願いしに参りました」

頭を下げたまま、毅然《きぜん》とした声音を意識して述べる。ぐるる、と忌々《いまいま》しげに正面の狗賓が唸った。

『黙れ下郎、姫様を襲おうとした大蛇の言い分など、聞く耳持たぬわ――！』

吠えて、狗賓が棍棒を振り下ろす。それを美郷は、懐から出した鉄扇で受け止めた。鉄扇は、美郷が護身具として持ち歩いているものだ。武器として使えるほど武芸が得手ではないが、こうして相手の得物を止めたり流したりするために携帯している。

ちなみに昨年末、導入したばかりだった初代は一度で壊れてしまった。ネット通販の安物買いだったことを反省し、現在使っている二代目は冬のボーナスと分割払いで間違いのない物を購入している。

棍棒を美郷に止められた狗賓が、ちっ、と舌打ちした。

(——というかこの狗、今おれのことを『大蛇』呼ばわりしたような)

そう、美郷もむっと狗賓を睨み上げたところに、ゆるりと落ち着いた女の声が仲裁に入る。

「およしなさい。白蛇の君の仰る通り、花を盗んだ咎《とが》はわたくしどもにあります。こちらこそ、従者のご無礼をおゆるしくださいませ……」

几帳の奥に施《しつら》えられた御帳台《みちょうだい》の中、狐らしき銀髪をした老女の介添えで病床から身を起こし、白い小袖姿の女がたおやかに頭を垂れた。豊かな漆黒の垂髪が、病み衰えた青白い頬を彩って退廃的な色気を醸《かも》し出している。調度品《ちょうどひん》や装束《しょうぞく》は旧《ふる》い時代の上流階級のもので、その放つ気配は、到底一介の「もののけ」とは呼べぬ大きさと濃密さがあった。

姫君の姿をした大妖が臥《ふ》せる御帳台の中は、白から深い紅色までの様々な色味、そして小さな一重から豪奢《ごうしゃ》な八重まで、ありとあらゆる形の花を満開に咲かせた桜の枝が所狭しと敷き詰められている。その大きな枝々は、半ばまで上げられた帳の外へあふれ出して、さながら彼女を薄紅の雲に乗せているかのようだ。

「しかし、何とも凛々しく麗《うるわ》しい若君でいらっしゃるのでしょう。貴方のような御方が、人の桜の守りをしておいでなのですか？」

はんなりと微笑む姫君に、美郷は言葉を詰まらせた。どうにもこれは、人間として見られていない気がする。美郷は、恐る恐る尋ねてみることにした。

「……一応、私も人間として勤めをしながら暮らしておりまして……姫君の目には、私は何に見えておいでですか」

「まあ。美しい真白い鱗と紅玉の眼をお持ちの、美々しいお姿ですわ。白蛇の君」

ころころと鈴を転がすように笑う姫君は、少し先程までよりも顔色良く見える。その眼には、美郷は既に人には見えていないらしい。突きつけられた現実に多少ショックを受けながらも、どうにか気を取り直し、美郷は僭越《せんえつ》ながら、と姫君に問いかけた。

「桜の姫君、貴女は病に臥しておいでのようですが、一体どのような病に罹っておいでなのですか？　これ以上桜を差し上げることはできかねますが、よろしければ共に平癒の方法を探したく存じます」

そう言って丁重に頭を下げる。狗賓や古狐を従者に従えた姫君は、大妖というよりもむしろ、どこかしらの山を守る女神だろう。とすれば、狗賓がやたらに強かった理由も納得がゆく。山の力を授かり側仕えをしている狗賓はその恩恵と、姫君への忠義心で力を増したのだ。

美郷らにとって、こうした土地を守護する精霊の類は敵ではない。むしろ居なくなられれば土地が荒れて災害が起きやすくなってしまう。

「姫様が患っておられるのは気枯《きこ》の病にござります。かの桜は姫様がお生まれになってすぐに、この山にやってきた若武者から贈られて、大切に大切に共に生きてこられた樹でございました」

美郷の問いに答えたのは、姫君の傍に侍る銀色の頭をした狐らしき老女だ。その顔は人間にしてはやたらと鼻っ面が長く、どうにも立派なひげが両頬に見えるし、何より尻の辺りからふさふさと銀色の尾が見える。

「そう、あの桜は我が君から頂いたわたくしの半身。そしてわたくしの晴れ衣装……。我が君はもう常世へ渡ってしまわれたけれど、この桜と共に我が君の城を守らんと過ごしてまいりました……ああ、でも、もう桜は枯れてしまったのです」

哀しみを思い出し、ほろほろと涙を流して泣き崩れた姫君の枕元には、御帳台を護る魔除け鏡の代わりに、袿《うちぎ》が衣桁《いこう》に掛けて飾られている。しかし、その袿に刺繍された柄は、ただ枯れた大木が一本のみのうら寂しいものだ。

「この袿が、姫君の半身の桜でいらっしゃったのですか」

美郷の問いに、狐の老女が頷く。

「左様にござります。ですがうつけの鹿どもに裾を食い荒らされて、すっかり枯れてしまいました」

姫様のなんとおいたわしいことか、と老女も泣き崩れる。

『姫様はこの地の火伏《ひぶせ》にして、水を護る龍女であらせられる。もしもこのまま姫様の御身に障《さわ》りが続けば、領民どもの暮らし向きにも関わろう。貴様、何かできると言うのであれば申してみよ！』

　棍棒でびしりと美郷を指して狗賓が吼《ほ》える。さて、と美郷は考え込んだ。

（桜を護る姫君か……うつし世に帰れれば伝承は残ってるはずだし、それを探し出して場所を特定すれば祭祀もできるだろうけど。まずおれが帰してもらえなきゃどうにもならない）

　美郷がその身ひとつでできることなど数えるほどだ。

　背後を振り返ると、桂と同じくうら寂しい桜の枯れ木が見える。

（……半身、って言うくらいだから、彼女の霊力の源――いや、桜だもんな。源と彼女を繋ぐ役割をしていたのかも）

　実際、姫君は衰弱して見える。狗賓が「火伏にして水を護る龍女」と表現したので、姫君本人は水神の類であろうか。

（桜に代わって、霊力を姫君に渡す方法。……この異界に、霊力を吸い上げる方法、かな）

　桜の樹は、常世の力を根から吸い上げて花を咲かせ、花の散る時その力で周囲を満たす。樹皮を剥がされて枯れた桜は、その機能を失ってしまったのかもしれない。

「恐れながら――その桂と、桜の花を一枝お貸し頂けますか。枯れた桜を甦《よみがえ》らせる術は持っておりませんが、今宵《こよい》一夜の夢としてであれば、再び満開の桜をご覧に入れましょう」

　人の身で、常世とうつし世を――現在、美郷が居る場所はうつし世というより「異界」であろうが――繋ぐ方法は、いくつか人々に受け継がれている。その中でも、この優雅な雰囲気の屋敷や住人、そして「桜」という趣深い存在にふさわしい手段を、美郷は思い出した。

「まあ、嬉しい。どのようにしてお見せ頂けるのでしょう？」

疑うことを知らぬような、姫君の純真な目が輝く。それににこりと笑みを返して、美郷は深々と座礼をした。

「仕舞を、『西行桜《さいぎょうざくら》』を舞わせて頂きたく存じます」

桜を愛した歌聖《かせい》、西行の元へ現れた桜の精が、都に咲き誇る満開の桜を謡い舞う能の演目の、見せ場を切り取った舞だ。

舞はかつて天と地を、常世とうつし世を繋ぐための神聖な芸能であり呪術であった。人は歌い舞って神遊《かみあそ》ぶことで、常世の力をうつし世へと揺り起こし増幅させ、天の運行と地の恵みが絶えぬよう祈った。舞とは、いにしえから存在する人間が常世へと行う干渉――つまり、呪術の一形態なのだ。

美郷もまた鳴神家《なるかみけ》にて、呪術者の心得として舞をある程度教わっている。持ち寄られた桜の宿す力も借り、今夜一度だけならば、美郷が枯れてしまった桜の大樹の代わりにもなれるだろう。

「まあ、まあ。ばあや、袿を白蛇の君へ。どうぞ、桜はどれでもお選びくださいませ」

わくわくと目を輝かせた姫君に頷き、狐の老女から袿を受け取った美郷は几帳を動かして、舞うための場所を作った。背後には丁度、枯れてしまった桜の大木が見える。美郷は御帳台の中に溢れる桜の中から、染井吉野よりも少し色の濃い、淡く紫がかった霞のような小花をたわわに付けた山桜を選んで、狗賓に一枝切り取ってもらった。見回した桜の枝の中でも、一等霊力の高い枝だったからだ。

ジャンパーの上から袿を羽織り、更に手近な染井吉野の一枝から、ほんのふた房ほどの小枝を折り取る。その小枝をまとめた黒髪の根本に花簪《はなかんざし》として挿した。生花を髪に挿すのもまた、その花に霊威を降ろすためのまじないだ。

「どなたか、地謡《じうたい》をお願いすることは可能ですか？」

通常であれば仕舞は、伴奏とも言える地謡を他の者に謡ってもらいながら舞うものだ。しかし急な提案であるし、彼らが能楽を嗜《たしな》んでいるとも限らない。否と言われれば美郷が自分で謡いながら舞うより他にあるまい。そう覚悟しての問いであったが、果たして美郷の予想通り、名乗りを上げる者はない。

選んだ霊桜の枝を扇代わりに携えた美郷は、軽く頷いて「それでは」と呟き、枯れた桜の大樹を背に片膝を立てて座る。仕舞を始める時の、最初の構えだ。

「――見渡せば柳桜をこき交ぜて、都は春の錦燦爛《さんらん》たり、千本《ちもと》の桜を植え置きその色を所の名に見する千本《せんぼん》の花盛り。雲路や雪に残るらん――」

扇代わりの桜の枝を滑《すべ》らせ、ひらめかせ、小さく花びらを零しながらゆるり、ゆるりと舞ってゆく。御帳台の中に溢れる桜の枝が呼応して、一斉にその花びらをふわりと浮かせる。外から吹き込んだそよ風に、様々な色味、かたちの花びらが舞い遊び始めた。

「まあ……なんと美しい素敵な光景でしょう……」

姫君の歓声が、舞に没入した美郷の耳に遠く届く。桜の枝をゆっくりと流しながら細かく震わせれば、更に花びらが舞い上がる。舞いながら美郷は、それらの薄紅が更に下から――桜の大樹が根差す底《とこ》の国から、荒ぶる力を吸い揚げるのを感じていた。

美郷がゆっくりと空を滑らせる桜の枝に、吸い揚げられた力が花びらもろとも絡《から》まりたなびく。能楽の所作は恐ろしく緩やかだ。円を描くように移動するたび、また桜の枝を返すたび、次第に増して行く霊力がその場の空気を張り詰めさせる。

京洛《きょうらく》の桜の名所を称え謡いながら、桜の枝を掲げた美郷はゆるりと優雅に回って、更に桜の枝を大きく翻す。その動きに引っ張られた霊力が、いよいよ鮮やかに宙を舞って空間を満たした。辺り一面を薄紅の花びらが乱舞する。舞い狂った花びらは美郷の羽織る袿へと、一気に吸い込まれた。

一瞬で、袿と庭の枯れた桜の大木が満開の花をつける。姫君の歓声が一際華やいで響いた。

「ああ、ばあや。桜が！　我が君の桜がもう一度咲いていてよ！」

満開の枝を翻し、桜吹雪に黒髪を揺らして美郷は舞う。本来であれば仕舞はそろそろ終盤だが、まだもう少しの間、夢幻の桜をその場に留めようと美郷は、同じ西行桜から採られた別の仕舞を繋げて舞う。

「――春の夜の花の影より明けそめて、鐘をも待たぬ別れこそあれ別れこそあれ。待てしばし待てしばし。夜はまだ深きぞ。白むは花の影なりけり。よそはまだ小倉《おぐら》の山陰に、残る夜桜の花の枕の、夢は覚めにけり夢は覚めにけり。嵐も雪も散り敷くや――」

――夜が明けて、桜の精が別れを告げると、西行の夢も覚める。辺りには一面敷き詰めたように落花が散り、人影もない。

舞い終えて、美郷は正座しそっと桜の枝を己の前に置いた。同時に庭の桜は枯れ木に戻る。そして屋敷の中は一面、西行桜の終幕同様に花びらに覆われていた。

「見事な舞でございました。ああ、なんと心の晴れやかで、洗われたような心地でしょう。感謝いたしますわ、白蛇の君。今宵一夜の儚き夢なれど、想い焦がれた桜の様をもう一度見ることができました」

晴れ晴れと、そして感動に震える高揚した声音で姫君が美郷を労う。その頬には血色が戻り、長い黒髪すらも先程までより艶めいて見えた。美郷はそれに、胸の内だけでそっと安堵の息を吐いた。

「光栄でございます。今宵はただ一夜の桜ではございましたが――また来年も、こうして姫君のお心を慰めに、人里で催しの相談をしたいと存じます。どうか私に帰り道と、姫君の名をお教えいただけませんでしょうか」

頭《こうべ》を垂れて美郷は乞う。鷹揚《おうよう》に頷いて姫君が白く細い指で美郷の背後を差した。

「わたくしの名は御龍姫《みたつひめ》。この御龍山《ごりゅうざん》に城を築いた我が君に呼ばれて湧き出て目覚め、以来この地を護っております。うつし世への出口はあの桜の根本に。浮き出た根と根の間の大きな洞《ほら》にございます。ですが此度は素晴らしい舞の御礼に、わたくしがお送りいたしましょう」

そう言って御龍姫がすい、と指を天へ向けると、たちまち美郷を中心につむじ風が巻き起こった。つむじ風は辺りの花弁を舞い上げ、色とりどりの花嵐を起こす。美郷の視界は白から深紅まで、あらゆる色味の花弁に埋め尽くされ——そして美郷の意識は、薄紅の闇の中に途切れた。

のろのろと山を下りていた広瀬は、突然どうと鳴いた風に驚いて立ち止まった。山全体を震わせ、突き上げるような低い振動と共に山頂へ向けて突風が奔《はし》る。その行く先を視線で追えば、山の頂上にゆらりと花びらの渦が逆巻く様が、夜桜ライトアップの光に照らされて見えた。

何事か、異変が起きているらしい。その場に立ち尽くして広瀬は目を凝らす。注視する宵空に、何か——否、誰《い》かのシルエットが舞うのが見えた。

「——は？」

それは瞬きの間に消え失せた、あまりにも常識外れな光景だった。ゆえに見間違いではなかったか、と広瀬は己を疑う。しかし、一瞬見えたその人影はどうにも、ひとつに束ねた長い黒髪を舞わせていたように思うのだ。

「まさか、な……？」

と、口では呟きながらも広瀬の足は自然、ふらりと再び尾関山公園を上る坂の方へ向く。先輩から「帰れ」と言われたのだから、見なかったことにして公園を立ち去るべきなのかもしれない。だが、広瀬はそれができなかった。

――折角。せっかく、同じ部署に配属されたのに。こうして現に今、何事か起きていると分かっているのに。また何も知らないまま、「その他一般」のまま何の関与もできず、事件が通り過ぎるのを眺めるのは嫌だった。

人気のない遊歩道が外灯やライトアップ用投光器に照らされる中を、小走りに駆け上る。足下に設置された投光器は桜の枝を照らすため上へと光を投げており、それを頼りに走るには、あまりに強い光が目を射た。目が眩《くら》んで道が見えづらい。それでも注意深く足下を見ながら、広瀬は上を目指した。

元は体育会系といってアスリートを目指していたわけでもないし、定期的な運動習慣がなくなってからもう一年以上経つ。あっという間に上がり始めた息を整えに、広瀬は展望エリアらしき中腹の小広場で立ち止まった。傍らにはそろそろ見頃を迎える桜の花と、その足下には木製ベンチが設えられていた。傍にはぼんぼりの意匠をした外灯が立ち、桜の根元に据えられた投光器が橙色の光で薄明るく桜を照らしている。

静まり返った宵闇の中、自分の荒い呼吸音だけが響く。それを情けなく思いながら深く息を吸おうと目を伏せていると、不意に鼻腔《びこう》を桜の香りがくすぐった。

――桜の香りといって、普段の花見で桜の花が香ることは希《まれ》である。よって広瀬にとって最も印象深い「桜の香り」と言えば、花の香というより「桜餅という食べ物の風味」だったのだが、まさにその桜餅を食べたときの香りが、確かに広瀬を取り巻いてどこかへそよいで行ったのだ。

珍しい香りに思わず顔を上げ、広瀬は無意識にその香ってきた方角を見遣った。場所はどうやら、舗装された遊歩道から外れたどこかの小広場だ。誘うように、その方向からひらり、ひらりと小さな花弁が舞い訪れる。何の根拠もなく広瀬は、目的地を頂上の広場からそちらへと変えた。

投光器の光も及ばぬ薄闇の先に、なにやら別の淡い光が見える気がする。ライトアップの橙とは異なる「薄紅色」のぼんやりとした光を目指し、広瀬は目を凝らして前へ進む。照明の照らす範囲を外れても、思いのほか足下は視認できた。気付けば足下や木々の下には薄く影まで落ちており、雲が晴れて、まだ満ち切らぬ月が光を差したのだと知れる。

小広場どうしを仕切っているらしい木立の脇を回ると、前方に誰かの後ろ姿が見えた。夜目にも明るい色をしたツンツン頭に、広瀬は声を掛ける。

「狩野！」

向こうも灯りなど持たず歩いていたらしい、チンピラ風味の拝み屋がぎょっと広瀬を振り返る。

「――ッ!!　ビビったじゃねえか、なんでオメーが」

大きめの声でそう返した狩野は、普段のトレードマークであるサングラスを外している。暗い中で視界を確保するためであろうか。

「なんか……宮澤が、空舞ってるみたいなの見えたもんだから気になって、さ……」

決まり悪くそう答えると、狩野は「あー」と気の抜けた声を上げ、仕方なさそうに頷いて進行方向へと体の向きを戻した。その背に広瀬は問い掛ける。

「で、やっぱ何かコッチの方向にあるのか？」

狩野はそれに、小さく「多分な」と応えを寄越す。

「オメーも何か感じたからコッチ来てたンだろ。なら、十中八九『正解』だ」

そう言って、迷いのない足取りで進み始めた背を広瀬も追う。無言で同行するのも気詰まりで、広瀬は頭の中で忙しく話題の候補を巡らせた。しかし大したものは思い付かず、結局、今思ったことそのままが口を突く。

「狩野ってさ、俺よりよく見えてそうだな」

この、ファッションセンスと職種と経歴が広瀬から見てかなりアナーキーな青年について、広瀬自身は詳しくない。これまでは職務を共にする相手としてではなく、互いに友人の友人、かつ、居酒屋の店員と常連客程度の付き合いであった。その距離感で接するのに嫌な相手ではなかったし、共通の友人である宮澤が深く信頼を置いているのも知っている。よって苦手意識も特にないのだが、驚くほど共通の話題も思い付かない。せいぜい共通の友人をネタにするくらいだが、その宮澤には今、何かしら不測の事態が起きているのだろう。

勢いでここまで駆け上がって来たが、いざ狩野を前にして事情を訊ねるのにも気後れしてしまった広瀬の言葉に、気のない様子で「まあな」と返した狩野が、それだけでは気まずいとでも思ったのかこう言った。

「それより、その『狩野』ってのあんま慣れてねえんだ。名前で呼んでもらってもいいか」

思わぬ言葉に、広瀬は「慣れてない？」と復唱する。狩野は歩調を緩め、ゆるゆると歩きながら頷いた。

「そ。東京《むこう》じゃ別の姓で呼ばれてたモンでね。つか、大して周りに名字で呼ぶヤツも居なかったもんで、怜路つーて呼ばれンのが一番慣れてんの。頼んだ」

説明され、そうか、と広瀬もただ頷いた。元々、友人を名で呼ぶことにさしたる抵抗はない。宮澤はずっと姓で呼んでいるが、それにも特に理由はなかった。

「じゃあ俺も孝之で……」

「いいや、お前はヒロセだ。その方が短えもん」

合わせて名乗った広瀬に、ケラケラと軽やかな拒絶が返る。思わず「なんだそれ！」と声を上げてから、その緊張感のなさに広瀬は目を瞬《しばたた》いた。

「――というか、宮澤は大丈夫なのか？」

つるりと滑り出た問いに、頷いた怜路が前方を指差した。

「この、ほんのチョットの間になーにして来たのか知らねえが、まあ、無事は無事そうだぜ」

言われて指差された先へと目を凝らせば、先ほど感じた薄紅色の淡い光がたしかに見える。それはよく見れば、淡い月光を弾く満開の桜の枝が幾つも重なり合った、薄紅色の小山であった。その桜の枝を重ねた褥《しとね》の上に、誰かが臥している。

「宮、澤……？」

日本人形のようにつるりと白い面は、まるで穏やかな夢を見ているかのように目を閉ざしており、その丁寧に括られた黒髪にはひと枝、桜の花が挿してあった。そして彼は先ほど別れた時には持っていなかった物――女性の和装らしき優雅な衣をその背に羽織って、満開の桜の上に横たわっている。

その夢幻のような妖しく美しい光景に、広瀬は息を呑んだ。


現実離れした有様に言葉を失っているらしい広瀬を横目に、怜路は美郷へと近寄る。先程、とんでもない無謀なアクロバットで宙へと消えた貧乏下宿人は、暢気《のんき》な寝顔を見せていた。

「鈍くせえ癖に無茶しやがってバカタレが」

思わず怜路は呟いた。美郷の名誉のために付け加えておけば、美郷が「鈍くさい」のはあくまで怜路基準であり、一般人と比べれば美郷も十分機敏な方だ。

「おーい、美郷ォ。寝てんのか？」

顔の傍に屈み込んで問いかければ、その整った面がわずかに眉をしかめた。

「ん……」

ぴくりと美郷が身じろぎした。同時に、不意打ちのつむじ風が美郷を中心に巻き起こる。ぶわりと大量の花吹雪が視界を覆い、一瞬で幻のように消えた。

ゆっくりと瞼《まぶた》を開いた美郷が、ボンヤリした表情のまま起きあがる。その姿は消えたときと同じ作業着にジャンパー姿で、彼の羽織っていた、桜の大樹を刺繍された衣は影も形もない。更には、積み重なっていた桜の花々も全て散って枯れ枝色の小山になっていた。

「あ、怜路……」

片手で目元を押さえ、記憶を手繰《たぐ》っている風情だった美郷が、怜路に気付いて顔を上げる。怜路はそれに、短く「おう」と答えた。

「どうにか帰って来れたよ。あー、良かった……！　って、広瀬も⁉」

周囲を見回し、おそらく狗賓共々一度は異界へ飛ばされてしまったらしい貧乏下宿人が、安堵の息を吐く。そのまま再び桜の寝床にひっくり返りそうだった陰陽師殿は、怜路の背後にいた広瀬を見付けて目を丸くした。

「いや、なんかお前――空飛んでたように見えて」

美郷が狗賓もろともつむじ風に巻き上げられた所を、タイミング良く目撃してしまったらしい広瀬が躊躇《ためら》いがちに答える。煮え切らない口調なのは、目にした現実離れの酷い光景に、あまり確信が持てないからだろう。怪異に慣れていない人間の、ごく真っ当な反応だった。

「あっ、うん……なんか、巻き込まれて飛ばされちゃった」

えへへと誤魔化《ごまか》し笑いを浮かべる美郷に、「飛ばされちゃった」じゃねーよ、と怜路は胸の内だけで突っ込む。そのまま墜落せずに異界に飛ばされたことも、異界からすぐに――それも、元いた場所の近くに戻って来られたことも、単に運が良かっただけだ。たとえ、異界の住人を相手にして無事で居られたのは、本人の実力であったとしても。

そんな怜路のツッコミを察したのか、気まずそうに首を竦《すく》めた美郷がコソコソと枯れ枝の小山から降りる。

「つか、何だこの枝の山は」

ほんの一瞬で、影も形もなく散り消えた桜の花を思い出しながら怜路は訊ねた。

「ああ、あの狗賓が今まで盗んできた桜の枝だね。全部散っちゃったけど……おれにくれたのかな」

小山の傍らに立った美郷が、小首を傾げながら答える。

「盗品貰《もら》っても面倒なだけじゃねーのか、花も無えし。……あと、何だその花簪。お前、向こうで何して来た？」

美郷の髪には、満開の花の房を付けた桜の枝が挿してある。美郷の顔立ちには似合うが、格好とは絶望的に似合わないそれに、怜路は口元をひん曲げた。

「ああ、えーと。愛でてた桜が枯れて落ち込んでた姫君を、舞で慰めてきました？」

若干照れくさそうに頭を掻いて、その拍子に触れた花簪を慌てて美郷がむしり取る。

「そりゃあまた、風雅なこって。――まあ、とりあえず辻本サンと合流だな」

どうやら怜路には逆立ちしてもできない解決法で、花盗人を説得して来たらしい。

振り返った怜路は、こちらも、感心だか驚きだか畏怖《いふ》だか疑念だか分からない複雑な表情で会話を聞いていた広瀬を促《うなが》して歩き出す。ライトアップの灯りを目指して公園の遊歩道に戻ると、山頂広場から駆け下りた辻本がこちらへ向かってくる姿が見えた。

「結局その御龍姫いうんは、安芸鷹田《あきたかた》にある御龍山の姫神で間違いなァでしょう。あの山には咲かねば大火のあるという、火伏せ桜の伝承も残っとりますし、南北朝《なんぼくちょう》時代にあの地方を与えられた宍倉氏《ししど》の当主が、龍神を請うたら湧水が出たいう伝承もあります。向こうの担当者に確認しましたら、確かに御龍山にあった桜の古木が鹿にやられて枯れとったようですしな」

市役所の片隅にある、古く小狭い特自災害の事務室にて、事務机に指を組んだ係長の芳田がそうまとめた。係長机の傍らに立ち、話を聞いていた四名——辻本、広瀬、怜路、そして美郷は、芳田の言葉におのおの頷く。

「それで、今後の対策は何か決まったんですか？」

御龍山のある安芸鷹田市は、巴と隣接する自治体である。よって調査や今後の対応については、安芸鷹田市の担当者と係長級で協議をしてもらっていた。現場仕事が立て込んで、協議には参加できなかった美郷の問いに、辻本が答えた。

「うん、安芸鷹田市内の神楽団が、新しく演目を作ってくれることになったんよ。毎年この時期に、町おこしを兼ねて御龍山麓の神社で桜祭りをして、その時に奉納してくれるそうじゃけ、御龍姫が気に入ってくれたらそれで解決なんじゃやけど。その辺はまた宮澤君にも仲介してもらって、話を進めていけたらと思って」

辻本の言葉に、はい、と美郷は頷く。桜のない場所で桜祭りも不思議な話に見えるだろうが、神を慰め、喜ばせるための祭りと神楽だ。由緒正しい形の「祭り」が、この時代にひとつ誕生したことは純粋に凄いと美郷は感じる。

「良かった。桜のない桜祭りですけど、これで御龍姫も寂しい思いをせずに済みますね」

「そのことですが、どうも枯れた桜の大木も、ように死んでしもうたわけじゃあないようでしてな」

安堵の息を吐いた美郷に付け加えたのは、係長の芳田だった。

「まだ根本の方は生きとるいうことで、上の枯れた部分は切り倒して何か材木として利用して、根本から生えるヒコバエを挿し木にして、並木になるように植樹をしようかという話も出とります」

「ああ、それはエエですね。そうしたら御龍姫も、また桜の世話をしながら一年を過ごせるようになりますし」

そうにこやかに頷いた辻本の隣で、怜路が不思議そうに首を傾げた。

「あのさあ、何かすげぇ簡単に近所？　の神楽団が名乗りを上げて、新作演目？　を作る……みてえな話になってっけど、神楽ってそんなモンだっけ？」

その問いに、美郷や広瀬を含め、怜路以外の全員がぱちりと目を瞬いた。ふむ、と一拍置いて、芳田がその疑問に答える。

「引き受けてくださる神楽団は静櫛《しずくし》神楽団いうて、わりまえ熱心に新作神楽を創られるところですけえな。安芸鷹田の特自災害——向こうは特殊文化財いうらしいですが、そちらの部署とも元々面識のある団長さんが、脚本を書いてくださるそうです」

なるほど、と頷いた面々の中、しかし未だ怜路は不思議そうな顔をしている。この面子《メンツ》の中で彼だけ納得できない理由に考えを巡らせ、思い当たった美郷はあっと声を上げた。

「そっか、もしかして——関東の神楽団って、この辺とは全然違うんじゃないっけ？　広島の神楽団は、地域の氏子が組織したアマチュア団体が多くて、安芸鷹田市は特に神楽が盛んだから……確か、二十団体以上あるんだよ」

二十団体!?　と怜路が驚きの声を上げる。かつて巴に暮らしていた「怜路少年」は、おそらく広島の神楽を身近なものとして育っていたであろうが、その時代の記憶がない彼にとって、広島の——中国山地の神楽文化は謎なのであろう。

そうそう、と美郷の言葉に頷いたのは広瀬だった。こちらは生粋の広島県民、しかも安芸鷹田出身である。骨の髄《ずい》まで中国山地の神楽文化に染まって育った人間だ。

「毎年色んなところで市民ホール借りて、競演大会とかやってるもんな。俺の同級生にもたしか、団員になった奴がいるよ。地元の学校にも伝統芸能部とかあったし、あと地域ごとに『子ども神楽団』みたいなのがあってさあ。俺は入ったことないけど、友達の発表見に行ったり、地元の神社には必ず近所の神楽団が奉納に来たり、あと、神社の祭りじゃなくて、桜祭りみたいなイベントとかフェスティバルにも神楽が上演されたり。あ——これって、広島限定なのか、もしかして」

　今更気付いた、といった様子で首を傾げる広瀬に美郷は笑う。

「島根《しまね》も神楽は盛んだから、あんまり状況は変わらないと思うな。中国地方の文化なんでしょうね、僕もそこまで詳しいワケじゃないんですが……」

　怜路の反応を見る限り、全国共通というわけではないのだろう。大してその辺りの事情に詳しいわけでもないため、美郷は誤魔化すように芳田へと視線を泳がせた。芳田がその視線を受けて頷き、口を開く。

「関東は今じゃあ、ほんの数団体の神楽社中が色々な所へ出向いて神楽を奉納しておいでで、あんまり馴染みもないようですが、昔はこの方《ほう》と同じように、ようけ神楽団があったとも聞いております。広島の神楽にも色々ありゃあしますが、特に安芸鷹田の神楽は賑やかで面白えですし、狩野君も機会があればご覧になってください」

　芳田の言葉に、興味深そうな面持ちで怜路が頷く。美郷は、桜愛づる気の良い姫君の今後に思いを巡らせた。姫君のために舞われる、姫君と桜を称える神楽であれば、おそらく枯れてしまった樹の代わりとなれるだろう。挿木された桜が再び彼女に力を与えられるようになるまでは時間を要するかもしれないが、その間もそれ以降も、叶うならば人々と姫君の神楽を介した交流が続けばよいと思う。

「それにしても……今度は、鹿除けの柵が要りますね。奴ら、新芽とか大好きですし……」

　美郷の下宿する狩野家の周囲もたくさんの鹿が生息している。この冬に狩野家の菜園や庭木を毟られた美郷は、しみじみと実感を込めて腕を組んだ。

「それはもう厳重に対策されることでしょう」

あっはっは、と芳田が笑う。そして、ふと思い出したように付け加えた。

「宮澤君と一緒に戻ってきた桜の枝は、一応窃盗品じゃあありますが——相手がもののけですからな。巴署に赤来《あかぎ》いうて、コッチ方面に明るい刑事がおりますけえ、アレに任せることにしました」

巴警察署の赤来刑事というのは、芳田と個人的にも付き合いのある「特殊自然災害に強い」刑事らしい。怜路が「ゲッ、あのオッサンかあ」と小さく呟いた。どうやら怜路も面識があるようだ。

事務室の窓越しに眺める空は美しい薄青色で、折からの強風に吹かれた薄紅の花弁が、どこからやってきたのか窓の外を横切る。天気予報は週末まで晴れだ。

一年前は、花見をするような心の余裕もなかったなと、すっかり見知った顔になった人々を眺めながら美郷は思い出す。この街は美郷にとって「知らない人」ばかりの場所で、「どうにか生きて行かねば」と思ってはいたものの、その様子を思い描くことなどまだできていなかった。この一年、思わぬ出会いや再会があり、こうして「友人」と呼べる者たちと肩を並べて仕事ができている。改めて思い返せば、酷《ひど》く不思議な心地だ。

仕事は一段落したことだし、今年は巴で桜を楽しもう。怜路や広瀬と一緒に公園をブラつくだけでもきっと楽しい。美郷はそう、週末の予定を考え始めた。

クシナダ異聞　怨鬼の章

1．クシナダの鬼女面

——八雲立《やくもた》ち　出雲《いずも》八重垣　曇《くも》り籠《こ》め　雨ぞ降らまし　ただ怨む身に

愛しい人を奪い己を奪った男を怨み、
恋仲を引き裂き男をあてがった親を怨み。
そして何より、
ただ言いなりに奪われ、涙を流すことすら出来ない己を怨み、呪い。
そうして女は、鬼へ変じた。

広瀬と宮澤は、同じ私学高校のクラスメートだった。

進学コースも同じで受ける授業が一緒だったため、三年間つるんで過ごした相手である。

当時の宮澤は当然というべきか、校則に従い髪を襟足に触れない長さで切り、霊力だの呪術だのはおくびにも出さず生活していた。本人が入念に隠していたらしいそれに根がお気楽者の広瀬が気付くはずもなく、彼が特別な人間だと知ったのは一年前、市役所の入庁日に四年ぶりの再会を果たした時だった。

再会当初はその変わりようと、大きな隠し事をされていたことに大層ショックを受けてへソを曲げたものである。その公務員としてはありえない髪型の理由は呪術のためだそうだが、実際使われるところを広瀬はまだ見たことがない。

「しかし、霊感のレの字もない俺に出来ることなんて何もないと思ってたのに、気付けばかなりコキ使われてる気がするなあ……」

市役所生活二年目、特自災害に入って半年が過ぎた秋の昼下がり。抱えていた大量のチューブファイルを己の事務机に降ろして、広瀬は嘆いた。

「あはは、みんな『平均年齢が若返った！』って喜んでるからね。おれは下っ端仲間ができて嬉しいよ……」

同じくデスクの上にファイルの山をこしらえた宮澤が、しみじみと言った。特自災害は広瀬の思っていたよりも、遥かに肉体労働の多い部署だった。それも、漫画や小説から想像するような異能バトルではなく、聞き取り調査や市内の祠堂《しどう》の維持管理、祭祀の手伝いといった地味な仕事がほとんどだ。

毎日のようにあちらこちらに荷物を運んだり、どこか山の中に分け入ったり川の周りを点検したりと外勤で動き回っている。そして合間合間に市民からの相談（もちろん、オカルト対策係なので心霊相談の類であるが、七、八割は病院か警察を案内する事案だ）を受けたり、受けた相談の書類をまとめたり、対応に行った案件の報告書をまとめて決裁に回したり、予算や決算の資料をまとめたりするのである。

広瀬は一般事務職員なので本来は後半の、書類をまとめたりまとめたりまとめたりするのが仕事だ。だが何故か、はっと気付けば神主の真似事をしている時がある。正直に言って、時間がどれだけあっても足らなかった。辻本は年度初めの尾関山で「すぐに色々経験できる」とにこやかに言っていたが、幸か不幸かアレ以来、広瀬自身が怪異を現場で目にする機会はとんとない。だが「それ以外」の外勤も、実に多種多様に存在するのだ。

「明らかに人数足りてないだろこの部署。今年とか、かなり新規採用増やしてるし、ここももっと人増やせればいいのにな」

ぼやきながら、新館に切り取られて狭い秋空を窓から覗く。淡い色の空高く、うろこ雲が流れている。今はちょうど、秋の例大祭……いわゆる秋祭りが市内各地の神社で行われる真っ盛りの時期だ。特自災害という部署は、この秋祭りの手伝いもして回る。一体なぜ秋祭り、と最初は広瀬も首を捻ったが、市内にある神社の神々をきちんと「お祀《まつ》り」しておくことは、この部署の大切な防災活動だという。この世界に勘のない広瀬は「そうなのか」と丸呑みするしかない。

「ウチは難しいと思うよ。専門職集めるのは大変だし、それに――」

特自災害の専門職員に必要とされるのは、「呪術」や「霊能力」といわれる類の技能だ。当然のように幽鬼狐狸《ゆうきこり》妖魔の類が視えなければならないし、それらと渡り合うための術を会得していなければならない。「自称」レベルの詐欺師紛《さぎしまが》いな連中は世の中に掃いて捨てるほどいるが、特自災害が欲しいと思える術者はなかなか見つからないのだという。

「それになにより、予算がつかないから……」

ふう、と物憂《ものう》げな溜息と共に、宮澤が世知辛《せちがら》い現実を吐き出した。長い髪の美青年が目を伏せる耽美な絵面と、言っている内容のギャップが酷い。

「予算か。予算なあ……」

それは確かに、と決算報告書類の手伝いをしていた広瀬も深々と溜息を吐いた。この部署の経費は物凄く怪しいのだ。断じて誰も不透明な使い方はしていない。だが、議会で突っ込まれれば間違いなく説明は難しい。――市内に出没した妖怪を封じるために使った呪符の紙代など、どうやって報告すれば良いか分からない。あるいは、とある山の天狗を懐柔《かいじゅう》するために購入した酒代など。

無論、市長や副市長、この街に古くから根付いた市議らは特自災害のことを知っているし、重要性も理解している。だが何かの弾みで第三者に、書類ごと表沙汰にされれば非常に厄介なことになる。よって、気配を消しておく必要があるのだ。

「まあ、辛気臭い話しててもしょうがないな。宮澤、ファイルここに置いたまんまでいいか？　半から係長に呼ばれてたよな俺ら」

言って、広瀬は事務室の壁掛け時計をちらりと見遣る。時計の短針は一時を過ぎ、長針は二十五分を指そうとしていた。

「うん、大丈夫。ありがとう。何だろうね、話って」

にこにこと礼を述べた宮澤が、事務室内に上司の姿を探す。しかしファイルを抱えた広瀬と宮澤が書庫から事務室に帰って来た時から、既に係長である芳田の姿は見えない。

「そう言えば今日、昼から怜路も係長に呼ばれてるって言ってたけど――」

ふと思い出した風情で宮澤が言ったとほぼ同時に、ガラリと派手な音を立ててオンボロな事務室の引き戸が開く。次いで、元気というよりうるさい若い男の声が、高らかと挨拶した。

「ちわーっす！　拝み屋怜路ちゃん参上っ。係長に呼ばれたンだけどいるー!?」

「相変わらずテンション高いなお前……」

広瀬のげんなりした声に出迎えられ、ノリノリの声と共に大股に事務室に入って来たのは、高い背を丸めた金髪グラサンのチンピラだった。美郷よりひとつ年上のその人物は、美郷にとっては「大家兼同居人兼友人」である。

このチンピラ大家は、普段は市役所から一本向こうの通りにある小さな鉄板居酒屋でヘラを繰るアルバイト店員だ。派手に色を抜いた金髪をワックスで固めてツンツンと立て、目元は薄めの色のサングラス、耳にはいくつもシルバーピアス、服装はルーズなシルエットのストリートファッションと、大変近寄り難い身なりをしている。

歩くたび、ベルトからさがったゴツいウォレットチェーンがじゃらじゃら鳴るのに、広瀬が「相変わらずスゴいなそれ、重たくないのか？」とツッコミを入れる。美郷はもう慣れたが、付き合いの浅い広瀬は気になるようだ。

広瀬、怜路とも美郷に比べれば外向的・社交的なタイプだが、野球部員だったり生徒会役員だったりした広瀬と、見るからにドロップアウト組――実際、じつは小学校すらマトモに卒業していないぶっとんだ経歴の持ち主である怜路は、互いのような人種と接点がなかったのだろう。面識を得ておよそ一年、それなりに友好的ながら、時折互いに相手を珍獣扱いしている様子が見て取れた。

「ンだよ広瀬、今日もシケたツラしてんなァ」

市街地より少し離れた山里に大きな古民家を所有する怜路は、離れに美郷を住まわせ、ほぼ同居のような生活をしている。彼もまた自称の通り「拝み屋」で普段は個人営業をしているのだが、たまにこうして特自災害に呼び出されていた。要件は勿論、「特殊自然災害」の解決だ。

「お前が来るってことは厄介事だと思ってな。俺も一緒に呼ばれてる」

その怜路と同時に呼び出されたとなれば待っているのは厄介な事件だろう、と思い切り渋面を作る広瀬に、怜路がケラケラと笑った。怜路は見た目通り、力技で怪異を黙らせるタイプの武闘派だ。広瀬の見立ては間違っていないはずだと、美郷も内心同意する。

「マジか。じゃあなに、広瀬っちもとうとう本格的に特自災害デビューかァ。ま、一緒に頑張ろぜ！　――ってンな嫌そうにしなくてもいいだろうが」

正面から広瀬の肩に左手をぽんと置き、親指を立ててバッチリ決めたチンピラが、心底嫌そうな広瀬の顔を見て鼻白む。その左手を撤去しながら広瀬が深々と溜息を吐いた。

「まずその呼び方やめろ」

「えー、ケチ！」

字面だけ追えばあまり仲のよろしくなさそうな会話だが、ここ半年幾度も似たようなじゃれ合いが繰り返されるのを、美郷は傍らで聞いている。要するに、挨拶代わりというやつだ。

「つーか、お前ホントに考えてること顔に出るよなァ。そっこまでデカデカ顔に書かなくてもよくね？　なあ美郷ォ」

美郷や広瀬よりも目線ひとつ分背の高い怜路が、傍でファイル整理をしていた美郷に突然話を振る。大して聞いていなかった美郷は、「何か言った？」とそちらを振り向いた。

「コイツお役人に向かなさそーだなって話」

広瀬は考えていることがすぐ顔に出る男だ。確かに、窓口業務をさせると危なっかしいかもしれない。だが裏表がないぶん、慣れれば付き合い易い男だし、その反応の良さを怜路もお気に召して、しょっちゅうじゃれついている様子だ。

「ああ、それはまあ……分かりやすくて良いと思うよ」

「宮澤、それフォローになってないぞ」

言葉を選んだつもりでヘラリと笑った美郷に、広瀬が肩を落として突っ込んだ。


芳田の用件は、隣市からの応援要請に対して広瀬ら三人を派遣したいというものだった。

『ウチでも一番若い人ら三人に行って貰わんといけんのは私らとしても苦しゅうはありますが、どうでもかなり緊急のようでしてな。宮澤君はまだ今持っとっての案件が片付かんでしょうから、広瀬君と狩野君に先行して貰おう思うとります。広瀬君は出向いうことで、大変急なことで申し訳のうはあるんですが、明日以降は向こうの市役所へ出勤してください。狩野君は広瀬君と相談して、必要な時だけ出向く形で良かろう思います。広瀬君は、ご実家からの方が近うなってですなあ』

そう言った芳田の言葉通り、広瀬の地元は巴ではなくその隣市――安芸鷹田市である。安芸鷹田市はかつて中国地方を制した戦国大名・毛利《もうり》の城下を中心とする、人口三万弱の小さな市だった。毛利の居城であった郡山《こおりやま》城下の吉田町《よしだちょう》には中国山地を縦断する江《ごう》の川が流れ、弥生土器も発掘される。巴市同様、古代より人々が連綿と暮らし続けて来た静かな田舎街だ。

「やっぱりそういう格好で来たのか……」

翌朝、安芸鷹田市役所の駐車場にて待ち合わせた怜路の出で立ちを見て、広瀬は深々とため息を吐いた。就活でもあるまいし髪を黒に染め直せとまでは思わないが、せめて服装を大人しめにして欲しかった、と、ド派手な龍の刺繍を背負ったスカジャン姿に額を押さえる。

「しゃーねーじゃん、このグラサンは俺の大事な体の一部なの！」

ちゃきっ、と色の薄いサングラスを上げて怜路が主張する。その事情は広瀬も聞いていた。怜路の眼は日本では目立つ緑銀色で、しかも普通にしていては余計なものが見えるという。

「だとしても、服くらいマトモなもんないのか」

「マトモって何だァ！　コイツは美郷の着てる型落ちユニクロの十倍はすんだぜ!!」

「そういう意味じゃない！　ヤの字と間違われて追い返されたらどうするんだって話だよ」

様々な事業に関わる市役所には、利権絡みで反社会組織の人間が来ることもある。そんな連中と勘違いされては目も当てられない。

「大丈夫だって、カカリチョーがちゃんと言ってくれてンだろ多分。あー、にしても眠てェなあ……いっつもならまだ布団の中だぜ」

わざとらしく腕時計を見て怜路が嘆く。始業三十分前には事務室に上がれるように、と広瀬らは待ち合わせた。

「今日だけは仕方ないだろ、初日だ」

「アーやだやだ、悪しき日本の慣習め。定時決まってンだから定時の間に仕事しろよな」

「俺に言うな、俺だって眠い。それにお前んちは巴もここも所要時間変わらんだろうが」

実家が安芸鷹田とはいえ、巴にアパートを借りて一人暮らしをしている広瀬は、通勤距離が巴市役所に行くよりも数倍長くなった。そのため広瀬も普段より一時間以上早く起きている。——隣のチンピラもぐずってはいるが、それでも約束の時間きっちりには来たのだから見た目ほどいい加減な人物でもないのだ。

やいのやいのと言い合いながら、巴の本館とは比べるべくもなく新しく綺麗な庁舎に入り、総合案内で名乗るとすぐに迎えが来た。上階の事務室から下りて来たのは大柄な年配の男性職員と、もう一人、広瀬らよりも若そうな女性だ。リクルートスーツのようないでたちの彼女も職員かと広瀬は驚く。ちなみに、安芸鷹田のオカルト担当部署は教育委員会に入っていた。巴と全く違う部署にある辺り、特殊自然災害の扱いの難しさが見て取れる。

「はじめまして——ああ、春にはお世話んなりました。私は生涯学習課文化財保全係の守山《もりやま》と申します」

会釈した後で広瀬の顔を思い出したらしき守山が、相好を崩して再び頭を下げる。怜路は初対面であろうが、広瀬と守山は御龍山の件の事務処理で顔を合わせていた。広瀬も「こちらこそお世話になりました」と頭を下げる。続けて守山が隣の女性を示して言った。

「彼女は今回の事件の調査に協力してくださる、市立大生の高宮由紀子《たかみやゆきこ》さんです」

守山の紹介に、「よろしくお願いします」と高宮由紀子が頭を下げた。セミロングの黒髪をハーフアップにし、上品に化粧してリクルートスーツを着こなした姿は新卒社会人のお手本のようだ。由紀子は広島市内の大学に通っているが地元は安芸鷹田で、卒論研究のために地元に帰ってきているという。清楚な才媛という雰囲気の女子大学生だった。

「——卒論研究？　つーことは、アンタの研究対象だったモンが今回トラブル起こしてンのか？　たしか神楽面だろ」

こちらはチンピラの見本のような恰路が首を傾げた。どうやらこの悪目立ち甚《はなは》だしい拝み屋のことは巴市からよくよく紹介されているらしく、守山も由紀子も恐れる様子はない。三階にあるという事務室まで階段を上りながら話をする。詳しい事情はこれからだが、芳田から聞かされた事件の概要は「封じられていた神楽面が消えた」というものだった。

「はい。私、緑《みどり》里町の出身なんですけど、同じ緑里町内の神社に、特別な神楽が伝わってるんです。それを研究しに帰って来ていたんですけど——」

広島県は神楽の熱心な土地柄である。特に人気なのは石見《いわみ》神楽の流れを汲むエンターテイメント性の高い芸北《げいほく》神楽で、毎年競演大会も開かれ熱心なファンがいる。衣装も演出も派手で物語性があり、小さな子供の頃から楽しめるのが特徴だ。安芸鷹田市は競演大会優勝常連の神楽団があり、神楽のテーマパークのような場所まであった。

春に尾関山の桜泥棒を追った際、盗んでいたもののけの事情を解決するために新作神楽を創ってくれたのも、安芸鷹田市内の小さな神楽団だ。桜泥棒の住まい——御龍山は巴と隣接する地域にあるが、その神楽団はたしか由紀子と同じ緑里町の所在だったと記憶している。

——その緑里町の山奥に、古くから伝わる神楽があるという。

広瀬の良く知る、演劇性が高く大衆受けのよい神楽は江戸時代の後半から明治ごろに成立したと言われ、その中でも、特に現在好んで舞われる華やかな演目の歴史は戦後からと存外浅い。だが広島県内の神楽そのものの歴史はかなり古く、中世の終わり頃には既に鬼の面を被って舞っていた記録があるそうだ。

「その舞が成立したのは江戸時代後期、元々一帯にあった伝承を元に創作されたみたいで、他では見れない演目なんです。一年に一度、例大祭の前夜祭でその神楽が舞われる時だけ出される面があるんですが、それが消えてしまって……」

「消えた、っつーのは？　なんで気が付いた」

流石にこういった事件の対処に慣れている怜路がぐいぐいと話を進めていく。今回の広瀬はとりあえず怜路のお目付けが仕事のようだった。怜路自身は公務員ではなく自営業だが、巴市と業務委託の契約をしている。事務手続きの都合上、怜路一人を別の市に行かせることもできず、広瀬が御供をすることになったのが実際のようだ。普段であれば、怜路は大抵宮澤と同行している。今回も宮澤の手が空けば広瀬と交代なのだろう。

「――まあ、その辺も含めて頭から話をいたしましょう。こちらへお掛けんなってください。今日からこの二つをお二人の席にしますんで、好きなように使って貰《もろ》うて構いません」

守山の少し嗄れた声が、のんびりとした口調で広瀬らを促す。通された事務室は特自災害と違って、広く明るい大部屋だった。

生涯学習課全部が入っているというその事務室の中で、最も奥まった一角がパーティションで区切ってある。パーティションの向こうには、六つばかり席を固めた島が作られていた。そこに、守山も含め三人の職員がいる。巴の特自災害は人不足を嘆いてはいるが、十人あまりの組織だ。規模の小ささに驚いたのが顔に出たのか、苦笑気味に守山が説明してくれた。

「私らは文化財保全係の中で『特殊文化財担当』いう括りです。巴市ほど組織自体大きくないもので、今回は期限もあって我々だけの手に余るいうことで、応援をお願いした次第です」

やはり自分は分かりやすいのか、と頬を押さえながら広瀬は説明に頷いた。

それぞれの職員に挨拶を終えて鞄をデスクの下に仕舞おうとした広瀬の隣で、怜路はなぜかジッと守山を見ていた。器用に表情筋だけで僅《わず》かにサングラスを下にずらし、守山の姿を上から下までとっくりと検分している。何をやってるんだ、と広瀬が脇からつつこうとしたとき、怜路が守山に尋ねた。

「守山サンだっけ、アンタ、ここの職員なのか？」

何を突然、当たり前のことを。不躾《ぶしつけ》な質問に内心蒼くなった広瀬をよそに、守山は長めの眉の下で細い目を面白そうに更に細めた。

「いえ、まあ職員じゃあありますが、正職員じゃあありませんでしてな。はァもう歳ですけえ嘱託《しょくたく》いう形で雇うて貰っております」

「あー、やっぱそんな感じかァ。ちょっとだいぶん、歳行ってそうだなーと思ってね」

守山の答えに怜路がケラケラと笑う。それは今ここで確認せねばならないことか、と広瀬は突っ込みかけたが、怜路の特異な眼——天狗眼《てんぐがん》と呼ばれるそれに何か特別なものが映ったのだろうと自分を納得させる。なんとなく予想はできていたが、宮澤を挟まず怜路と組むのはだいぶ無駄に気疲れしそうだ。

「はっはっは、下っ端じゃあありますが、ここに居る中じゃあ一番長うに働かせて貰っとりますなあ。それで、神楽面の話ですが……」

守山に切り出され、宛がわれた事務椅子に広瀬も怜路も座る。広瀬は当たり前に、怜路は後ろ前に座って背もたれに抱き付いた状態で聞く体勢を取った。その態度にいちいち目くじらを立てるのも面倒になり、広瀬はそっと見ないふりをする。

守山は由紀子も交え、改めて話を始めた。

緑里町の奥に、静櫛という小さな集落がある。集落の川上には稲田《いなだ》神社が祀られており、その稲田神社に神楽を奉納するため地元住民が神楽団を作っていた。その静櫛神楽団が守り伝える、特別な演目があるという。

守山の言葉に、広瀬は目を丸くする。

「静櫛神楽団って、もしかして」

「ええ、春に御龍姫の神楽を創ってくださすった静櫛神楽団です」

まさに、先程思い出していた神楽団だ。広瀬は団長とも一度挨拶を交わしている。体格も雰囲気も丸い、穏やかそうな人物であった。まだ六十代前半で、平日は会社勤めをしながら、休日や夜に神楽の稽古《けいこ》をしたり、新作の脚本を書いたりしていると言っていた。

「演目の名は『櫛名田《くしなだ》姫』、鬼女物です」

安芸鷹田で生まれ育ち、神楽に慣れ親しんできた広瀬も確かに初耳の演目だ。

「クシナダヒメって、あの八岐大蛇《やまたのおろち》の？」

「だよなァ、神社が稲田神社だろ？　祭神じゃねえの」

櫛名田姫といえば八岐大蛇に喰われるところを素戔嗚命《すさのおのみこと》に助けられ、素戔嗚の妻になった女神である。八岐大蛇は、芸北神楽を代表する人気演目だ。

しかし、危ないところを英雄に救われた女神が鬼女とはどういうことか。鬼女物の演目といえば、平将門《たいらのまさかど》の娘が父の仇《かたき》を討つため鬼となる『滝夜叉姫《たきやしゃひめ》』や、戸隠《とがくし》の鬼女を退治する『紅葉狩り《もみじがり》』などが有名どころだ。どちらも戦後に作られた、能や歌舞伎が原作のエンターテイメント性の高い人気演目である。それらに登場する鬼女は、帝にあだなし神の力で倒されるのが宿命だ。

「……というか。祭神なのか？」

サラリとそういった知識が出て来る辺り、やはり隣のチンピラはプロなのである。少々悔しい思いをしながら確認した広瀬に由紀子が頷いた。

「そうです。一般的な伝承とは違って、静櫛の櫛名田姫は大蛇と恋仲でした。それを両親に引き裂かれて素戔嗚命と無理矢理結婚させられ、恋人だった大蛇を殺されてしまった。その怒りと怨みで鬼女となり災厄をもたらしたという伝説があるんです」

怨みの鬼と化した櫛名田姫は素戔嗚命と戦うも破れ、出雲を去って静櫛にやって来た。そして静櫛の地で安息を見付け、女神に戻った。つまり、櫛名田姫の鎮《しず》まる場所——それが静櫛だという伝承だ。一般的な鬼女物は鬼が退治されてめでたしめでたしだが、この古い神楽は櫛名田姫が苦しみ荒れ狂っているところに、高天原《たかまがはら》から大蛇の化身である男神が迎えに来て姫を慰め、共に天へ還るところがハイライトらしい。それを村人総出で見送り、櫛名田姫の心が安らかであることを皆で祈り、元々稲作の女神である彼女の恩恵に感謝する神楽だという。なんとも突飛《とっぴ》な展開に目を白黒させる広瀬の隣で、怜路が呆れた声を上げた。

「なんだソレ、大蛇も生きてンじゃねーか！　つか大蛇って高天原産だったか⁉」

「素戔嗚命と勝負をして負けた大蛇は傷付いて高天原に帰り、天照《あまてらす》の慈悲で傷を癒せと温泉を与えられた……なんて伝承もこの辺りにはあって、わりと何でもアリなんです」

怜路のツッコミに由紀子が苦笑する。その温泉も安芸鷹田にあると聞いて驚いたが、名前を聞けば広瀬も何度か行ったことのあるスーパー銭湯モドキの温泉だった。言われてみれば、脱衣場の壁にそんな物語の看板があった気もする。

「民間で舞われている里神楽が成立したのは中世で、その頃にはもう仏教の浄土《じょうど》思想が広まって神道と混ざり合っていました。ですから、天界である高天原と仏教の極楽浄土――つまり死後の世界が混同されていたんだと思います」

大学では地方行政を専攻し、地方の伝統芸能について研究しているという由紀子の流暢《りゅうちょう》な解説に広瀬は目を白黒させた。一応高校では日本史を取ったが、その時聞いた覚えがある、という程度の単語がばんばん出て来る。

「はっはー、神仏習合な。天照大神《おおみかみ》イコール大日如来《だいにちにょらい》ってか。広瀬ついてきてるかー？」

広瀬は潔く首を横に振った。無理だ。

「ま、平たく言やあ江戸の終わりっつーか明治始めに明治政府が無茶ぶりするまでは、『神様仏様』はいっしょくただったっつー話。俺んちもだけど、お前んトコも神棚と仏壇並んでるとか向かい合ってるとかで、どっちも何となくご先祖に手ェ合わせてるだけみたいなカンジだろ？　天国と天界と極楽浄土もぶっちゃけ普通区別なんかつかねーのが日本人じゃん。多分神楽が作られた当時もそういうノリだったろうし、今時の教養本に書かれてるような、記紀神話《ききしんわ》だけがベースの『日本神話』は、一般的じゃ無ェ時代が長かったんだよな」

事務椅子の背もたれに顎《あご》を乗せ、得意そうに語る怜路に由紀子と守山が頷く。——本当に、このナリで一丁前にプロなのだ。

それはさておき、確かに広瀬の実家も神棚と仏壇は向かい合っているし、同じように手を合わせて拝むので大して区別はついていない。認識しているのはおりんを鳴らすか柏手を打つかの違い程度だ。

「——まあ、その辺の話はまたゆっくりするとしましょう。それで本題の事件ですが、その櫛名田姫を舞う時に使われる女鬼《おんなおに》の面が、先月消えました。というのも、その鬼面は稲田神社の宝物庫に保管されておったのですが、宝物庫に窃盗団《せっとうだん》が入りましてな。派手に荒らされてしもうたのです」

ならば消えたというより盗まれたのか、と広瀬は思ったがどうやら違うらしい。

「しかし窃盗団は、面も何も盗めませんでした。この理由がまあ尋常《じんじょう》じゃあないんですが、みなその場で死んでおりましたのです」

げっ、と思わず声が漏れる。広瀬が特自災害に配属されて約半年。こんな本気の案件に関わるのは初めてだ。

「死因は？」

こちらは慣れたものらしい怜路が尋ねる。

「ありきたりに心臓発作ですなあ。三人ばかり男が冷とうなっとったそうで。それで、他の物は全部盗まれておらんことが確認できたんですが、櫛名田姫の鬼女面だけ木箱の蓋《ふた》が開いて中身が消えておりました。あの鬼女面は祟《たた》る言《ゆ》うて封じの呪いを施されて、一年に一回、神楽の本番でしか使われんようになっておったそうなんですが」

そして「特殊文化財」として、守山らに呪術的に管理されていたらしい。なるほどねえ、と体を起こして怜路が腕を組む。

「そいつが先月……まあもう十月半ばだからアバウトひと月前か。それから音沙汰なしか？」

「いえ、それがどうも山の中を移動しよるようでしてな。ほんの一、二件目撃情報はありますが、どれもただ『見かけた』ゆうだけのもんで、場所も随分離れておるもので追えておらんのです」

探せばもしかしたら、もっと目撃者はいるかもしれない。だが本格的に目撃者探しをする手も足りていないのだと、守山は疲れた風に肩を落とした。九月の間は警察が入っていたこともあり、十月頭からインターン生という形で由紀子が協力してくれて、ようやく身動きがとれるようになったそうだ。

「あれから何も起きておらんのは幸いですが、泥棒とは言え三人既に死んでおります。それに、今月末の土日は稲田神社の例大祭で、前夜祭には櫛名田姫の神楽も奉納せにゃなりません。応援を呼ぶなら早いほうが良いでしょう言うことになりまして」

言われて、広瀬は事務室のスチール書庫にかけられたカレンダーを見る。タイムリミットまではもうあと半月程度ということだ。「面白ェじゃねーの」と愉しげな怜路の呟きが、広瀬の耳に届いた。

「それで、その鬼女面の今までの武勇伝ってなァどんなもんよ。この部署で管理してたんなら相応に情報はあるんだろ？」

「それが情けないことですが、あまり詳しいことが分かりませんでしてな。巴のように昔々からずっと管理しとるわけでもないもんで……」

巴市は古く江戸時代中期、広島藩の支藩として巴藩が置かれていた頃に、今の特自災害の元になる組織ができたという。それは当時起きた全国的に有名な怪異が切っ掛けで、なにも全国津々浦々の市町村に怪異対策部署があるわけではないのだ。守山らのチームは、毛利が城を構えた郡山を呪術的に守護していた存在が元ゆえ、安芸鷹田のなかでも最も奥まった地域で、合併も最近の緑里の文化財について把握しきれていないのだそうだ。

「――ああ、それで高宮さんが」

静櫛地区ではないが同じ緑里町出身で、静櫛の神楽について研究していた彼女が呼ばれたのだ。稲田神社に宮司がいれば良いのだが、先代が高齢で引退してから跡継ぎがおらず、今は他の神社の宮司に掛け持ちで祭祀してもらっている状態だそうだ。他に事情を知る現地の人間と言えば、静櫛神楽団の団長が代々鬼女面の伝承を受け継いできたが、現団長は平日仕事があるため自由に動けない。

「はい。静櫛の団長さんには卒業研究の取材でお世話になってて、神楽の成立時期や、そのお面の伝説についても調べてたんですが……私も分からないことが多くて」

　恐縮した様子で体を縮め、由紀子が頷いた。

「ですが我々は助かっとりますよ。高宮さんはもう他で就職が決まっておってですが、急きょインターンシップいう形でウチに来て貰うとるんです」

　孫を見るように温かい目で、守山は由紀子を見る。純粋に調査の人手が足りていないのなら、広瀬の仕事もあるだろう。

「なるほど。僕も特自災害は今年配属されたばかりで、狩野のような能力もないんですが体力だけは自信がありますんで。足で稼ぐ部分は任せてください」

　一応これで、趣味はスポーツ系だ。清楚な女子大生を前に思わず張りきった広瀬に、隣の怜路が小さく意地悪い笑いを漏らした。


　男は死に場所を求めて車を走らせ、県北の山中に足を踏み入れた。手にはロープだけを持って、山のただ中を走る県道の路肩に停めた車を降りる。遺書は運転席に置いた。

ふらりふらりと、まだ紅葉の時季には早い秋の山を踏み分ける。人の手が入った様子のない山に道などなく、かれこれ三日着たままのジャージに茨《いばら》が絡まった。進もうと身を捩るほど絡まるそれに、人生のようだなとぼんやり思う。——足掻《あが》けば足掻くだけ、物事は悪い方向へ進んだ。どうにかひとつ潜り抜けても、また次の罠《わな》がボロボロの体を更に痛め付ける。

見合わぬ格好で山に入る愚か者と同様に、男はこの世界を生きるにはあまりにも「足りな」かった。

頭も悪く、人付き合いも苦手で、体力も根性も足りない。

この世界で生きるために必要とされる要件を、満たさずに生まれて来てしまった。

——そう。何もかもが駄目な、出来損ないの己が悪いのだ。

ただ、ただ。情けない。あまりの情けなさが悲しくて、獣が唸るように泣きながら山の奥深くへ分け入る。父は厳格だが立派な人物だった。母は控えめだが優しい人物だった。一人前になれと、他人様に迷惑をかけぬ立派な大人になれと育てられたのに、なにひとつ満足にできない出来損ないのまま歳だけ重ねてしまった。そして何もかもが上手く行かず、全て失った。

——もう、いいだろう。

許しを乞うように繰り返す。出来損ないなのだ。生まれてきた値打ちなどなかった。この世界で生きることができるほど、男は上等に出来ていない。生まれてなどこない方が良かった。こんな惨めな思いをするくらいならば。

――ああ、でもこうして死ねば、きっとまた沢山、他人様の手を煩《わずら》わせてしまうのだ。借りて乗り捨てたレンタカーも、未払いのままの光熱費や家賃も、そして男が死んだ後に残る死体も、他人様に迷惑をかけつづける。……だが、男が失われたことで、困る人間も悲しむ人間もこの世界にはいない。

「う、うぅ……ぅあぁあぁあぁあぁ……!!」

吠える。もはや人の形であろうとも思わない。人間としては出来損ないなのだ。男は人間以下の生き物なのだ。

――なれば、鬼にでもなってみれば宜《よろ》しゅうはございませぬか。

唐突に、耳元で女の声が囁いた。男は驚いて足を止める。いつの間にか、下草も生えぬほど深い深い森の奥へ入り込んでいた。放棄された植樹林か、細く貧相な杉が密に生え、至る所で競争に負けて立ち枯れ、折れ、倒れている。遠く近く視界を塞《ふさ》ぐ木々の中に、声の主を探して男は辺りを見回した。

「だっ、誰かいるのか……？」

怯えた声は杉の細枝に吸い取られて儚く消える。

――悪いのは、お前様では無《の》うはございませぬか。

男のすぐ後ろ、右耳の背後から女の声が囁く。振り返っても、細い杉の幹が悄然《しょうぜん》と立っているだけだ。

——悪いのは、お前様に冷たく当たるこの世ではございませぬか。

今度は左耳に。おぞましいはずの、明らかに人外の女のねっとりとした声はしかし、男の心に甘く甘く沁み込んだ。……誰かに、そう言って貰いたかった。ずっと、ずっと。

『貴方のせいではない。貴方は悪くない』

誰一人、言ってくれる人間は居なかったけれど。

——知らしめてやるべきではございませぬか。

男の無念を。悔しさを。悲しさを。怒りを。怨みを。

何ひとつ知らぬ顔をして、当たり前に続くこの世界に。

男を喰い物にしておきながら、罪も穢れもない顔をした世界に忘れられ、ただ一人で朽ちるくらいならば。

——呪え。

告発するのだ。最早我が身より他に何も持たぬのならば、その身を擂《す》り潰してでも。

この世界に、疵《きず》を。

怨みを、憎しみを、思い知れ。

ひょう、と生温い吐息のような風が男の項を撫でた。男は後ろを振り返る。

その手から、ばさりとロープが落ちた。

男の真後ろ。

振り返った男の鼻に触れる位置に、大きな鬼女面が浮かんでいた。

むかしむかし、静櫛ゆう里の神社に盗人《ぬすっと》が入ったんじゃげな。

盗人ァ神社の宝物殿を荒してから、そこにあったゆう、神楽の面よのぉ、アレを盗んで逃げたんじゃげな。

その神楽の面ゆうんが、女の鬼の面なんじゃが、クシナダ姫ゆうてアレよ、ヤマタノオロチを退治したスサノオノミコトの嫁さんになった神さんよのお。あれが実はほんまはオロチと恋仲だったんじゃゆうて、それを殺してしもうたスサノオノミコトを怨んで鬼になってしもうたゆう話でのお。静櫛にゃあその鬼になったクシナダ姫が、もういっぺん神様になった所じゃゆうて神社があるんよ。

ほいで、その鬼になったクシナダ姫を舞う神楽があるんで、その面よのぉ。

それが盗まれたんじゃげな。

クシナダ姫の面はそりゃあそりゃあ大けな面でから、ツノやら目やら牙やら金箔が貼られとって、そりゃあ立派なもんでのお。それを売っちゃろう思うたんじゃろう。

へぇじゃが、神さんの面じゃけえ。罰《バチ》が当たったんよのお。盗人は次の日の朝にゃあ山ん中で逆さ吊りんなって死んどったげな。

ほいで、面は四《よ》通《つうじ》ゆうて静櫛の里の入り口んところに辻があるんじゃが、そけぇ帰って来とったげな。辻の真ん中に面がポツンとおってから、里のモンは面が盗人に祟ったんじゃあゆうて、丁重に丁重に面を祀ったげな。むかしむかし、こっぱった。

旧緑里町編纂《へんさん》の古い郷土誌に収められた、静櫛の神楽面の伝承である。Ａ4版のコピー紙に印刷されたそれに目を落とし、美郷は思案しながら口を開いた。

「――この話だけだと、神楽面が『祟った』相手は泥棒しかいないんですよね。これだけ読むと櫛名田姫の面は本当に姫神が宿ったものとして、丁寧に祀られたように見えます。でも実際の面は祀られていたというより、封じられていた。これは神道系の呪術者が行う、本格的な祟り封じです。多分本当は、泥棒の後にまだ何か被害を出してるんじゃないかな……」

そう顎に指の背を当てる美郷の前には、もぬけの殻になった木箱が置かれている。場所は件《くだん》の面が所蔵されていた稲田神社の宝物殿だ。宝物殿といってそう大きなものでもなく、ほんの物置サイズの土蔵の中に棚が設えらえている。時刻は昼間だが窓はないため、天井から吊り下げられた白熱灯の明かりが頼りだ。

美郷の背後から木箱を覗き込んでいるのは五人、広瀬、怜路、由紀子、守山、そして静櫛神楽団を現在率いている人物、中原茂《なかはらしげる》である。広瀬と怜路から遅れること三日、週明けから美郷も安芸鷹田に入った。報告書用の写真を何枚か撮影するため、デジカメを構えた美郷の背に怜路が返答する。

「ソイツは俺らも疑って、何とか話を集めようとしたんだが……まあコレが残ってねーんだわ。どうするよ、宮澤主事」

　空箱の蓋を閉め更に数枚写真を撮った美郷は、空箱を風呂敷で包み直して振り返る。その先では見慣れたチンピラ大家がお手上げだ、とばかりに腕を組んでいた。五人の視線がジッと美郷に集まり、美郷は少々たじろぐ。普段であれば美郷はまだ先輩職員の指示を仰ぐ立場なのだが、この面子の中だと呪術知識がもっとも豊富なのは美郷になるらしい。守山はあくまでも、多少その世界のことが分かる地元民だと謙遜《けんそん》していた。

「神社には何の云われも残っていないのですか？」

　その守山と、この場の中で最も櫛名田姫に詳しい中原に向かって、美郷は確認する。残念ながら、と守山が首を横に振った。

「わかっておるのは高宮さんが見つけてくだすったその伝承と、演目の成立について多少くらいですな。今舞われておる櫛名田姫はだいぶん『新舞』風に脚色をされとると聞きましたが、演目そのものは江戸時代の、神楽がこの方《ほう》に伝播《でんぱ》した頃から舞われておったもので、この『櫛名田姫』はここの稲田神社の祭神だそうです。他所《よそ》には一切同じ演目が見えませんから、静櫛の者が氏神社の由来から創作した演目でしょう」

　守山の言葉に中原も頷いた。中原は温厚そうな雰囲気の人物で、この春には快く御龍姫のための神楽も書いてくれた。好奇心旺盛で人懐こそうな、男衆を率いる団長というより、郷土史家や創作家の印象が強い人物だ。その中原が守山の後を継ぐ。

「先代が思い切って演出を変えたらしいと聞いとりますね。歴史についちゃあ詳しゅうはないんですが……地域に昔から伝わる大切な舞じゃいうんは、その先代からもようよう言われております」

戦後に作られた新舞と呼ばれる演目は、歌舞伎のような演劇性を持つ、この地方特有のエンターテイメント芸能である。一方で、明治以前に作られた旧舞、それよりも以前に伝えられた神楽と、時代を遡《さかのぼ》るにつれて神楽は神事、あるいは呪術や占術としての色合いを濃くしてゆく。櫛名田姫も古くはそういった、呪術的な色合いの強い神楽だったのだろう。

「かなり古いですね……ずっと同じ面が使われてるのかな。だとしたらなかなか大物そうだな……」

百年単位で「鬼」として神楽に使われてきた面だ。かつては「櫛名田姫」を舞手に降ろしていたのかもしれない。

「こんだけ厳重に封じをしてる面を、あんたら年一回は使って舞ってんだろ？　何ともなかったのか」

心底不思議そうに怜路が訊ねた。それに中原が「いいえ」と首を振る。

「その封を開けるのも閉めるのも神楽団に作法が伝わっとって、その通りにやれば何も起きよりませんでしたね。むしろ、その年一回の奉納を怠ることは何があってもしたらいけん、いうて、キツく言われておるんです」

なるほど、と美郷は中原の言葉に頷いた。普段は厳重に封印されながらも、毎年一度は封を開けて神楽に使っていた――むしろ、神楽を奉納することで何かを鎮めていたような雰囲気だ。やはり、かなり特殊な面なのであろう。

「今回の場合、鬼女面が罰当たりな泥棒を制裁しただけなら、この宝物殿から消える必要はないわけですよね。それに具体的ないわれは何も伝わってなくても、地域の皆さんには『下手に封じを解けば災いが起きる』という認識があった……」

「ほうですねえ……なんだし具体的な話もなしに、あの鬼女面は粗末にしたら大事《おおごと》になる、みたような思いを皆持っとろうと思います。僕らもこの封じを触る時は毎年緊張しよりましたけえ。――しかし言われてみれば、どう祟るやら何があったやらいう話は、何も覚えがないですな」

美郷の言葉で気付いた、といった雰囲気で中原が腕を組んだ。

普通、派手な祟りを起こして封じられたものには、その恐ろしさを伝える逸話が残されているものだ。全くないのは嫌な違和感だな、と美郷は頭の隅でちらりと思う。

「あとは、この封じを行った術者を割り出して記録を探してみる、とかですかね……」

施されている封じの術は陰陽道系の本格的なものだ。地元民が施したものとは考えづらいので、外部から呪術者を呼んだのだろう。ことの発端が江戸時代の話であれば、当時の静櫛村やこの地域を所管する代官所、あるいは藩に記録を残している可能性はあった。

「それでしたら私どもの方で記録を探してみましょう」

そう守山が頷き、それ以上確認することもないので皆で宝物殿を後にする。外に出ればまだ日は高く、気持ちの良い秋の行楽日和だ。山が紅葉に染まるにはまだ時間がかかりそうだが、境内にある御神木の大銀杏の葉は黄色くなり始めていた。

安芸鷹田市緑里町は県内でも中国山地の奥まった場所であり、秋の訪れも美郷らが住んでいる場所より早い。中でもこの静櫛地区は、広島と島根を隔てる深山の裾野に位置する。冬場の難所となる県境の峠《とうげ》もほど近く、もう一週間もすれば紅葉が見られそうだ。

職場から駆けつけてくれていた中原が、挨拶もそこそこに去って行った。残された五人は、のんびりと秋の空気を楽しみながら公用車への道を歩く。

と、美郷の背後で派手な悲鳴が上がった。

「ッぎゃあァっ!! うわっ、シッ!!」

驚いて振り向くと、広瀬が道の傍らに建つ手水舎《ちょうずや》から飛びのいて顔を腕で庇っている。

「ああ、大丈夫ですよ広瀬さん。この子は青大将です、咬んだりしません」

そう穏やかに広瀬を宥めたのは由紀子だ。どうやら手水舎の軒先から、蛇が落ちて来たらしい。

「――あ、ああ、はい、スミマセンお見苦しい……俺、蛇マジ駄目なんスよ。咬むとかじゃなくて、なんつーかあの見た目が。ゾワワワワーって」

鳥肌の立った二の腕をさするように、己を抱いて広瀬が体を縮める。美郷も初耳の広瀬の弱点だった。それを聞きつけた怜路がケッ、と突っかかる。

「ンだあ広瀬！ 軟弱者がテメェそれでも田舎っ子か!!」

「るさい！ 田舎っ子だからこそだよ!! ウチの天井から夜に青大将落ちて来たことあんだ

よ！　俺の飼ってたハムスター丸呑みにされたんだトラウマで当たり前だろうが!!」

怜路の倍の勢いで言い返す広瀬は、心底蛇が苦手な様子だ。チラリ、と一瞬怜路が美郷を見遣る。美郷はそれに、無言で軽く首を傾げた。――誰にでも苦手はあるものだ。

「高宮さんは蛇は平気そうですなあ」

守山が感心したように言う。ぎゃんぎゃん騒ぐ男どもの後ろで、青大将を山の方へ追っていた由紀子が微笑んだ。

「ええ、まあ。山育ちですし、一人っ子なんで実質長男みたいなもので――」

「ホラ見ろ！　普通ああだろ山育ち!!　由紀子ちゃんを見習え！」

更に絡む怜路を、煩そうに広瀬が追い払う。少し見ない間に、更に仲良くなった――と言うと本人たちに怒られそうだが、言い合いの呼吸が合っているなあと美郷は感心する。

「でも私も意外です。広瀬さんって、そういう苦手ってあったんですね」

くすくすと笑って、様子を見ていた由紀子が言った。まるで広瀬のことを昔から良く知っているかのような口調に、広瀬が目を瞬かせる。

「――？　高宮さん、俺のこと……」

「後輩です。広瀬さんと宮澤さんの。私も清荘《せいじょう》高校卒なので」

高宮が口にしたのは、美郷と広瀬の通った高校の名だった。二人揃って「ええっ」と声を上げる。

「そうなのか――だからってでも何で……」

「なんでってお前、生徒会役員だったじゃないか体育委員長。球技大会のたびに挨拶とか表彰とか」

いまいちピンと来ていない様子の広瀬に美郷は突っ込む。体育委員長、それも本人もスポーツ万能系なので、大抵ああいう競技会や体育祭では目立つ男だった。当人には大して意識もなかったらしく、「ああ、そうか……」などと首を傾げている。

「二つ下ですか？　偶然ですね」

「私もびっくりしました！　なかなか言い出せなくて……でも宮澤さんも一緒で、凄いなぁって」

おや、と美郷も目を瞬いた。広瀬と違い、家庭事情が面倒で家業の説明もしづらい美郷は高校時代、できるだけ気配を殺していた。部活動もしていなかったのに、他学年のしかも異性に存在を認識されていたとは、と驚く。

「選択授業、書道にされてましたよね？　私も書道取ったんですけど、先生が先輩方の作品を見せてくださった中にあって。凄い綺麗な字だなって思って、お名前も女の人かと思ったら男性だったので印象に残ってて……」

しまったそこは盲点だった、と思ったが、少し照れたように褒められればまんざらでもない。広瀬と二人揃って照れ合っていると、ゴフォン！　とわざとらしい咳払いが隣で響いた。

「あー、まあそういう旧交温め合うのは撤収してからな！　ったくお前等だけでやれ」

語気荒くそう言い置いて、どかどか歩き出す怜路を「ゴメンゴメン」と追いかける。怜路には学校生活の記憶がないという。拗《す》ねてしまった大家に並んでご機嫌を取りながら、美郷は今後に思いを巡らせた。

2．不穏な夜

ふあぁ、と隣の助手席で大きく貧乏下宿人が欠伸《あくび》をした。

彼岸を過ぎた秋の夕暮は、日に日に早くなっている。黄昏時《たそがれどき》、まだ「暗い」と感じるほどではないが、怜路はロービームのヘッドライトを点灯させた。見えている、と思っていても存外に、歩行者の輪郭が背景に融《と》けているものだ。

「お疲れさんだな。先週のやつ、超速で片付けてきたのか」

うん、と眠たそうな声が返す。職務熱心な公務員殿は、休日返上で巴の案件を片付けて安芸鷹田へ乗り込んできたらしい。建前は「大家と下宿人」という関係ながら、怜路と美郷はほぼほぼ同居しているのでその辺りは筒抜けである。

「べっつに、俺と広瀬に任せときゃアいいのによ」

愛車のセダンを家に向けて運転しながら怜路はこぼす。美郷も自分の車を持っているが、どうせ二人一緒に行動するのだからと同乗出勤したのだ。己の薄っぺらい軽自動車よりはよほど座り心地が良いのだろう、今更遠慮もないとばかりにシートを倒した貧乏下宿人が、寝る体勢で「良く言うよ」と笑った。美郷の巴就職と同時に、ひとつ屋根の下に暮し始めて一年半、慣れた距離感に落ち着いた静寂が漂う。

怜路は一年半前、この美貌の貧乏公務員を公園で拾った。何の誇張でもなく路頭に迷っていたので、だだっ広い一人暮らしの一軒家に招き入れたのである。なんでも、入居契約したアパートがダブルブッキングされていたそうだ。そんな漫画のような話があるのか耳を疑うところだが、やらかした不動産屋が怜路の得意先だったため一部始終を聞けたのだ。

気に入らなければすぐにでも別の物件を探せただろうが、同年代の同業者で居心地も良かったのか格安家賃が気に入ったのか（恐らく主な理由は後者だ）、美郷はそのまま怜路の家の離れに住み着き、そのうち怜路との共用リビングが母屋にでき、なんやかんやと理由をつけては一緒に食事をとることが増えて現在に至る。実家とはゴタゴタがあり断絶したまま苦学したらしく、奨学金という名の借金苦を背負っているため光熱水費込みで破格な家賃も時々滞納する貧乏人だ。

「時間外勤務ちゃんとつけて稼ぐからいいんだよ。広瀬もお前のお守が大変そうだったし」

ふふ、と機嫌の良さそうな美郷に怜路は片眉を上げた。赤信号で停車し、傍らを流し見る。

「お守って何だ、俺ァ有能な拝み屋さんだぜ」

「知ってるよ。けど広瀬と組むのなんて初めてだろ？　あいつ常識人だからお前相手じゃ余計な気苦労多いだろうと思って」

目元は腕に覆われ、形の良い唇だけが笑んでいる。広瀬は怜路や美郷のような「業界人」

ではない——という意味ではないだろう。「ンだとォ」と返したところで信号が青に変わった。この交差点を過ぎて、次のカーブで脇に入れば近道だ。辺りはあっという間に暮れてライト無しでは走れない暗さになっている。

「——そうだ怜路。御龍山に行ってよ」

「ンだよ、まーだ働く気か」

脇道を入らず、このまま幹線を走って暫くすれば御龍山だ。御龍山は巴と安芸鷹田を結ぶ幹線道路の傍らにある、ほんの丘程度の山だが、古く南北朝時代にこの地方にやって来た領主が居を構えた城跡だった。現在はほんの遺構と、領主一族が輩出した天狗を祀るという小さな神社があるだけだが、そこには、この春美郷が舞で救った姫神がいる。おそらくそれを頼りたいのだろう。

「明日でよくね？」

「こういうのは早めに動いとくほうがいいよ、何となく。……っと。なんか凄い嫌な感じがする。何にも伝説が残ってないのが凄くイヤ」

やる気が起きてしまったらしく、シートを起こして公務員陰陽師がフロントガラスを睨む。崩れた纏《まと》め髪を一度解いて手櫛で梳き、ひっつめ直す様子がガラスに透けて映った。日本人形のように白く整った顔が、切れ長の目に鋭い眼光を宿す。普段はすっとぼけた顔ばかりしている貧乏公務員だが、実は大きな神道系一門出身のエリート様なのだ、宮澤美郷という男は。——便宜上陰陽師と呼んでいるが、本人はこの呼び方を嫌う。正確に表現すれば、民間陰陽道の流れを汲む神道系呪術者、といったところか。

「第六感、か。しゃーねえな」

呪術者の虫の知らせだ。それに、伝説が何もないのは怜路にとっても嫌な感触だった。

言っている間に、既に近道への入り口は過ぎた。大きなカーブを車は曲がる。しばらくその後直線が続き、トンネルをくぐれば目的地だ。道路脇にひっそりと佇《たたず》む史跡を示す案内板と、苔むした鳥居がヘッドライトに照らされる。コッチ、コッチ、コッチとウインカーの音が車内に響いた。

路側帯に停車する。目指す鳥居は道路のすぐ傍に、コンクリートブロックの垣根に守られて慎ましく建っている。背の低い鳥居を潜り上る石段は木々に隠れ、もうすっかり暮れたこの時間では真闇の奥へと続いて見えた。

余人にはおどろに見えても、春から何度か足を運んだ怜路らにとっては勝手知ったる場所だ。トレードマークのサングラスを外した怜路は、明かりもつけず石段に足をかける。怜路の特殊な両眼は日常生活には視え過ぎて不便なのだが、闇を視るにはうってつけだ。急で凹凸の激しい石段を苦もなく数段上ると、鎮守の木々に天を覆われ一度真っ暗になった視界が薄明りに包まれる。――「異界」へ入った証拠だ。

ここから先は、うつし世と常世の境にある異空間だ。「異界」とは、現実にある場所と重なりあいながら、膜を一枚隔てたように現実とはずれて歪《ゆが》んでいる空間である。中を流れる時間も現実とは異なり、現実よりも速かったり遅かったりと色々だ。御龍山の異界は、現実世界よりも速く時が流れている。

御龍山を支配するのは龍の姫君だ。南北朝時代、ここに居を構えた宍倉氏に請われて顕現し、御龍山に湧水を与えた御龍姫は、領主に与えられた桜の世話をするのが生き甲斐という、穏やかで気の良い姫神である。枯れてしまった桜に泣き濡れていた所を美郷に救われて以降、いたく美貌の陰陽師殿をお気に召しているらしく、怜路も共に他愛ない用事——例えば、蛍が見事だという風雅な理由など——でこの異界に招かれたことがあった。

光源の判然としない薄明りが、少し靄のかかった空間を浮かび上がらせている。足元にも影は落ちず、天を見上げても木立が闇を作って空は見えない。まるで曇天の日の夕刻のような、仄かに紅く、ぼんやりとした明るさが周囲を満たしている。

「——ッ!?」

不意に殺気が怜路のうなじを撫でた。

反射的に出所を探りながらポケットに手を突っ込む。

頭上から飛来した何かを、怜路の握る独鈷杵《とっこしょ》が弾いた。高く鋭く金属のぶつかり合う音が響く。

「美郷伏せろ!」

狙いは自分ではない。振り返った怜路の指示に、美郷が慌てて頭を庇ってしゃがみ込む。

天狗を名乗る男に山野と路地裏を連れ回されて育ち、十五、六の頃から場末の拝み屋をやってきた怜路と、苦学とはいえ当たり前に大学を出て公務員になった美郷では踏んだ荒事の場数が違う。素直に怜路の指示に従った下宿人を守るように、怜路は独鈷杵を構えた。

独鈷杵とは密教僧や修験者等が使う法具――すなわち、呪術的な武器である。独鈷杵は片手で握る柄の両側に槍の刃がついている、仏教とともに天竺《てんじく》から渡って来た武器だ。

きぃん、と高く金属音が再び響く。更にもう一撃。

怜路に弾かれた攻撃のひとつが、石段傍らの木の幹に突き立った。

「――円月輪《えんげつりん》」

驚いたように美郷がその名を呼ぶ。別名チャクラム、環状の金属の外縁が刃になっている、殺傷能力の高い投擲《とうてき》武器だ。法輪《ほうりん》とも呼ばれ、これも天竺――つまり古いインドの武器だった。法具を武器にするのは大抵怜路の同業者、すなわち仏教系の呪術者である。

「クソっ、誰だンなもん投げつけて来やがって!!」

言って、傍らに落ちた円月輪を掴み、怜路は敵の気配がする方へそれを投げた。木々の小枝を刈りながら奥の人影を狙った円月輪が、木立の奥で何者かに弾かれる。

「俺が炙り出す。構えとけ」

「う、うん」

陽動を買って出て、一段上の石に足を掛けた怜路の後ろで、美郷が体勢を立て直す。それを確かめ、怜路の意識が木立の奥の敵に逸れた一瞬だった。

「うわっ!?」

突然横から飛び出して来た小さな影に、美郷が石段を突き落とされた。

校内放送が六時を告げ、資料に没頭していた広瀬は顔を上げた。高校の図書室から眺める外はすっかり暗くなっている。いつの間にか定時は過ぎていたらしい。

「守山さん、高宮さん、どのくらい粘ります？」

広瀬らは鬼女面に関する情報を集めるため、安芸鷹田市内の高校で資料を閲覧していた。なぜ高校かといえば、この高校は古くから活動している史学部があり、様々な市内の伝承について検証する活動を続けているからだ。たかが高校の部活動と侮《あなど》ってはいけない。地元に本拠地を持って長い時間をかけて聞き取りや現地調査を続け、代々の部員が積み上げてきた研究は他では見られないような情報も網羅《もうら》している。まだパソコンにプリンターどころか、ワープロもなかった時代のガリ版刷りの冊子には、その当時でなければ聞けないような戦前、更には明治以前の話まで載っていた。

「あっ……私は父の車で帰りますから、それまでは」

古い史誌から顔を上げた由紀子が言った。彼女の父親はこの高校に勤める教員なのだ。

「それなら私は、まだ帰って今日やることがありますんでこれで。広瀬さん、高宮さん、あんまり無理はされんようにしてください」

そう言って守山が席を立った。たった三人の部署だ。本来、ひとつの事案に丸一日使うのは無理なのだろう。

「じゃあ僕は高宮さんと残ります。お疲れ様です」

腰を浮かせて一礼した広瀬に、軽く手を挙げて守山が図書室を出ていく。廊下を歩く足音が去って、しん、と静まった人のいない図書室で、由紀子が申し訳なさそうに小さくなった。

「すみません、広瀬さんまで付き合わせちゃったみたいで……」

「いいよ、俺も一区切りまでやっときたかったし」

場所は高校、校舎の中に彼女の父親がいるとはいえ、若い女性を一人残して帰るのは気が引ける。それに、広瀬は出向《しゅっこう》とはいえ正職員で、彼女はあくまで手伝いをしてくれているインターン生だ。職員が学生を置いて帰るわけにはいかない。

「ごめんなさい、何も考えてなくて父の車に乗ればいいやって思って……」

由紀子自身も学生ながら車を持っているそうだが、今日は朝から大人数で移動したため広瀬の車に同乗して来たのだ。いかにも真面目に考えすぎる風情の由紀子にひとつ笑って、広瀬は椅子に座り直すとガリ版刷りの古びた冊子に目を落とした。

「べつに、そこまで気にしなくていいよ。ちょっとでも進めれば、ちょっとでも早く解決するかもしれないし、それにこんな時間まだまだ、いつも普通に残ってるから」

自慢しても仕方ないが、公務員は意外と定時で帰れない。中でも特自災害は結構なブラック部署だ……などと言ったら係長以下、その道のプロとして生きている専門職員たちには申し訳ないが。扱う内容的にも夜間の出勤が多く、きつい部署なのは間違いない。

「そうなんですか……やっぱ、お仕事って大変ですよね」

「いや、まあ部署にもよるだろうし。高宮さんはもう就職決まってるんだよね？」

大学四年の秋だ。大抵の学生は進路が決まっている。

「はい、教員採用試験に合格できたんで。まだ、どこの学校に行くかは決まってないんですけど、中学校で」

「へえ！　おめでとう！　確か教職って決まるの遅いよな、授業取るのも大変だし」

広瀬の大学の友人で教職を目指している人物がいたが、授業の履修が大変な上に実習もある。更に採用試験も公務員より遅く、既卒教職経験者が多くライバルとしているため、新卒採用は狭き門だ。

「ありがとうございます。九月末に合格発表で、やっと落ち着いたところなんです」

「じゃあ、これから卒業研究追い込みだろ？　大丈夫なの？」

「大丈夫です。なんていうか、ちょっと申し訳ないですけど、これも卒業研究兼ねてるんで……」

少しばつが悪そうに肩を竦めて由紀子が言う。紙面を追うことを諦めた広瀬は、重厚な長机の斜向かいに座る由紀子に改めて視線を向けた。淑《しと》やかだが芯があり、最初の印象よりは闊達《かったつ》なようだ。大人びたしっかり者という雰囲気で、父親が教員という話も、彼女自身が教員になるという話もすんなり納得できる。意外と話し好きらしく、間が持たないという心配はしなくて済みそうだった。

「いやいや、それくらい当然だよ。学業の邪魔になってないんなら良かった。……やっぱさ、お父さんの職業目指したの？　あ、いや、実は俺も親父が安芸鷹田の職員なんだよね。流石に同じ職場は嫌だったから巴受けたんだけど」

　それが、何の因果か父親の居る庁舎に出向している。出向拒否をする理由にもならなかったが、実家から通うと同じ道を同じ時間に通勤せねばならない。それが嫌な広瀬は、わざわざ巴のアパートから片道四十分かけて毎日通っていた。ちなみに、実家から安芸鷹田の庁舎はその半分程度の距離だ。

「父と同じ道を目指そうとか思ったわけじゃないんですけど、気付いたらっていうか。広瀬さんもなんですね。……なんなんですかね、昔は窮屈だなって思ってたはずなのに……やっぱり、それが一番堅実っていうか、ちゃんとした道かなって」

　由紀子の言わんとすることは広瀬にもよく分かる。

　仕事の付き合いが多く地元に顔の広い父親を持つと、地元ではどこに行っても「あの広瀬さんの息子」と言われるのだ。常に父親の影が己に付いて回るのを、正直うざったいと感じた時期もあった。だが、これが背を見て育つというものなのか、気付けば広瀬自身も同じような道を歩んでいる。

「わかる、高宮さんも学校とか近所で『あの高宮先生の』とか言われたんだろ」

　冗談めかして言った広瀬に、そうなんです！　と由紀子が大きく頷いた。そして、心底安堵したような笑みをこぼす。

「そうなんです、ほんと。だから高校は絶対に私立にしようと思って。でも今度は、先生に父の同級生とかいるんですよ。家から通える場所選んじゃったから当然と言えば当然なんですけど……」

良くも悪くも世間の狭い田舎である。広瀬や高宮の通った高校は島根との県境に近い山奥の私立学校で、勤務する教員も通う生徒も、安芸鷹田を含む近隣の住人が多かった。そのまま話題は高校の思い出になり、当時の教師や学校行事のことをとりとめもなく話していると由紀子のスマートフォンが鳴動した。どうやら、父親の業務が終わったらしい。

「あっ。下りて来いって……すみません、お喋りばっかりして全然進みませんでしたね」

「まあいいんじゃない、また明日頑張ろう」

思い出話は楽しいものだ。席を立って手早く資料を片付け、広瀬と由紀子はおのおの上着を羽織る。昨今、十月上旬でも昼間はまだまだ暖かいが、山間部の朝晩は冷え込み始める。最後に照明を切って、預かっていた鍵で図書室に施錠《せじょう》した。まだ煌々《こうこう》と明かりの灯る廊下を歩き二階分の階段を下りて、広瀬と由紀子は待ち合わせ場所である校門裏手の駐車場へと向かう。

「なんか、不思議な感じです。高校で知ってた人と一緒に働くのって。広瀬さんと宮澤さんも、偶然一緒になったんですか？」

薄暗い階段を下りながら由紀子が問うた。広瀬は安芸鷹田の出身、宮澤はたしか出雲の出身だと聞いたことがある。高校卒業後の四年間は全く交流がなく、何の示し合わせもなくどちらの出身地でもない巴市で同僚となった。

「うんそう、完全な偶然。俺も滅茶苦茶驚いたよ」

「宮澤さん、ちょっとびっくりしました。こういう職業の方ホントにいるんだって。広瀬さんもお詳しいんですか？」

ぱたぱたと、人気のない夜の校舎に二人分のスリッパの音が響く。一歩前を歩く由紀子は少し楽しそうだ。身近に「陰陽師」が、それも眉目秀麗《びもくしゅうれい》な美青年がいたとあれば、若い女性としては当然楽しいだろうし、興味も尽きないだろう。だが広瀬も宮澤のことをあまりよく知らない。知らないのだ、と思い知ったの自体、市役所で再会した時だった。

「いいや、俺は全然。宮澤がそういう世界の奴だってのも、市役所入って初めて知ったんだ」

「そうなんですか。なんか、ずっと一緒にいらしたイメージでした。……なんていうか、不思議な雰囲気の方ですよね。いつも一人って感じじゃないけどなんとなく周りと距離があって、どこか超然としてる……っていうとなんか大袈裟《おおげさ》ですけど、こうやって正体？　を知るとなんか納得しちゃう感じがします」

「凄いな高宮さん、よく見てる。俺なんか三年間ずっと一緒にいたのに、何も疑問に思わなかった」

やはりこういった観察眼は女性の方が良いのだろう。宮澤は高校時代、目立つ生徒ではなかった。目立つ髪型をしている現在でもそうだが、顔立ちの秀麗さに比して注目されたり持て囃されたりするところを見ない。気配を消して群衆に紛《まぎ》れるのが上手いのだ。己の鈍さを差し引いても、高宮の言う不思議な雰囲気を器用に隠していたのだと思う。

「そんな、きっとこういうのって、ちょっと離れた場所からのほうが分かりやすいんだと思います。それに、他の人と違って広瀬さんは距離が近くて、仲良いんだなーって思ってました」

「あっはは、それは多分、鈍感な俺があいつの距離感に気付かずに、一方的に懐いてただけっぽいな」

自虐《じぎゃく》に聞こえたのか、階段を下りきった由紀子が慌てたように広瀬を振り返る。廊下に出てしばらく進めば、守衛の常駐する職員用の玄関だ。返事に困った様子の由紀子にひとつ「ごめん」と笑って、自分も一階に降り立った広瀬は「でも、」と続けた。

「俺の方があいつに懐いてたのも、あいつのこと何も知らなかったのもホントなんだ。なんていうか……そう、あの超然としたとこ？　が居心地良くてさ」

なんとなく小さくした声は、それでも冷えて人気のない廊下に反響した。

広瀬にとっての宮澤美郷は、少しだけ特別な存在だった。

「俺、野球部だったんだ。でも二年の時に監督が替わって、外部から強豪校の監督経験者を招聘《しょうへい》して……部は強くなったんだけどさ、面白くなくなった」

突然厳しくなった練習について行けなくなった、というとまるで落伍者《らくごしゃ》だ。脱落するという感覚はプライドを傷付けたし、部員やクラスメートに嘲笑《あざわら》われるような気がして怖かった。

だが、広瀬が求めた「野球部」でなくなってしまったのも、その望まない部活に時間を浪費するのが苦痛だったのも事実だ。

「それで結局部活辞めたんだけど、そん時に野球部グループに居づらくなってさ。たまたまずっと同じ授業取ってた宮澤と、一緒に歩くようになった」

実は辞めるか否か悩んでいる時に、宮澤にふとそのことを漏らしたのだ。元々、何かを大袈裟に騒ぎ立てて言いふらしたり、茶化したりするタイプでないのは分かっていたため、何かの弾みでこぼしてしまった。部活を辞めたいことや、それに対する後ろめたさを。

『広瀬が本当に、その方が楽しい、幸せだ、って望む方を選ぶんなら、別にそれを「悪い」なんて思わなくていいんじゃない？　そんなの、自分が「楽しい」「幸せ」って思うモノを悪く言うようなものだし。ほんとはやりたいことから逃げるんだったらまた話は別だろうけど、幸せな方を選ぶのが悪いことだなんて、やってられないでしょ』

図書館で借りたハードカバーを開き、隣でこぼす広瀬の愚痴《ぐち》を聞いているのかどうかも分からなかった級友は、のそりと顔を上げて何でも無いことのようにそうのたまった。おそらく本人の中では、本かテレビドラマの感想を求められた程度の軽い返答だったのだろう。その時のことを宮澤が特別に覚えている様子もない。だが、その言葉が広瀬の背中を押し、高校生活を前向きに送る原動力となった。

部活のない生活を、思い切り積極的に楽しめばいい。

有り余った時間とエネルギーを学校行事や勉強に振り向け、気付けば推薦《すいせん》でゆうゆう大学入試をクリアしていた。そのきっかけを作ってくれたのは、間違いなく宮澤である。

「そうだったんですね。それで今も一緒にお仕事されてるの、なんか凄いですね」

無邪気に由紀子はそう笑う。下駄箱から取り出した革靴に足を突っ込みながら、広瀬は曖《あい》昧《まい》に頷いた。由紀子は守衛に声をかけ、ひとつ頭を下げて先に玄関を出る。それに続きながら広瀬は胸の内だけで答えた。

(うん、でも……俺は宮澤にとっては『その他大勢』だったんだ)

広瀬にとっての宮澤美郷は、高校生活を支えてくれた特別な存在だった。

そして、高校生活最後のほろ苦い心残りとして、広瀬の心に刺さる小さな棘《とげ》となった。

宮澤がいつも穏やかな顔をしているのは、広瀬に興味がないからだった。彼が広瀬の話を遮らず聞いてくれるのは、自分のことを話すつもりがないからだった。あの、へらりと頼りない柔和な笑顔は、本心を見せないための能面だった。

——そのことを広瀬が知ったのは、高校卒業間際のことだった。

胸の奥をしくりと刺した、未だ忘れ切れない痛みを頭の中で振り払う。意識を切り替えようとスマートフォンを取り出せば、既に時刻は午後七時を回っていた。

校舎の横にある駐車場を職員用エリアへと向かいながら、広瀬は意識して別のことを考える。家に帰れば八時過ぎだ。どこかで夕飯を食べて帰ろうかと、帰る道にある飲食店を思い返しつつ由紀子の一歩後ろを歩いていると、遠く男性の悲鳴が聞こえた。

「えっ、今何か……」

驚いたように由紀子が立ち止まる。それを庇うように前に出ながら、広瀬は忙しく頭を回転させた。駆け付けるべきか。だが危険があるかもしれない場所に、由紀子を連れて行くわけにはいかない。しかし、既に周囲は真っ暗で、広瀬らの立っている駐車場には照明も少ない。彼女一人をここへ置いていくのも良くない気がした。

「俺が行ってみるから、高宮さんは校舎に引き返して警備員さんを呼んできて。場合によっては警察も頼む」

　言って、数歩ほど由紀子を校門の方へ誘導して、広瀬は悲鳴の上がった方へ向き直った。耳を澄ませて、助けを求める声がないか探す。

（ただ単に転んだだけとかならいいんだが……）

　到底、そんな色合いの声音ではなかった。ほんの一度きりだが確かに聞こえたそれを思い出し、ぞくりと腹の底が震える。思い切って拳を握り、広瀬は声を張った。

「すみません！　大丈夫ですか⁉　悲鳴聞こえましたけど‼」

　何かいるなら取り逃がすかもしれない。だが、広瀬の声にそれが逃げてくれて、悲鳴を上げた人物が助かるならばその方が良いだろう。

「大丈夫ですか⁉」

　しんと冷えた空間に、広瀬の声が響く。それに返す者はなく、遠く校舎奥のグラウンドから部活生の掛け声が聞こえるだけだ。広瀬は暗い足場に舌打ちしてスマートフォンのライトをつけた。白いＬＥＤが前方を照らして、停まった車がそれを反射する。まだまだ残っている職員が多いのか、駐車場の車は多く見通しは悪い。

その奥。かすかに何かが車体にぶつかる音がした。広瀬は迷わず走り出す。

「誰かいますか⁉　大丈夫ですか！」

「た、助けてくれ……！　鬼が、鬼が……‼」

そのキーワードに広瀬は瞠目《どうもく》した。まさか、と思う。車の陰から這い出して来たのは、五十代と思しきスーツ姿の男性だった。おそらくこの学校の教師だろう、まさしく這々《ほうほう》の体で助けを求めてきた男性に広瀬は手を差し伸べ、立ち上がらせる。

「鬼って……もしかして鬼の面ですか、神楽の」

半ば確信を持って尋ねた広瀬に、驚いた顔をした男性が大きく二度、三度と頷いた。

「そ、そうだ、鬼の面をした男が、あっちに……！」

おとこ、と広瀬は口の中で繰り返す。誰かが面を被っているらしい。面に憑《つ》かれている、と言うべきか。

相手が使うのが妖力の類いでも、腕力でも、武術の心得もない一般人の広瀬が一人で相手をするのは危険だ。男性を促して広瀬は後退する。広瀬は道路沿いの明るい場所を目指し、応援を連れて由紀子が戻っていないかその姿を探した。

「そいつは何か武器を持ってましたか」

「ああ、バール……だと思う。あ、あっちだ……！　ほら、引き摺る音がする……」

言われて耳をすませば確かに、重たい金属がアスファルトを擦る音がどこからかしている。方向ははっきりと分からない。それが恐怖心を煽る。駐車場にはワンボックスのような大型の乗用車が多いため、「鬼」の姿は見えない。

緊張と恐怖に心拍数が上がる。嫌な汗が首筋を伝った。助けを呼ぶべきか。だが、誰に、どうやって。

（怜路か、宮澤……電話して出てくれるか）

こちらも車の陰に身を隠すように背をかがめながら、校舎の方を目指す。がらがらがら、とも、ちりちりちり、ともつかない、ずっしりと重い金属棒がアスファルトを噛む音が微《かす》かに聞こえてくる。素早く手元に視線を落とし、広瀬はスマホのライトを切って発信履歴をスワイプする。しかし普段の連絡はＳＮＳアプリ頼みのため、二人への発信履歴も着信履歴も見当たらない。じりじりとしながら電話帳を開こうとした時、あっ、と傍らの男性が声を上げた。その視線の先、防犯灯の下に複数の人影が見える。

「由紀子……！」

言って、男性がはっと冷静さを取り戻したように背筋を伸ばした。由紀子が警備員を連れてきてくれたのだ。安堵した広瀬は男性を促して言った。

「行きましょう、警備員もいますし警察も呼べます」

「駄目だ、由紀子のところへ鬼を連れて行くわけには……」

男性――由紀子の父親らしき人物の腕を取って走りだそうとした広瀬に、男性が抗う。娘を危険には近づけられない、と父親の顔になった男性が闇に向き直った。

「高宮さん、ですよね。由紀子さんのお父さんの。逃げましょう、俺たちだけで相手をするのは危険です」

「だが奴の狙いは私だ。ここで逃せば家まで狙われるかもしれん……おい！　出てこい、鬼よ！　私に何の用だ⁉」

勇ましく叫んだ高宮に広瀬は慌てる。だがこうなっては高宮を無理矢理抱えて逃げるわけにもいかない。確かに、背後にいる由紀子のところまで鬼を近づけたくないのは広瀬も同じだった。鬼の奏でる金棒の音に耳を澄ましながら、広瀬は由紀子の方を振り返ってジェスチャーを送る。止まれ、それ以上来るな、と。暗い中ではあるが伝わったらしく、ハンドライトを手にした警備員とその後ろの由紀子が、こちらを見て足を止めた。

（この隙に連絡を……）

宮澤か怜路、どちらかに連絡がつけばおそらく二人とも来てくれる。問題は距離だろう。守山を呼ぶ方が賢いか、それとも生身の男ならば警察の方が良いのか。悩みながら、広瀬はようやく呼び出した宮澤の電話番号をタップする。発信音が響く――はずが、平板な女性の案内音声が流れ始めた。『お掛けになった電話は、電波の届かない場所にあるか――』

ちっ、と思わず舌打ちが漏《も》れる。こんな時に、と。今度は怜路の番号を。しかしこちらも同じ案内音声が流れる。おそらく、二人一緒に圏外になる場所にいるのだ。

（偶然……じゃない、かもしれない）

ぞっと背筋が冷えた。

金棒を引きずる音は徐々に近付いてくる。獲物を追い詰めるように、ゆっくりゆっくりと。

次第に、ざり、ざり、と擂るような足音がそれに重なって響き始めた。髪を乱したままの高宮が睨みつける薄闇から、常人の頭より二回りほども大きな白い鬼の顔が、ゆっくりと浮かび上がってくる。

湾曲して天を突く、黄金色の角が額に一対。

かっと見開かれた大きな両眼も金に塗られ、爛々《らんらん》と輝いている。

怨嗟《えんさ》に歪むおどろな表情、朱の歯茎を剥き出し、見せつけられる長い牙。

よくよく見慣れ、親しんだはずの神楽の鬼女面が、今までに感じたことのない恐ろしさを纏っている。ああ、これはただの面を被った変質者ではない。不思議なくらいそう確信できた。

目の前にいるのは、「鬼」だ。

(どうする、俺なんかじゃあんな化け物……！)

頼る相手を思い浮かべ、ちりりと胸の奥が痛んだ。そんな場合か、とすぐに振り払い、躊躇《ためら》いながら広瀬はズボンのポケットにしまった「それ」に手を伸ばす。

──己などに、どうにかできる筈がない。広瀬は宮澤や怜路とは違う、ごく平凡な人間だ。

(俺なんかが何かしたって、こんなもので何か起こるわけ──)

思いながら、宮澤に渡されていた「お守り」を握る。白い和紙の水引を、燕の形に結んだものだ。唱える呪文は確か──。

『先生……』

くぐもった低い声が、陰々と響いた。

『先生、僕を……覚えてますか……』

鬼は高宮の教え子なのか。横から窺う高宮の顔も怪訝《けげん》げだ。

「……わっ、わからん。顔も見えないのに分かるわけがないだろう」

足を止めた鬼は、両腕をだらりと垂らして棒立ちしている。その右手にはバール、服装はくたびれた暗色のジャージ上下に運動靴だ。暗い服装ゆえ、薄闇の中では鬼の面だけが浮かんでいるように見える。

『篠原《しのはら》です……先生……俺はあんたに言われて、志望校変えて………全部、あれが始まりだったッ……！』

がらんっ！　大きくバールが鳴る。戸惑《とまど》った様子の高宮はいまだ相手を思い出せていないようだ。相手の名を口に乗せて記憶を探っている。

両手でバールを振りかぶった鬼が吠える。

『おっ、おっ……思い出せェエエッ!!　お、お前がっ、あの時ッ！　ゆる、ゆる、許さ、ないッツ!!』

がんっ、がんっ、がんっ。狂ったようにバールを地面に打ち付けて叫ぶ。異様な光景に広瀬は言葉を失った。常軌《じょうき》を逸した相手への恐怖が、じわじわと足元から上ってくる。

『おっ、おもっ、思い知れエエェェ!!　みんな！　みんな!!』

あああああああああ!!

雄叫びを上げて鬼が襲いかかってくる。バールを握る両手には黒く血が滴って見えた。高宮が身構える。広瀬は意を決した。

「は、祓い給い！　清め、給え!!」

ぱん、と水引の燕を両手で叩く。

開いた手の間から白い翼が飛び出し、闇を切り裂いて鬼を襲う。

非現実的な光景に、半歩後ずさって広瀬は思わず己の両手に視線を落とした。

「はは、ホントに出た……嘘だろ……」

預かっていた「お守り」は、宮澤の長い髪を和紙で巻いたものだという。それを決まった形に結ぶことで、彼は思い通りに動く「式神《しきがみ》」を作るのだ。――広瀬がその実物が動くのを見たのは、実はこれが初めてだった。

白燕は鬼の顔を狙う。

鬼女面を、男の顔から引き剥がそうとするように執拗《しつよう》に旋回《せんかい》しては面の脇を突いていた。

(次はどうする。あの燕一匹で倒せるとは思えない……)

鬼はうるさそうに白燕を追って、しゃにむにバールを振り回す。

(せめてあのバールが手を離れれば)

広瀬の思念に応えるように、白燕が標的を面から鬼の手に変えた。嘴《くちばし》が右手を狙い、その体ごと深々と右腕に突き刺さる。

『ツぎゃあああアアアア!!』

バールが鬼の手を抜けて宙を舞う。広瀬らの斜め前に駐まったワンボックスのフロントガラスに突き刺さって、ガラスが粉々に砕け落ちた。

燕が消える。力尽きたのか。後には右腕を掴んだ鬼が、蹲《うずくま》って地をどよもすような唸り声を上げていた。ただ腕の痛みに呻いているだけではない、もっと深く深く全てを呪う怨嗟だ。

――遠く、サイレンの音が響き始めた。みるみるそれは近付いて、赤い回転灯がいくつも騒がしく辺りを照らす。由紀子らが警察を呼んでくれたのだ。これで、どうにかなる。広瀬が思わず気を緩めた一瞬だった。

鬼が、跳んだ。

人とは思えぬ動きで跳躍して車の上に飛び乗る。そのまま、だんっ！　だんっ！　と車の天井を蹴って渡り、高い金網の柵を越える。パトカーから飛び出してきた警察官の怒号がいくつも響き渡った。

「広島県警です。広瀬さんですか」

「は……あっ、はい！」

まさしく芸北神楽に登場する「鬼」のような動きを呆然と見送っていた広瀬は、警察官の呼びかけで我に返る。警察官の後ろでは、由紀子が不安そうに広瀬と高宮を見つめていた。

突進してきた何かに足元を掬《すく》われ、美郷の体は急な石段を転がり落ちる――とばかり本人も思っていた。が、実際にはぼすん、と何か柔らかいものの上に倒れ込んだ。何が起きたのか分からず、美郷は目を瞬かせる。

「――えっ？」

間抜けに仰向けに転がったまま状況を呑み込めない美郷を、上から覗き込む者があった。扇で口許を隠した婀娜《あだ》な女だ。緑なす黒色の垂髪が、さらりと美郷の視界に紗《しゃ》をかけた。

「大丈夫でございますか？　司箭《しせん》殿も乱暴でいらっしゃること……」

呆れた様子で美女が視線を送る先を追って、美郷は体を起こす。美郷を受け止めたのは山盛りに積まれた木の葉の上に、袿を広げたクッションだった。周囲は見通しの良い、手入れをされた草地だ。そこに畳を敷いて、優雅に小袖姿の女が座っている。旧い時代の上級武家女性然とした彼女こそ、この山の主、御龍姫だ。

御龍姫が見つめる先では、白い山伏装束の男が宙を舞っていた。その顔には嘴を持つ烏天狗の面が、背には鳶の翼がある。天狗だ。

「どッらあああァァァ!!」

派手に吼えて、それに飛び掛かるのは見慣れた金髪である。美郷のチンピラ大家もまた、「天狗の養い子」だ。養父から天狗の妖術を学び育った彼も、人間離れした身体能力で、翼も持たぬまま天狗目掛けて高く跳躍した。

宙空でその手から放たれて天狗を狙うのは、美郷らを襲ったはずの円月輪だ。どうやら拾って使っているらしい。襲いかかった円月輪を、天狗の握る長さ三十センチほどの手錫杖《てしゃくじょう》が弾く。手錫杖の杖頭にいくつも通された金環が衝撃でじゃりん、と派手に鳴った。

大きく羽ばたき、天狗が自由落下する怜路へ狙いを定める。今の怜路は大して武装もないはずだ。助けを出そうと懐に手を突っ込んだ美郷を、やんわりと御龍姫が止めた。

「どうぞこのままで。お二人の勝負を見守ってくださいまし」

眉を顰《ひそ》めて、美郷は姫君を見遣る。姫君はくすくすと笑いながら、美郷に盃を差し出した。

「御酒でも頂きながら、観戦させて頂きましょう。司箭殿も、綜玄《そうげん》殿の養い子がどのくらいの腕前か確かめたいのでしょう」

司箭とやらの放った手錫杖の一撃を、空中で体を捻って怜路が躱《かわ》す。怜路はすかさず相手の伸び切った右手首を掴み、司箭を自由落下に引きずり込んだ。いつ見ても超人的な動きだ。司箭はどうにか怜路を振り払ったが、空中では体勢を立て直せず一旦着地する。そこへ、一足先に腕から着地していた怜路が鋭く足払いをかけた。ひらりと躱し、司箭が距離を取る。

綜玄は怜路を拾い育てた養父の名だ。彼は関東を拠点にしており、怜路も東京で育ったという。なぜこちらの天狗が、と首を傾げた美郷が問いを口にする前に、御龍姫が盃に酒をなみなみと注ぎながら話してくれた。

「司箭殿はこの御龍山のお生まれながら、京は鞍馬山《くらまやま》にて修行をされて天狗になられた御方ですわ。大天狗の方々は皆お顔が広くてらっしゃるもの。司箭殿も、綜玄殿のことは御存知でらしたようで、先日怜路殿のお話をしたらお会いになりたいと仰られて」

くすくすと楽しそうに御龍姫が語る。こちらの心情は今それどころではないのだが、そんな人間の都合など関係ないのが妖魔もののけの世界だ。ここで焦って騒いでも意味はない、と美郷は諦めて溜息を吐く。古い時代のこの地方を知る天狗から話が聞ければ、何か手がかりがあるかもしれない。

どうせ運転は怜路だ。まあいいか、と美郷は盃に口をつけた。

「――俺の力試しってところか。スカしやがってくそったれ、テメェ、何者だ!?」

怜路の堂に入った恫喝《どうかつ》が響く。

あの身なりと雰囲気で、拝み屋仕事のため真昼間の屋外をウロついていて怪しまれないはずもない。元々東京暮らしだった怜路が巴にやって来て二年半というが、最初の一年は散々職務質問をされたようだ。二年目に美郷を拾い特自災害と面識が出来たことで、劇的に状況が改善されたと言っていた。今回のような怪異絡みの事件を特自災害が引き受けたり、逆に怪異を追うために警察の手を借りたりと、特自災害は地元警察との関わりが深いのだ。

「ハーッハッハ!!　綜玄坊の奴も随分と威勢の良い小童《こわっぱ》を飼うたものよ！　いかにもこれはうぬの力試し。某《それがし》は宍倉司箭と申す者、葦穂《あしほ》山綜玄坊とはよく相撲をする仲であったが、その養い子が我が山の近くに住んでおろうとは何たる縁か！」

「ッせえ!!　こちとらそれどころじゃねェんだよ！　テメェなんかと遊んでられねえの!!　また今度相手してやるからスッ込んでろ！　つーかなんでこんな天狗って奴ァ揃いも揃って声がデケェんだ!!」

お前は他人のことが言えるのか。という内心のツッコミを酒で喉に流し込む。この山に奉納された地酒なのか、はたまた御龍姫が湧かせたというこの山の銘水、千貫水（せんがんすい）をものの けが仕込んだ酒なのかは知らないが、柔らかく芳醇な甘口ながら、雑味のない清酒が喉を潤した。
天狗どもの荒っぽいコミュニケーションを、姫神は美郷の傍らで面白そうに眺めている。見た目も物腰もたおやかな女性だが、彼女は武者に請われてこの山に降り、その一族を護ってきた龍神だ。荒くれ者は見慣れているのだろう。

「宍倉司箭……ああ、もしかして」

美郷らが、この異界への入り口として使った鳥居と石段の先に、うつし世で建っているのは『宍倉司箭神社』だ。宍倉司箭は、御龍山に居を構えた国人領主、宍倉氏の一族が輩出した天狗だといわれ、宍倉氏の山城であった御龍山の端に祀る神社がある。つまり彼もこの御龍山の異界の住人なのだろう。しかし美郷と怜路が姫を訪ねて御龍山に入るのはこれが初めてではないが、司箭とは初対面だった。

翼を持つ天狗はおのおの、自由に全国を飛び回り他山の天狗と交流するものと聞いているが、おそらく司箭もそうして普段不在がちなのだろう。怜路を育てた綜玄坊も北関東に己の山を持っていたが、怜路を育てる間は東京都内に拠点を置いていたという。──ちなみに天狗の着けている面は外れるし、中にあるのは普通の人間の顔だ。

などと空きっ腹に酒を流し込みながらつらつら思い出しているうちに、どうやら決着がついたようだ。司箭が懐から抜いた宝剣が、殴りかかって動きを止められた怜路の首筋にぴたでいた。

りと当たっている。ぎりぎりと歯噛みする音が聞こえてきそうな表情で、怜路が司箭を睨ん
「勝負あり、ですわね」

ぱちぱちと手を叩きながら御龍姫が笑う。

「勝負というには公正さが足りないでしょう」

こちらはほぼ丸腰で、突然襲撃されたのだ。そう不服を申し立てた美郷に、「そうだぞそう
だ」と怜路が同調した。ムキになる若者二人に、永の時を生きる妖異の者たちが苦笑する。

「ハッハッハ、すまぬすまぬ。お顔に似合わず、なかなかに負けん気が強い若君であるな」

大きく腕を組んだ司箭が愉快そうに言って、美郷の方へ顔を向ける。

「オイコラ。何で俺は『小童』でソイツは『若君』だ！　俺の方がいっこ上だぞ」

憤慨《ふんがい》した怜路が主張する。それを軽くいなして、本当の子供をあしらうように司箭が怜路
の額を指で小突いた。怜路とて決して弱いわけではない。それだけ司箭が手練《てだ》れなのだ。

「一年など瞬《まばた》きほどの差であろう。やはりうぬはまだ小童よ、綜玄の跡継ぎと聞いて楽しみ
にしておったが、肩透かしだのう」

「コンのォ……！」

「だが！」

負けて完全に頭に血がのぼっているらしく、ギリギリと歯噛みして拳を握る怜路を制し、
司箭が大きく言った。

「確かにうぬの兵法は綜玄のものだ。懐かしいものを見せて貰った。礼を言うぞ」

綜玄――怜路の養父は八年ほど前に亡くなっているが、司箭が綜玄と親しかったのは本当なのだろう。故人を惜しむ声音に美郷はそう感じた。怜路も気勢を削がれたらしく、しゅんと萎《しぼ》んで曖昧な返事をしている。

「さあさあ、しんみりしてしまっても寂しいだけでございましょう。ばあや、お二人にも盃を。酒肴もご用意しておりますわ」

「あっ、御龍姫お待ちください！」

和やかな場の雰囲気に流されそうになった美郷は、すんでのところで我に返って姫神をとどめた。

「僕たちは今、櫛名田姫の鬼女面を捜しているんです。祟るというので封じてあった神楽面なのですが、泥棒がその封じを解いてしまったらしくて。何か鬼女面に関わることをご存知でしたら教えて頂けないかと思って、先触れも出さず不躾なこととは思いましたがお知恵を借りに参りました」

すみません、と頭を下げる美郷をきょとんと見詰めた姫神が、閉じた扇を口許に添えてころころと笑い始めた。

「まあまあ。そんなに突然畏《かしこ》まらないでくださいませ。わたくしどももそのお話は存じ上げておりますわ。緑里の櫛名田姫といえば、少し前に大変な騒ぎを起こしたと伝え聞いております。ここに籠りきりのわたくしなどより司箭殿の方が色々とよく御存知ですから、何かお力になれればと思って司箭殿にお便りを差し上げましたの。お二人をお呼びする前にいらっしゃったので驚きましたわ」

うふふ、と楽しげに笑う姫君は無邪気で可愛らしい。つまり元から美郷らに助力するつもりで、その前に少し怜路の腕試しをしてみた、ということのようだ。「なんでェ」と呆れた呟きを怜路がこぼす。自身もほっと息を吐いた美郷は改めて姿勢を正した。その目の前に、提子《ひさげ》――急須と良く似た酒器がずいと差し出される。

「ですから、皆様のぶんしっかりと宴の用意はしてございますわ」

何の他意もない顔で美しい姫神が微笑む。この山の主は彼女だ。逆らい難いその雰囲気に、美郷は内心頬を引き攣らせながらも黙って盃を差し出した。

3. 世を怨み尽くす鬼

運転手の怜路すら巻き込んで、もののけの酒盛りが始まる寸前。ギリギリのところでそれを止めたのは、山への闖入者《ちんにゅうしゃ》だった。四つ足で山を駆け上がり、姫神の庭に二本足で立ちあがった闖入者は――立派な尾を持つ大きな狐だった。慌てた様子で、御龍姫の従者が狐を止めに飛び出す。既に冬毛らしい豊かな黄金色の毛並と胸元の白い襟巻、そして太く長い尾が大変見事な大狐だ。

「きっ、狐っ……！」

思わず歓声を上げた美郷は、はっと口に手を当てた。こんな仕事をしているが、美郷にとって狐狸の知り合いといえば、尾道《おのみち》で出会った年中夏毛の狸《たぬき》くらいである。突然現れた巨大モフモフに美郷の心はときめいていた。一身上の都合――身の内に飼う白蛇の気配が強大過ぎるために、美郷は普段犬猫の毛皮を触れない。生きた毛皮は憧れなのだ。（ちなみに尾道の狸にも白蛇を、それはそれは恐れられてしまったので触れられてはいない）

「あらまあ。どうなさいましたの？　そんなお急ぎになって」

狗面鳶翼の山伏姿をした従者――狗賓を下がらせ、御龍姫が親しげに尋ねた。

「随分と只事《ただごと》でない様子だな」

「なんでェ、アンタ。何かあったのか」

草っ原のただなかに作られた宴席から、司箭、怜路も口々に問い掛ける。その相手をよく知った様子に、美郷は目を瞬いた。姫と司箭はともかく、怜路もこんな立派な大狐と知り合いだったのか。

「――鬼が現れました。宮澤さん、狩野さん、お楽しみの所申し訳無《の》うありますが、今すぐ私と一緒に来て下さい」

大狐が美郷らにそう告げる。まじまじと、美郷は眼前の大狐を凝視した。立派な犬歯を見せる大きな口が発したのは流暢な人語だ。その声は確かに、美郷にも聞き覚えがあった。

「えっ……その声まさか」

「まあ大変。それで郡山から、その御姿で走って来られたのですね。守山狐《もりやまぎつね》殿」

まさしくその大狐は、安芸鷹田市職員、守山の声をしていた。

守山狐。それは毛利元就《もとなり》の時代、尼子《あまこ》との戦で郡山城が攻め込まれた際に毛利の兵士に代わって城を守り、尼子軍を退ける手伝いをしたと伝説に残る狐一族の長だ。その戦功により守山狐は毛利より領地を与えられ、郡山を守っているといわれる。

「……なるほど、毛利氏が長州《ちょうしゅう》に減封されてもそのまま郡山に残られて、ずっとこの地を護っておいでだったのですね」

守山狐は安芸の有名な伝承だ。気付かなかった己を恥じながらも美郷は深く納得した。

「ええ、しかし恥ずかしながら、緑里のような奥里の事情には疎うございましてな。皆様方のお手を煩わすことになっとります」

「い、いえそれは全然……それより、鬼が出たというのは」

己の不甲斐なさを責める様子の守山に首を振り、美郷は尋ねた。捜していた鬼女面が向こうから現れてくれたのか。だとして、守山の様子は司箭の言う通り只事ではない。美郷の問いに我に返った様子で、守山が低く唸るように言った。

「鬼女面に憑かれた男が私らの行っておった高校に現れて、高宮さんのお父上が襲われました。広瀬さんが応戦されて大事には至らんかったようですが、鬼は取り逃がしております」

「広瀬が!?」

応戦、という単語を口の中で転がす。自分たちが大きなミスを犯したことに気付き、美郷は蒼くなった。獣面でもそれと分かる悔しげな表情で守山が頷く。よりにもよって、チームのなかの「一般人」二人を彼らだけで敵の前に晒してしまったのだ。奥に籠っての調べ物と聞いて、完全に油断していた。

「申し訳ありません。私が先に帰ってしまったばっかりに……」

同行していた守山は他の事務仕事を片付けるために、一足早く引き揚げていたそうだ。獣の拳を握り、ぶんっ、と大きく守山が尾を振る。

広瀬は元々体育会系で、美郷より身体能力も高いだろう。だが、彼はあくまで一般事務職員だ。呪術の心得があるわけでも、武術経験があるわけでもない。一応、護身用の式神は渡していたが、それひとつで鬼と渡り合えるような代物では到底なかった。美郷も拳を握って臍《ほぞ》を噛む。

（なにやってるんだ、おれは。何のための専門職だよ……）

「にしたって、なんだってまた高校に……だったよな？　なんで由紀子チャンの親父さんよ。偶然か？　それともコッチの動きを察知してやがんのか」

あともう数センチの距離で飲み損ねた盃を御龍姫に返し、酒宴の座から立ち上がった怜路がコキコキと首を鳴らす。

「詳細は分かっておりませんが、鬼はご父君の高宮先生を狙っておったようです。今は警察が先生や広瀬さんから聴取をされて、面に憑かれた男の捜査を始めております。男は己の血の付いた武器をその場に取り落として逃げました。私の鼻で追えるやもしれません、お二人には今すぐ戻られて、広瀬さんと高宮さんの護衛をお願いしとうあります」

守山の要請に、視線を合わせた美郷と怜路は頷き合った。美郷たちは呪術者、広瀬や由紀子ら「うつし世」の人々と、その外側に広がる「闇《あちらがわ》」の境界を護る番人だ。闇を視る目を持ち、闇と渡り合う力を持つ呪術者は、うつし世を背に汀《みぎわ》の薄闇に立っている。

「やれやれ、敵はあまり時間をくれぬようだな」

そう言って、司箭もまた杯を置く。

「あの鬼女面は、不遇な人間を唆《そそのか》してはそれへ憑いてゆかりの者を襲う。面そのものに鬼が、憑いているのだ。この世の全ての怨み、呪って現身《うつしみ》を滅ぼし面へと乗り移った怨鬼《えんき》がな」

怨鬼が、と美郷は小さく復唱した。祟る鬼女面に宿るモノは、祭神たる櫛名田姫――鬼女に身を落とした姫神ではないということだ。司箭は頷き、立ち上がりながら続ける。

「詳しい話は後だ。その高宮とやらを仕留め損ねたとあらば、高宮を再び襲うやもしれぬし、別のゆかりある人間へと標的を変えたやもしれぬ。某も鼻の利く手下を出そう」

引き受けた司箭に初めて気付いた様子で、守山がピンと大きな耳を立てて目を見開く。

「――司箭殿か。まさかこちらへ帰っておいでとは……御助力頂けるならば心強い。何卒お願いいたします」

「うむ、昔のよしみでな。なにぶん我が領外のこと、あまり大きな手出しはできぬであろうが、できる限りの手伝いはしよう」

司箭の言葉に深々と頭を下げ、顔を上げた守山が己の駆け上って来た薄闇へと向き直った。大きくひとつ尾を振ると、辺りに無数の狐火が浮き上がる。狐火は等間隔に整列して、御龍山の異界を包む茫漠《ぼうばく》とした薄闇の奥へと連なっていく。

「こちらと私の領地を繋がして貰《もろ》いました」

御龍山と郡山にある守山の領地、ふたつの異界を繋ぐ縄目《なわめ》――もののけの通り道を使って、車で二十分の距離をショートカットするのだ。縄目の筋を示す狐火を指差して、守山が美郷らを促した。

「行きましょう。今は広瀬さんひとりに高宮父娘をお任せしております。早《はよ》う帰って差し上げませんと」

広瀬には今まで、妖異との交戦経験などないはずだ。恐らく美郷の渡していた式神を使ってその場をしのいだのだろうが、あれは耐久性のある呪具ではない。次が来る前に誰かが広瀬の援護に行かなければ、と美郷は拳を握る。

「急ぎましょう」

言って、再び四足で駆け出す大狐の背を追って、美郷らは走り出した。

国公立大学の合格実績を出したいばかりの無責任な担任に、志望と別の学校を勧められた。興味の持てない分野の勉強にやる気を失った。

それでも何とか卒業したが、就職氷河期と言われた時代、どうにかひとつだけ手に入れた内定通知に縋《すが》って入った会社で、身も心もボロボロになった。

体を壊し、クビも同然で仕事を辞め、それからは非正規雇用のその日暮らしだ。

先の展望など見えぬまま年ばかり重ね、半年前に事故で母親を失い身寄りもなくなった。

全くの他人ばかりが、ただただ男の——篠原の人生を踏み荒らして行った。他人事の顔で篠原の人生を踏みにじり、倒れる彼を誰も気にも留めなかった。篠原を踏みつけていった他人らは、篠原が倒れたことを——否、己が人を踏みつけたことすら知らぬのだろう。

「はァ……はァ……はァ………」

全身が痛い。手先も、足先も、胴もすべてが痛い。

武器を失ってしまった。実家に帰り着き、納屋を漁って鉈《なた》をみつける。次はこれだ。

「次は……そうだ、母、さん、の……仇……」

赤信号で停まっていたという、母の車に突っ込んできた右折車。無理な右折で直進のバイクを撥ね、ハンドル操作を誤って篠原の母親の車に突っ込んだ。右折車の撥ねたバイクに乗っていた女性と、篠原の母親は死んだ。事故の元凶、無理な右折をしようとした車の運転手はまだ生きている。

あまりにも理不尽だった。

その運転手も重傷を負い、安芸鷹田市内の病院にいる。もう一生、満足に体は動かないらしいが、それでも生きていることに変わりはない。

「殺す、殺して、全部、みんな」

そのためだけに、篠原は残る命の全てを使うのだ。

この命を擂り潰して、己が怨みを知らしめるのだ。

自殺を決意して入った山から、どうやって出たのかも覚えていない。

どうやって実家まで帰り着き、どうやって母校まで行ったのかも覚えていない。

担任だった男を襲って返り討ちに遭ったその後も。

ただ、全身が痛い。

同じくらいに、それ以上に、ぎりぎりと引き絞るように心が怨嗟に悶《もだ》え苦しんでいる。

「――――がアァァァアアア!!」

頭を引き毟って吼える。絞られ、捩じ切られた心から溢れ迸る衝動を力に体を動かす。殺すのだ。みんな。全て。

——知らしめましょうぞ。

——ここに、怨みのあることを。

女の囁く声が、聞こえる。

安芸鷹田市の南西部、広島市と接する八千代町《やちよちょう》には土師《はじ》ダムという多目的ダムが存在する。中国山地を縦断する一級河川江の川を堰《せ》き止めたこのダムは、巴市や広瀬の実家がある安芸鷹田市吉田町よりも上流にあり、広瀬らの通った清荘高等学校のある北広島町と安芸鷹田市を隔てている。高校生活の三年間、広瀬は国道五十四号から入って土師ダムの脇を抜ける曲がりくねった峠道を、毎日バスに揺られて通学した。

鬼の襲撃を受けたその日の午後九時過ぎ、広瀬は助手席に当時の同級生宮澤を乗せて、かつての通学路に車を走らせていた。

鬼に逃げられた後、警察からの事情聴取を受けたのが八時前で、その時に宮澤らも合流した。血相を変えて現れた宮澤は広瀬と由紀子に負傷等がないことを確認し、勢いよく頭を下げた。曰く、自分の失態だ、と。守山と怜路はそれぞれ逃亡した鬼を捜すため警察署を後にし、宮澤は護衛という名目で警察署に残って事情聴取の終了を待っていた。

聴取のメインは由紀子の父親である。広瀬と由紀子は比較的早く解放され、車のない由紀子を広瀬と宮澤で送り届ける算段をしていた時に、その一報はもたらされた。

――市内南部の介護医療院に不審者が侵入。侵入者は鬼の面をつけた男との通報あり。

男は鉈のような武器を所持し、警備員を突き飛ばして院内に入ったという。緊急出動のパトカーはあっという間に広瀬らを置いて行ったものの、医療院の所在地など最低限の情報は教えてくれた。鬼の居場所が判明しているのならば、と由紀子は警察に任せて現在、広瀬は車を走らせている。

鬼がなぜそこに現れたのか、現時点では分からない。鬼の面を被っていた男、篠原と関係する人物がいるのかもしれないが、まだ少なくとも、広瀬らがその情報を掴める状態ではなかった。高宮を襲った時の様子からして、その介護医療院――大雑把《おおざっぱ》に言えば、要介護の高齢者が入る長期療養型の病院である――に入っている誰かが、篠原の怨みを買っているのだろうと広瀬は考えていた。

「おれたちが一番早く着きそうだね」

助手席の宮澤が呟いた。

ダム下流の江の川を横目に、平坦で緩やかなカーブを描く国道五十四号線を走る。平日、帰宅ラッシュ時間を過ぎた田舎の国道に行き交う車は少ない。安芸鷹田市の中心である吉田町の市街地を抜けてしまえば信号もぐんと減った。他の二人はそれぞれ、全く別の場所にいるらしい。

「守山さん、は、ともかく、怜路はどうやって鬼を捜したんだ？　アイツ鼻も利くのか？」

守山の「もうひとつの姿」を思い返し、その衝撃に言葉を詰まらせながらも広瀬は尋ねた。狐だった。それも、二本足で立てば人間と同じ背丈のある大狐だった。人間と同じサイズの狐はかなりの迫力だ。何と言っても口がデカい。だがその話を聞けば、確かに「守山狐」の伝説は広瀬も小学校の頃に地域学習か何かでやった覚えがある。無論、実在するとは夢にも思っていなかったのだ、つい数時間前まで当たり前に向かい合って調べ物をしていたと思うと笑いさえこみ上げてくる。

「怜路は御龍山の天狗から使い魔を借りてるんだ。ちっちゃい犬みたいなもののけだよ。

——見えなかったんだな」

少し意外そうに目を瞬かせて、宮澤がちらりと広瀬を見る。

「霊感ないからな」

自慢ではないが、特自災害配属から半年経って今日、ようやっと尾関山以来の「怪奇」を見た。と言っても鬼面もつけていた男も実体があったし、一番非現実的だったのは味方側——己の手の中で水引から変じた白燕と、二足歩行で喋る狐の方だ。

「そっか、アレ見えないやつなんだ……暗いからよく分かんなかった」

宮澤は怜路のように分別なく、うつし世の物も幽世の物ものべつまくなし視えてしまうわけではないらしいが、薄暗い中だと区別がつかない時があるそうだ。つくづく、比喩でも何でもなく「視えている世界」が違う。そのことを宮澤が特別隠すこともなくなったのが、広瀬と宮澤の関係の一番の進歩かもしれない。

「——広瀬。もしおれたちだけが最初に到着しても、中に入るのは怜路や守山さんを待ってからにしようと思う。申し訳ないけど、広瀬は車で待っててくれないかな」

少し遠慮がちに、だがはっきりと宮澤が言った。予想はしていた言葉だが、思わず広瀬は口許を曲げる。——こういう辺りが「思ったことが顔に出る」と言われてしまうのだ、という自覚はあった。

「……相手は実体がある、というか生身の人間だろ？　人手はある方がいいんじゃないのか」

ヘッドライトが照らす国道を睨んでハンドルを握ったまま、精一杯の反論を広瀬は捻り出した。己の口から出た「生身の人間」という言葉が脳内を上滑りしていく。——これから向かう先にいるのは、武器を持った生身の凶悪犯だ。つい、数時間前に広瀬も間近で見たのだ。だが、その異様な風体と常識の範疇《はんちゅう》を超えた身のこなしが強烈過ぎて、相手も生身だと言う実感が湧かないでいる。

「それに、お前酔っ払いなんだろ？」

「それは天狗の酔い覚まし頂いたんで大丈夫です」

連絡が付かなかった間、宮澤と怜路は御龍山の異界にいたという。しかも宮澤は御龍姫に酌をされていたらしい。何から何まで現実離れしていて、いちいち驚くことも疑うことも広瀬はしなくなってきていた。

「――ほんとに、ゴメン」

「いいって、それは。お前のおかげで助かったのは変わりないんだし」

確かに咄嗟に連絡が付かず焦りはしたが、結果的に宮澤から預かったお守りで広瀬は鬼を撃退したのだ。それに、あんな場所で襲撃に出くわすなど誰が想像しただろう。

通学時は右折していた、土師ダムへ入る三叉路《さんさろ》を直進して少し先を左の小路に入る。緩やかに上る坂道を少し走った場所に、目的の病院はあった。七階建ての病棟と、同じ敷地内にケアハウスを併設した大きな施設だ。脇道に入る頃には、もう道の向こうに赤々とした回転灯の光が幾つも瞬いて見えた。

「とにかく、一応警察も俺たちに知らせてくれたんだし、現場の病院まで入れるよな。……あのさ、宮澤。そりゃあ俺とお前じゃホントに見えてる世界も生きてる世界も違うのかもしれない。けど、同じ職場の同僚で、同じ部署で仕事してるんだ。専門職の前にしゃしゃり出ようとは思わないけど、俺にでもできることがあるなら妙な遠慮はしないでくれよ」

広瀬は高校三年間、己の隣にいたこの友人のことを「にこにこと穏やかで大人しめの、ごく平凡な少年」だと思っていた。体育やスポーツで目立つわけでも、成績で目立つわけでもない、全てがそこそこできて人並みに不得手もある。クラスの中心にいるわけでもなく、さりとて孤立しているわけでもなく。自分と同じように、ごく当たり前の家で中産階級の両親の間に生まれ育ち、人生の悩みや憂《うれ》いも、楽しみや希望も自分と大差ないと思っていた。

――高校生活も最後、卒業式で顔を合わせるまでは。

「うん、ありがとう」

高校卒業と同時に縁が切れ、巴市役所で再会してから一年半経った今でも、広瀬は結局まだ宮澤の事情を詳しく知らない。

高三の終わり。皆が久しぶりに顔を合わせた卒業式の日の教室で、約一か月ぶりに再会した友人は酷く憔悴《しょうすい》して見えた。明らかに顔色は悪く、心なしか痩せている。驚いた広瀬は宮澤に尋ねた。『大丈夫か?』と。

――うん、大丈夫。何でもないよ。ありがとう。

明らかにそうでない顔色で、だが宮澤は、以前と寸分違わぬ笑顔を作ってみせた。

その時、唐突に気付いてしまったのだ。

当時、まだ広瀬は宮澤がどんな世界に生きているのか全く知らなかった。鬼だの妖怪だのが相手だなど、完全に想像の埒外《らちがい》だった。だが、宮澤のいつも見せていた笑顔は「拒絶」のための仮面だということに、気付いてしまった。これ以上立ち入るな、ここから先は見せない、という意思表示なのだと。

(きっと今もそういう顔してんだろうな)

暗い車内、運転中の広瀬は隣をまじまじと見ることもできないが、今宮澤がどんな顔をしているかは大体想像できる。少し困ったような、曖昧な微笑みだ。高三の時は、拒絶にショックを受けてそれ以上踏み込めないまま、宮澤は音信不通になってしまった。宮澤は広瀬が聞いていた志望校とは違う遠い場所の大学に進学し、携帯番号もメールアドレスも全て変えてしまっていた。

広瀬は思い知らされた。広瀬の中の宮澤は「友人」として特別な存在だったが、宮澤の中の己は高校生活の背景の書き割り程度のものだったのだと。——本人に言えば否定するだろう。だが今、全く違う世界に立つ彼を見て、その隣に並び立ち同じ世界にいる怜路を見て実感する。やはり自分は、宮澤美郷という人物の中では「その他一般」の一人なのだ、と。

(あの時はビビッて、何も言えなかったし聞けなかった。けど、何の巡り合わせか一緒に仕事してるんだ。今度はビビらない。俺のできることをする)

自分が踏み込まなければ、関係は変わらない。宮澤の習い性のような拒絶に怖気《おじけ》づいていては「その他一般」のままだ。

(同じ場所に立てるとは思ってない。けど、書き割りなんかじゃいたくないんだよ)

望むならば、自分から手を伸ばせ。——一年前、他ならぬ宮澤が、怜路に対してそうしたように。

パトカーと警官、野次馬が異様な空気を醸し出す病院の手前、見覚えのある警官に車を止められ、広瀬はウインドウを下げて名乗った。

「鬼面の件で巴市役所から安芸鷹田に出向中の、特殊自然災害係の広瀬と宮澤です。駐車場、入れてもらえますか」

ひと言ふた言、無線で何か確認した後、警官は広瀬らの車を病院の敷地内へ招き入れた。

車を出て、警官が多く集まっている夜間休日出入り口へと向かった広瀬は、ふと足を止めた。周囲には何台ものパトカーが停まり、開放された出入り口を警察の投光器が照らしている。その光が、やけに鮮烈に目を射る気がした。

理由を言い当てたのは隣の宮澤だった。

「……まさか、停電してる……!?」

宮澤の緊張した声音に、はっと広瀬は七階建ての建物を見上げた。夜間、既に消灯を過ぎた時刻とはいえ、一切の電灯が点いていない。窓から見える建物内部は、僅かばかり仄暗い緑色を残して闇に沈んでいた。だが、駐車場を含め病院外部の照明は灯っている。

「病院が停電って、マズくないか？　ていうか、中だけ停電ってどういう……」

ここは介護医療施設だ。生命の維持に電動の医療機器を必要とする入院患者もいるだろう。

「方法は分からないけど——」

夜気にか想像にか、ショートトレンチを羽織った宮澤がひとつ身を震わせて言葉を紡いだところで、背後から彼を呼ばわる声がかかった。

「宮澤君！　それと——広瀬君かいね。良かった良かった、芳田から応援に来とるとは聞いとったけど」

言いながら駆け寄って来たのは、背広の上に茶色のダッフルを羽織った壮年の男だ。その顔には広瀬も見覚えがあった。

「赤来さん。なんで――そちらも応援ですか」

「ほうよ、こがな大事、吉田署だけで対応しきれるわけ無ァけんな」

赤来巡査部長《じゅんさぶちょう》、彼は巴警察署のベテラン刑事課職員――つまりいわゆる「刑事さん」だ。広瀬らの上司とはプライベートで通う空手道場が同じらしく、特殊自然災害が絡む事件は大抵彼が窓口となって市役所とやりとりをしていた。

「それより、『鬼』が中に立てこもっとる……言うたらエエんか分からんが、誰ぞ男の名前を呼びながら侵入して、出て来《こ》ん」

赤来に先導され、広瀬と宮澤は鬼に破壊された夜間休日出入り口の前に立つ。鉈一本を手に現れた鬼は押し止める警備員を吹っ飛ばし、スチールフレームに網入りガラスのドアを蹴破って侵入したという。辺りを囲む制服警官たちや私服の刑事に場所を譲られ最前線に案内されるのは、アテにされたのが己でないことは重々承知の上でも広瀬の鼓動を速くした。

「本部の機捜《きそう》の連中が何人か中に突入したんじゃが、通信断絶。何らかの形で行動不能になっとるものと推測される。これァ儂《わし》の勘じゃが、攻撃されたゆうよりは金縛りか何かじゃあ無ァか、宮澤君」

「……恐らく、仰るとおりかと」

闇に沈む病棟内部を睨んで、赤来と宮澤が会話する。赤来は自身に霊感はないそうだが、長く芳田や特殊自然災害と関わるうち次第に「勘」が働くようになった、と以前話に聞いた。並び立って闇を睨む、若き陰陽師とベテラン刑事の背中を所在なく広瀬は眺める。

「電話も無線も通じん、誰も出て来ん、明かりも無ァ。あんまり悠長にもしとられん。鬼が呼びよったのは標的じゃろうし、他の入所者もこのまま停電しとるとまずい」

赤来の言葉に、宮澤の頭が大きく頷く。そして、躊躇いがちに小さく周囲を見渡した。

「僕たち以外に、術者は来ていませんか」

宮澤の問いに、いいや、と赤来が首を振った。万全の態勢は整わない。事態は急を要する。分かっていたはずのことに、それでも広瀬は両の拳を握った。全てのことが後手後手に回っている——そんな感触だけが拳の中に残る。意を決して口を開いた。

「宮澤、俺たちだけでも行こう。俺は宮澤みたいな力はないけど、お前の指示に従うことくらいできる。疑ったり勘繰《かんぐ》ったりせずに。アシストにくらいなるはずだ」

宗教も民俗もオカルトもサッパリなまま特自災害に入って半年。霊感のレの字もない一般事務職のはずなのに、何度も祭祀の手伝いをしてきた。知識も力もない己がコレをやって大丈夫なのかと不安で、戸惑う広瀬に上司——係長の芳田は言った。

『本来、祭祀を担《にな》うんは「特別な人間」じゃあありません。その場で生活する人々が、その場にある「約束」をただ信じ、ただ大切にする営みこそが祭祀です。君は確かに狩野君のように怪異を視ることも、宮澤君のように怪異と渡り合うことも無ァでしょう。ですが、それは君に「力が無い」いうことじゃあありません。何が見えずとも、何を出せずとも、ただ君が「信じて」さえおれば、君がその作法に従う時、約束は履行《りこう》されます。そして君は、信じることができる人間じゃと、そう判断して私が呼びました』

芳田の言葉に、広瀬はずっと半信半疑だった。元々、広瀬は自分が特別に信心深いと思ったことはない。ただ「あってもなくても困らないように生きよう」としていた程度だ。だが、半年宮澤と一緒に働いて、つい数時間前に彼の操る奇跡を目の当たりにした今の広瀬ならば、たとえその指示の意図が全く己に理解できずとも、忠実に実行できる。

「広瀬……」

「儂も行きましょう。宮澤君、君のことは芳田から、大変優秀な術者と聞いとります。今は迷うとる時間が惜しい」

赤来にも促された宮澤が、躊躇いながらも再び闇の洞穴と化した病院の入り口を睨む。

「分かりました。じゃあ、広瀬はこれ。散米《さんまい》渡しとくから、おれが指示したら撒いてくれ。それと護符も。作法はおれの式神と同じだから。赤来さんは……」

「儂ァ大丈夫。自分のを持っとるけんな。鬼じゃ言うても暴れよるのは生きた人間じゃ。君らが手を上げることはできん。逮捕は儂らの仕事じゃけえ、こっちが指示をしたら下がってくれ」

言って、赤来がちらりと背広の懐を見せる。薄闇の中、目に入ったものに広瀬は息を呑んだ。――拳銃だ。初めて見る「本物」に、ぶわりと全身が総毛立つ。

「――っ、まさか弾丸は銀、とかですか？」

思わず、といった様子で宮澤が尋ねる。銀の弾丸といえば、狼男を仕留める破魔の銃弾であったか。不恰好に引き攣れたその頬は、笑っているようにも怯えているようにも見えた。

赤来は「さあのォ」とだけ口許で笑うと、そのまま背後の警官たちに指示を出した。

「そがな大層なモンは警察にゃあ無ァよ。ま、おまじない付にはしとるがの」

広瀬らからは視線を外したまま、ゆるりと赤来は肩を竦める。その姿は様になっていた。

今から共に突入するのは、赤来の他に広島県警本部からやって来た機動捜査隊の私服警官が二名だ。宮澤が先頭、次いで広瀬、更に機捜の警官二名が並び殿《しんがり》に赤来がつく。配置につく前に、今一度市役所組を呼び寄せた赤来が、声を潜めて早口に言った。

「状況が状況じゃけえしょうがないんじゃが、本部の人間は特自災害にゃあ詳しゅうない。あの二人には儂の指示に従うてもらうけえ、何かありゃあ儂に言うてくれ」

暗い中でもはっきりそれと分かる、緊張した面持ちで宮澤が頷く。

「じゃあ、頼んだで」

離れ際に、ぽんぽんと二人して肩を叩かれる。いかにもベテラン刑事然とした振舞いがとても自然で、広瀬にとっては恐ろしく非日常的だった。


ぽっかりと闇が口を開けたような、病棟の出入り口前に美郷は立つ。中へ入ろうと歩を進めた美郷をまず阻《はば》んだのは、むわりと体を押し包む暴力的な臭気だった。反射でえずきそうになり、口元を押さえる。ぞりり、と腸《はらわた》の内側を逆撫でされる感覚に顔を顰《しか》めた。

(——落ち着け。この程度で反応するんじゃないよ)

内側に語りかけて、美郷は気合を入れる。ここから先は、今まで経験したこともないほど直接、美郷の挙動が人命を左右するのだ。失敗は許されない。

一歩病棟へ近づくごとに強烈になる悪臭は、この世のありとあらゆる「負」を煮詰めたかのようだ。動物の腐臭、血の臭い、吐瀉物《としゃぶつ》、屎尿《しにょう》——どうしようもなく死を想起させ、脳の一番深い場所から恐怖を引き摺り出す。だがそれは、実際の鼻が感知している本物の臭いではない。鬼の発する瘴気《しょうき》だ。

（こんな濃い瘴気、一般人が当てられたら行動不能になって当然だ）

内部が完全に沈黙しているのも、当然のように思われた。広瀬や赤来らには一枚ずつ護符を持たせているが、ちらりと振り返った後ろの面々もかなり辛そうだ。

（この瘴気が結界になって、病棟を外と断絶させてるのか……初っ端からかなり消耗するけど、このままじゃ入れもしない……！）

覚悟を決めて呼吸を整え、立ち止まった美郷は軽く両腕を広げて後続を止めた。

「少し下がって。瘴気を祓います」

背後からの返事を確かめ、美郷はすっと目を閉じる。

「臨兵闘者皆陣烈在前！」

右手の第二指と第三指を立てて刀印を結び、四縦五横の九字を切る。

「清く陽なるものは、かりそめにも穢るること無し。祓い給い、清め給え。神火清明、神水清明、神風清明、急々如律令！」

頭上に掲げた刀印を、呪と共に一気に振り下ろす。観想した清冽な刃で病棟を、その内部に巣食う瘴気の凝りを両断するように。

どん！ と目に見えぬ巨大な手が病棟を打ち据え、美郷らに面した病棟一階のガラスが一斉に砕ける。後ろで広瀬が何ごとか呻いた。生じた突風に美郷の長い髪が舞い上がる。風が散り、乱れた髪が背に落ち着いたのを確かめ、用心深く美郷は相対する闇を観察した。

ふいに、中が明滅する。

一度躊躇うように闇に沈み、ぱっと一斉に病棟内部の照明が灯った。瘴気の結界が切れて病棟内部と外が繋がったのだ。

「——入りましょう。恐らく鬼には感知されましたが、これで中の人たちも動けるはずです」

軽く後ろを振り返って促した美郷に、強張った表情の男たちが続く。電灯の復旧した院内の廊下には、手前にうずくまる数名の警察官と、遠く倒れ伏す人影が見えた。

「広瀬、散米を用意して。みんな瘴気に当てられてるんだと思う。赤来さん、鬼が狙っている人物は何階の誰か分かりますか？」

入ってすぐの場所は小さな時間外受付や院内売店がある区画で、奥へ進むとまず診察室や検査室、調剤室等の診療棟、次いで正面玄関のエントランスホールを挟んで療養棟へと繋がる。

「いや、今のところ分かっとらん。中の者《もん》が聞いとりゃあエエんじゃが」

院内に踏み込んだ五人分の足音が響くが、それに反応する者はいなさそうだ。赤来が後方に手を振り、動けない警察官らを外へ出すよう指示を送る。

しばらく進んだホール手前の廊下に、俯《うつぶ》せた男性スタッフが見えた。吐瀉物に溺《おぼ》れるように呻いている男性の方へ、捜査員二人が美郷を追い抜いて駆け寄る。赤来に「エエか？」と小声で問われ、美郷は小さく「はい」と答えた。捜査員らは男性を助け起こして呼びかけるが、苦悶の表情を浮かべて魘《うな》される男性は応答しない。赤来が捜査員に続いて、二、三歩美郷の前へ出る。ちらりと振り向いた赤来に目顔で対応を問われ、美郷は「広瀬、」と小さく頷いた。

「米、振り掛けてやればいいのか？」

緊張気味に散米の巾着を握り、男性の横に立った広瀬が言った。「祓言葉と一緒にね」と美郷は言い添える。

「あと何人、瘴気を払ってあげなきゃいけないか分からないし、ほんのひとつまみでいいよ。大久保さん謹製だからちょっとの量でも効果あるし」

豪快な見た目と、それに反してとても繊細で効力の高い浄め道具を作る先輩職員を美郷は思い返す。万全の準備を整えての出動ではないので、手持ちの道具も少ない。——得物として、ひと月ほど前に瀬戸内の島で授かった神刀が身の内にあるのだが、美郷はそれを取り出せずにいた。出したところで役に立たない予感も、大いにある。

（本当なら、あとの二人にも何か浄め道具を持ってもらえば良いんだろうけど）

緊張気味につっかえながら祓い言葉を唱え、ぱらぱらと広瀬が散米を男性の胸元に振り掛ける。ふと、男性の表情が緩んだ。抱き起こす捜査員の呼びかけに、その目がうっすらと開く。

「――凄いな、お前」

男性を見守りながら、噛みしめるように広瀬が呟いた。いいや、と美郷は軽く首を振る。

「まだ入っただけなのに、だいぶ消耗した。あとは鬼に追いつくまでできるだけ温存しとかないと……」

男性スタッフのことは本部の捜査員たちに任せたらしい赤来が、美郷の方へ向き直って難しい顔をした。

「この分じゃあ、他の職員やら患者やらも放っといたら拙いじゃろうな。ロスにゃあなるが、二階からは順繰り職員と患者と救助して回らんと……」

入居者の大半は、在宅が難しい要介護の高齢者である。当然抵抗力も弱いし、停電の医療器具への影響も心配だった。しかし、まだこの上に命を狙う者と狙われる者がいるのだ。あまり悠長なこともしていられない。美郷が迷っていると、赤来がイヤホンを突っ込んでいる片耳を押さえた。

「――ああ、おう、分かった。ちょっと待ってくれ。宮澤君、安芸鷹田市の守山いう職員が着いたと。どうする」

援軍到着の報に、美郷は顔を上げる。

「状況を伝えてください。瘴気に当てられて意識不明多数。逐一《ちくいち》浄化している時間も物資もありません」

療養棟は七階建てでひと階五十床、一階部分は食堂やリハビリ室があり、二階以上には療養室が並んでいる。全員処置するには、時間はもちろん、広瀬に持たせた散米も足らないだろう。無線で状況を伝える赤来の声を頭の片隅で聞きながら、美郷は忙しく頭を回転させる。

（鬼の相手をする余力が残せるか……けど、出し惜しみしたら死人が出るぞ……！）

「宮澤君」

呼ばれて、はっと現実に戻った。

「ちぃと準備が要るが、浄化は守山がどうにかすると。――おい、鬼の標的は分かったか」

どこか安堵の混じった声で美郷に告げ、赤来は男性スタッフを介抱する捜査員らに問い掛けた。

「四階の東、五〇三号室の佐々木《ささき》という男性だそうです」

四階、と美郷は小さく復唱する。「――半年前に巴で交通事故を起こして、現在寝たきりと」追加される情報に赤来がはっと目を見開いた。

「――ッ、ほうか！　なら、そういう……」

口元を覆った赤来に意味を問う間もなく、美郷らを向いたまま赤来が捜査員へ指示を出した。

「二人はその人に付いとってくれ。守山が合流したら守山の指示に従うてもらう。儂らァは早う上へ、階段で行くで」

「はいっ。あの、ひと階ずつ、護符だけでも貼りましょう。だいぶ違うはずです」

「わかった」

「広瀬、何枚か預けてる護符、そこの扉横に一枚貼ってくれる?」

一歩下がった場所で状況を見守っていた広瀬を、美郷は振り返った。指差したのは、診療棟と療養棟の繋ぎ目になる扉だ。緊張気味に「わかった、」と頷く広瀬に護符を貼る位置を指示する。

確かに広瀬は霊感がない。美郷や怜路のような、呪術者としての修業もしていない。だが、彼の唱える呪は確かに作用する。それは、広瀬が特自災害に配属されるよりも以前に、美郷らの上司である芳田が見抜いていたことだった。――誰でもが、美郷の預けた式神を発動させられるわけではないのだ。

階段は東西二箇所にあり、エレベーターが隣接する西側階段が手前だ。階ごとの状況確認も兼ねて、西側階段と東側階段を交互に上ると赤来が指示を出す。拳銃を構えた赤来の一歩後ろを走りながら、美郷は向かう先の気配を探った。美郷の後ろでは広瀬が殿を務めている。物理的な攻撃に備えて先頭は赤来に譲ったが、鬼が瘴気や呪力で攻撃してきた場合は美郷が迎え討つことになる。いつでも式を飛ばせるように、美郷はコートのポケットに入れた水引の燕に手を触れた。

ざわざわと、腹の内側が騒ぐ。いつもの「おやつ」欲ではなく、敵意と警戒心剥き出しで暴れるソレを、美郷は胸の内だけで宥めすかす。

(いやに神経質だな。理由……は、分かり切ってるか……)

場に充満していた瘴気を祓った後、上階から這うように階段を下りて来るのは憎悪の念だ。それも、誰か、何か特定のモノを憎んでいるだけの可愛らしいものではない。

(怨鬼が憑いてるって言ってたな)

櫛名田姫の鬼女面には怨鬼が憑いていると、司箭は言った。神楽で降ろす櫛名田姫そのものではなく、かつて鬼女面を盗み出した者が鬼と化して宿っているという。

(世界全部を、この世の全てを憎み切らなきゃ怨鬼になんてならない)

通常、人が死ねばその魂はすぐに幽世《あちらがわ》に還ってしまう。人の肉体に宿る霊は魂《コン》と魄《ハク》の二つで出来ており、故人「そのもの」と言える魂は大抵の場合、宿るべき肉体を失うと同時にうつし世から消えるのだ。一方、魄と呼ばれるものは現世に残り徐々に薄らいでゆく。一般的に「亡霊」と呼ばれるものは、この魄の方だった。

だが、例外もある。

本人が、生きながらにして人であることを捨てた場合だ。修行の果て、怨みの果てに天狗や鬼となる者がいる。彼らは生きながらにして人を捨て、人の世に存在する「魔」――異《い》形《ぎょう》となるのだ。特に、怨み憎しみで異形と化した者は古来から数多《あまた》その名を轟《とどろ》かせ、美郷らのような呪術者はいつの時代も彼らと戦ってきた。有名どころは、それこそ能や神楽の演目としていくつも見られる。

うつし世の中に人として生まれ、人の世に翻弄《ほんろう》されていよいよ人であることすら捨ててしまった者、それが怨みの異形——怨鬼だ。鬼女面に宿る怨鬼も、この世の全てを怨み尽くして人であることを捨て、人の肉体すらも捨てて鬼となった。記録から消されているだけで、以前封印される際にも本当は相当な被害を出していると、移動中に司箭から聞いている。

全く以て、とんでもない事件に出くわしてしまった。

美郷が呪術者として今までに経験した、どんな案件よりも重大かつ凶悪だ。対応も後手に回っている。

（それに……）

赤来の後ろで足早に階段を上りながら、美郷はぐっと奥歯を軋ませた。胸の奥がざわつく。腹の中で「ソレ」が騒ぐ。

知っている。と。

その想いを知っている。世界全部を怨み尽くす憎悪を。

全てに裏切られ、追い詰められた者の慟哭《どうこく》を。

——高校生活の最後。多くの者が帰省して人気のない寮の部屋でたった独り、美郷は呪詛《じゅそ》の魔物と喰い合いを演じた。長い長い真っ暗な夜にぶつけられ、美郷の心の奥深くを踏み荒らして行ったどす黒い感情と、怨鬼の情念はとても似ている。

（落ち着け。あれは「おれ」に向けられたものじゃない。……あれは、おれの心じゃない）

今の美郷はプロの呪術者で、市役所の職員だ。理不尽な悪意に絶望した高校生ではない。

（大丈夫だ。おれは――）

二階に辿り着いた赤来が片手を挙げて美郷らを制する。階段は各階の中央廊下に抜ける構造で、廊下まで飛び出すと会敵した際狙われる危険性が高い。壁に張り付いて二階の様子を確認した赤来が手振りで美郷らを呼ぶ。

――嫌い。

美郷の内側で、魔物が暴れる。美郷は無意識に、コートの腹の辺りを掴んでいた。

――嫌い。嫌い。

謂《いわ》れのない逆恨みで、美郷は蛇の魔物を喰わされた。そして、理不尽な世界に殺されることを拒んだ美郷は、内側から臓腑《ぞうふ》を喰い破ろうとするその蛇を喰った。

美郷の中には魔物がいる。美郷が喰ってしまった魔物の蛇だ。蛇が暴れる。怨鬼の憎悪に反応して、美郷の内側で暴れている。

「宮澤、大丈夫か？」

小さく後ろから、気遣わしげな声が囁いた。広瀬だ。

「――うん、大丈夫。なんでもないよ、ありがとう」

努めて平静に、柔らかく作った声音がちゃんと穏やかに聞こえたか、美郷は広瀬の方を振り返ることができなかった。

4．彼の望んだ地獄

真っ暗なそこは、まさに地獄だった。

それぞれの階でしてきたように、篠原は療養室ドア横の名札をハンドライトでひとつひとつ確かめて回っていた。三つ目のドア横に、頭に刻みつけてきた名を見付け、篠原は面の下でうっそりと笑う。

——思い知るがいい。

幅広のスライドドアを開け、一室四床の療養室を眺めた篠原は、呻きと警報音のハーモニーに聞き入った。

高く低く、おどろな呻き声が幾重に響き、覆い被さるように、ピーピーと至る所で警報の電子音が鳴っている。闇に沈む病棟を僅かばかり照らすのは避難経路を示す緑の誘導灯と、室内で点滅する医療機器のＬＥＤばかりだ。

ここに地獄がある。己が作った地獄だ。

己ばかりを地獄へ突き落とした者たちのために、篠原が用意した地獄だ。

家具兼間仕切りで隔てられたベッドは室内に四つ、それぞれにゆったりと空間を確保されている。だがそれを享受できるとは思えぬ、重度の寝たきり患者ばかりが機械に繋がれ、ベッドに横たわっている部屋だった。療養室に入った篠原は、入り口にあった名札の並びを頼りに窓際右手のベッドを覗き込んだ。――果たしてそのベッドサイドに、目的の名前をライトが照らす。

「おまえ――ああ、おまえ……見つけた、ヒトゴロシ、ああ、」

吐息のように掠《かす》れた声で、篠原はベッドに転がる男へ呼びかけた。母の仇だ。よろめくように枕元へ近寄り、右手の鉈を大きく振り上げた。

――地獄へ落としてやった。さあ、許しを乞え。悔いて、泣いて、詫《わ》びるがいい。鬼に恐怖し、絶望しろ。この地獄は、お前自身が作った地獄だ。

期待と興奮で震えるハンドライトを掲げ、ようやく憎い仇の顔へ視線を向ける。苦しげに呻くその目を、顔を、鬼に変じた姿で睨み付け、恐怖と絶望を――。

「――おい、」

管に繋がれた男は呻いていた。

その目は、全く篠原を映してなどいなかった。

全く焦点の合わない、どろりと濁った目が虚空を見ている。

「俺を見ろ」

鉈を放り出して薄い掛け布団を剥ぎ取り、枯れ木のような体を包む草臥れた病衣を掴んだ。

うぅー、あぁー、と全く意味を成さぬ呻きが男の口からこぼれ落ちる。

落ち窪《くぼ》んだ目、乱れてみすぼらしい髪と髭、痩せこけた頬、まともに閉まることを忘れたような口、どこへ繋がるともしれぬ管が胸元から胴を這っている。管の繋がる傍らの医療器具は、警告の赤ランプを明滅させていた。

――これは母親を殺した男だ。人間を二人殺して、のうのうと生きている犯罪者だ。篠原はそれを断罪し、男に己が罪を思い知らせるのだ。

下の始末もできないのであろう、尿の臭いが染みついた体をベッドの上へ落とす。男は篠原を見ない。布団の上に落ちていた鉈を拾い、振りかざす。男は、篠原を見ない。

「おおぉぉおれをみみみ見ろおおぉぉぉああ、アアあああぁぁァ――――!!　グフッ」

突然、内臓を直接殴られたような重い鈍痛に襲われ、篠原は鉈を取り落としてうずくまった。ぱっ、と一瞬世界が明滅し、一呼吸置いて室内の照明が灯る。誰かが、篠原の邪魔をしにやって来たのだ。

――知らしめなければ。ここに、怨みのあることを。

己を映さぬ仇敵《きゅうてき》の存在を忘れ、篠原はふらりふらりと階下を目指した。

煌々と照明の灯る二階フロアは、ぞっとするほど寒々しい静寂に満ちていた。否、音は幾重にも絶え間なく鳴り響いている。医療機器らの警告音だろう。自分たちの足音が止めば、そこここから幽かな呻き声が聞こえる。だが、意思をもって身動きする者の気配がない。美郷は息を呑む。

「儂が順繰りに部屋を確認していく。君らはそのままゆっくり向こうの階段まで歩いてくれ」

「はい。――あっ、あの、ナースステーションのスタッフさんだけでも先に救助しませんか。彼らが動ければ……」

いくつも重なる、多種多様なアラーム音が耳に刺さる。甲高い電子音はイコール、生命の危機の警告だ。美郷にそれを止める術はない。

「そうじゃの、行けるようなら頼む。まず儂が中を確認してから呼ぶけん待っとってくれ」

言って、拳銃を構えた赤来がすばやく慎重にナースステーションの出入り口へ近づく。美郷は広瀬に声をかけ、先にフロアを浄化する霊符を貼ることにした。

病棟の全長は概《おおむ》ね六十メートル程度、東西の階段も二十数メートル離れている。病棟の中央を貫く廊下を挟んで、階段側は中央ホールと個室や少人数部屋、もう片側は真ん中にナースステーションを挟んで多床室が並ぶという構成らしい。西側階段横に設置されたエレベーターの前を横切り、美郷と広瀬は中央ホールに設置された院内掲示板の前に立った。電気の復旧した病院の廊下は明るい。停電前後に誰かが全灯させたのだろう。

「あのさ、宮澤。今言うこっちゃないとは思うんだが、お札に両面テープはアリなのか？」

ぺらりと剥離紙《はくりし》を剥がしてゴミをポケットに突っ込みながら広瀬がぼやいた。美郷も一度と言わず抱いた疑念に、思わずはは、と気の抜けた笑いが漏れる。

美郷の余力は鬼への対処にできるだけ温存したい。実際に霊験を持っているのは散米や霊符といったアイテム側とはいえ、それを発動させられる広瀬の存在はありがたかった。――結局、連れて入ることになってしまったが、この状況では広瀬ひとりを外に置き去りにするのも彼に対して失礼だろう。それに何より、美郷らにそんな余裕はない。

「今時ごはん粒よりは多分マシだよ……多分。効果はあるし、画鋲《がびょう》で穴開けるほうがよろしくないからね」

両面テープの間抜けさが気になるらしい広瀬の気持ちも分かるが、さりとて、これ以上使い勝手の良い接着具もないのだ。いくら霊験あらたかな霊符でも、フィクションよろしく不思議な力で張り付いてはくれない。

単身は危険と承知の上で、赤来が美郷らを待機させたのにはいくつか理由があるだろう。ひとつは中に鬼が居た場合、戦闘慣れしていない自分たちがピンチを広げてしまう危険性、そしてもうひとつは、恐らく室内が既に手遅れだった時を考えてのことだ。鬼は鈍を持っていたという。一般職員の広瀬だけでなく、呪術の専門員とはいえ警察のような訓練も受けておらず、まだぺーぺーの美郷も連れては回れないと赤来に判断されたのだ。

（ここに居るのがおれじゃなくて怜路だったら、もう少し冷静に何ができるか考えられるんだろうな）

広瀬が祓言葉を唱えて霊符を発動させる。そわそわと落ち着かず、明後日に逃げる思考を美郷は自分で叱った。

（って、馬鹿なこと考えてる場合か！　落ち着け、って、何考えてるのが一番落ち着いてるってことなのかも、もうよく分かんないけど）

人が、すぐ近くで死んでいるかもしれない。今にも死ぬかもしれない。今まさに、殺されようとしているかもしれない。ワンフロア五十床、この医療院は入所者の多くが要介護度四以上――食事や入浴、排泄《はいせつ》に介助を必要とする高齢者だという。そのうち更に五割は、命を繋ぐために医療行為、医療機器が必要な人々だ。――アラームは鳴り続けている。

「宮澤君、広瀬君、中は大丈夫じゃ、頼む」

呼ばれてハッと顔を上げた。素早く移動し、広瀬と手分けして中で倒れているスタッフを順に救助する。最も早く意識を回復した一人に状況を告げ、美郷は急いで廊下へ出た。人が倒れているのはこのフロアだけではない。

美郷らがナースステーションにいる間に、赤来はあらかたの部屋をまわり終えていた。東側階段の下まで移動し、赤来が帰って来るのを待つ。ちらりと振り返った先で、広瀬がこめかみを押さえて眉間を曇らせていた。

「広瀬？　大丈夫か？」

「あ、いや……何かちょっと頭重いなって」

慌てたようにこめかみから手を離し、広瀬が何でもないように頭を振る。

「――ッ、ごめん、無理させ過ぎた」

事態に気付いて、美郷は拳を握った。広瀬の呪いにはきちんと効果がある。つまりそれだけ、広瀬は科学の観測しえないエネルギーを動かしているのだ。当然、消耗もする。疲労度は幼い頃から訓練を受けている美郷とは比べ物にならないはずだ。全くそれを察せなかった己に、美郷は失望と苛立ちを覚える。

(ホントに余裕がない。何も見えてない……こんなので大丈夫なのか、おれは)

内側では、相変わらずぞりぞりと蛇が腸を逆撫でしている。それがノイズになって、思った以上に意識を乱される。——だが、そんな言い訳をしたところで、現状の改善には何の足しにもならない。

「状況が状況だろ、多少の無理くらいさせろよ。俺の頭が多少痛いくらいで、人の命が助かるならその方がいいに決まってる」

大したことはない、と笑ってみせる広瀬に、躊躇いながらも美郷は頷いた。物事の優先順位で考えれば広瀬の言い分が正しいだろう。今は、何の無理もせずに済むような状況ではない。ただ、無理を承知で頼むのと、気付かず無理をさせるのは全く違う。

(ここにいるのが係長なら……怜路なら、辻本さんなら……くそっ、そんなことばっか考えててどうするんだ!)

ごつん、とひとつ、右手の拳で己の頭を小突いた。「おい、」と広瀬が慌てた声を上げる。こちらに向かって来ていた赤来が目を丸くするのも遠目に見えた。

「大丈夫。ありがとう、助かってる。おれたちで、できる限りをしよう」

いない人間のことを考えても仕方がないのだ。今の自分たちでやれることに集中するしかない。無理矢理、ニッと笑ってみせると、広瀬もそうだなと頷いた。赤来はもうあと数部屋、個室を確認して回らなければならない。その様子を見守る美郷の傍らで、ふと広瀬が真横にある階段の方へ顔を上げた。

「広瀬？」

「あ、いや。何か音が——ッ!!」

がばり、と血相を変えた広瀬が飛び掛かって来た。何の構えをする間もなく、美郷は広瀬に突き飛ばされる。咄嗟にどうにか受け身を取って、両肘と腰を冷たい床に強かに打ち付けた。その上に、更に広瀬が降ってくる。すぐ近くで、金属の何かが壁に投げつけられる乱暴な音が響いた。

「なっ、どうした……！」

一拍置いて、更に何か、重たいものが高い場所から床に落ちた物音がする。

「二人ともそのまま伏せとれ!!」

赤来の緊迫した声が命じる。美郷は痛みと衝撃で歪む視界を無理矢理広げた。のっそりと体を起こす、黒い人影が映る。

人影が顔を上げる。白い、大きな大きな顔だった。湾曲して天を突く一対の角と、怨嗟に歪み吊り上がった目が金色に光る。牙を剥き出しにした口の赤さが血のようで目を引いた。

（——鬼!!）

間近で美郷らを睥睨《へいげい》する鬼が、その存在を認識するかのように、かくん、とひとつ顔を傾けた。不明瞭な呟きが、巨大な鬼面の下から漏れ出る。

『俺、を、見……』

鬼が、美郷と広瀬に向かって鉈を振り上げる。折り重なっている広瀬の腕がつかえて、式神を取り出すことも印を結ぶこともできない。

(どうする、何か――)

自分を出せ、と内側から声がした。

怒りと敵愾心《てきがいしん》に満ち満ちたソレが、美郷から飛び出して鬼を攻撃しようと大きく蠢《うごめ》く。

(駄目だ!!)

咄嗟に、腹を抱え込むように美郷は全身を強張《こわば》らせた。広瀬がその動きに反応して美郷を窺う。更に向こうで、ゆらり、と鬼がほんの数メートルの距離を詰める。暴れる白蛇が、美郷の体を内側から苛《さいな》む。だが――。

――……俺、蛇マジ駄目なんスよ。咬むとかじゃなくて、なんつーかあの見た目が。

(怖い)

恐怖で頭が一杯になる。それが何に対する恐怖なのか、一瞬見失うほどに。

ぱつん、と乾いた軽い音が響いて、鬼が一瞬動きを止めた。銃声だ、と一拍置いて理解する。のろのろと鬼が背後を振り返った。

『あ、ぁ……、ああ、お巡りさん……こ、んな、所に……聞いてくだ、さい、ヒトゴロシが居るんです……ヒト、ゴロシ、捕、まえて、くださいよ……』

重たそうに頭を揺らしながら、赤来の方へ向き直った鬼が訴える。

「武器を捨てェ。……話は聞いちゃる。佐々木を捜しとったらしいの」

静かな声で、赤来が鬼に答えた。破魔の力を込めた銃弾が効かなかったはずなのに、至極《しごく》冷静な声音だ。鬼は「おまわりさん」とうわ言のように何か繰り返している。

「お母さんのことで恨んどるんか。お前が割り切れんのも仕方の無ァことじゃとは思うが、こがな事ァしちゃいけん。鉈を置け、ええか」

あくまで篠原という人間を説得する形で、赤来は語りかけ続ける。いかにも鬼面が重たい風情で項垂《うなだ》れ、篠原はそれに答えない。

「大丈夫か、宮澤、宮澤!?」

上体を伏せたまま、どうにか美郷の上から退こうとしていた広瀬が、小声で問いながら美郷の肩を掴んだ。体の強張りを解き、やんわりと広瀬をどかしながら美郷は頷く。

大丈夫、と口にする余力はなかった。

一秒でも早く、広瀬から距離を取りたい。内側の蛇はまだ暴れている。

――嫌い。嫌い……！

(違う、そうじゃない、あの鬼を止めなくちゃ。嫌いだからじゃない。憎いからじゃない。おれは――)

本当に自分は、己の力を正しく使えているのか。

怒りや憎しみ、敵愾心や復讐心のためでなく、うつし世《こちらがわ》を守る番人として扱えているのか。

自分は本当に「こちらがわ」の存在なのか。本当はもう、怨鬼と同じ存在ではないのか。

——怨みを、知らしめましょうぞ。

不意に、女の囁くような声がする。反射的に美郷は顔を上げた。ねっとりと絡み付くような声色に、心底ぞっとする。一瞬、自分に向けて囁かれたような気がした。

視線を上げた先では、篠原を何かが抱きしめている。異様に長細く青白い両腕だ。頭も胴もなく、半ば透けた腕だけが草臥れた男の体に巻き付いていた。

（あれが、鬼女面の怨鬼!!）

怨鬼の気配が強まる。篠原の耳を塞ぐように、ぐっと両腕が強く篠原を抱く。篠原の鉈を握る手に、力が籠《こも》るのが見えた。

「赤来さん、それじゃ駄目です！」

この状態で、人間としての説得は通じない。だが咄嗟に『撃て』とまで言えなかった。

ことさらゆっくりと、篠原が美郷を振り返る。怨鬼の意識が自分を向いたのが分かった。

鬼と視線が合う。鉈が振り上げられる。赤来の鋭い制止が飛ぶ。内側で蛇が暴れている。

——自分を出せ、アレを喰ってやると暴れている。己を襲う理不尽な怨嗟に抗うため、

（……また、おれは『喰う』のか？）

思考が止まった。

「宮澤!!」

式神をポケットから出す暇はもうない。呆然と、美郷は錆《さ》びた鉈を見上げた。異様なほど

克明に、浮いた錆びや刃こぼれが目に映る。意識のほんの隅だけで、美郷は遠く遠く何か喧《りん》噪《そう》を聞いていた。

——かなしい、たすけて、いやだ、しにたくない。

（でも、怖い…………助けて、誰か、怜……）

「ッか野郎!!　テメェ何躊躇ってんだ死にてェのか!!」

耳に馴染んだ怒声と共に、円月輪が怨鬼の鉈を撥ね飛ばした。


人間には、苦手なモノがある。

人間誰しも、全知全能ではない。

当たり前の話だ。二十四時間三百六十五日、常に周囲にいる人間全員を気遣っていられるわけはない。——よって「それ」は、仕方のないことだった。

だが、「仕方がなかった」からという理由で「無かった」ことにも、許されることもない。

そんな現実も、確かにあるのだ。


宮澤を庇って押し倒したままの四つん這いで、背後を振り返った広瀬は、宮澤へと振り上げられた鬼の鉈を呆然と見上げていた。足など動かなかった。それどころか、身動きひとつ取れなかった。

(どうしよう、どうすればいいんだ!?)

頭を占拠するのは問いばかりで、答えなど出ない。宮澤も、抵抗を忘れたように凍り付いていた。

そこへ、来た道の方から怜路の怒鳴り声と共に、広瀬らの頭上を掠めて何かが飛んでくる。金属の鋭くぶつかり合う音が響いて、鬼が仰のいた。鉈と、大きな金属製の輪が宙を舞う。

宮澤が我に返ったように身じろぐ気配がした。

「――ッ、怜路!」

ごめん、という吐息のような声は、安堵に満ちていた。

「はよ広瀬を連れて距離取れ!」

正面へ戻した視線の先、響く怜路の声はまだ若干遠い。うん、と頷いた宮澤が体を起こす。宮澤と目が合って、広瀬もようやく体を動かせた。「行こう」と宮澤の口が動く。

「待て! 篠原の相手は儂がする! 民間人が攻撃しちゃあいけん!!」

広瀬の背後遠く、鬼の向こう側から赤来の制止が聞こえた。四つん這いから体を起こして顔を上げると、鬼気迫る表情の怜路が猛ダッシュしてきている。ズレたサングラスの奥で、その両眼は銀に光って見えた。

「おマワりさんにゃ、アレが生きた人間に見えンのか!? 俺にゃ死体引っ掛けた妖面しか見えねえんだがな!!」

言って、錫杖を構えた怜路が大きく床を蹴る。鬼に背を向けた状態の広瀬からは、今、鬼がどうしているかは分からない。

広瀬らの隣をすり抜けて、怜路が錫杖を振りかぶった。背後で赤来の、何かに締め上げられたような悲鳴が上がる。怜路が顔を強張らせ、宮澤がはっ、と鬼の方へ振り返った。

「広瀬!!」

血相を変えた宮澤の顔がこちらへ向く。一瞬だけ、白く透けた何か、異様に細長い腕のようなものが広瀬の視界を掠めた気がした。その正体を追って、広瀬も鬼の方を向く。

鬼が、広瀬を見ていた。

「ナウマクサンマンダ　ボダナン　インダラヤ――」

じゃりん、と怜路の錫杖が金環を鳴らす。

脱力して立ち尽くす鬼の顔が、重たそうに傾いて広瀬を見ていた。ひやりと心底悪寒を誘う冷気が頬を撫で、何かが己に迫る気配を、広瀬は体の芯としか言いえない場所で感じた。

咄嗟に頭を庇おうと、片腕を上げて鬼から顔を背ける。宮澤の体が、その視界に入った。

不意に、不自然に宮澤の左肩が盛り上がった。

何事かと思う間もないまま、そのシャツの第一ボタンがはじけ飛んで、何かが宮澤の首元から出てくる。ソレは見る間に巨大に膨れ上がりながら、白くぬるりと宙を滑った。

――鱗だ。

目の前を覆う白の表面で、てらりと光るものの正体に総毛立つ。

　巨大な蛇体が、広瀬に巻き付いた。

「うっ、うわあああぁぁっ!!」

　広瀬は反射的に腕を振って暴れたが、白い大蛇はびくともしない。蛇が覆う視界の向こうで、落雷のような激しい音と閃光が迸《ほとばし》った。怜路の技が何か決まったのだろう。

　しばらく経って——否、広瀬からすれば、かなり長い間白蛇に閉じ込められていたように思えたが、本当はほんの一瞬だったのだろう。ゆっくりと視界が開ける。

「——大丈夫？　広瀬」

　気遣わしげに宮澤が声をかけてくれた。その胸元は大きくはだけている。確かにあの場所から、白い大蛇が出てきたのだ。宮澤の、体の中から。

「あ、ああ……」

　どう、何を言って良いか分からず、固まったまま宮澤を凝視する広瀬の前で、大きな白蛇がぞろりと宮澤に巻き付く。みるみる小さくなって、まるで宮澤に懐いているように肩にとぐろを巻いたそれに、ぞわりと背筋が怖気《おぞけ》立《だ》った。思わずひとつ身震いする。

　それを見て、へらりと宮澤が笑った。

「ゴメン、蛇苦手だって言ってたのに……でも、怪我がなさそうで良かった」

　少し困ったような、曖昧な笑みは見慣れたもので、同時に、どうしようもなく現状に不釣り合いだ。

「——鬼は、どうにかなったみたいだ。立てそう？　ほんとにゴメンね、怖い思いさせちゃって。危害加えたりしないから、大丈夫」

あはは、と乾いた笑いと共に、宮澤がするりと白蛇を撫でた。そして、まるで広瀬から距離を取るように立ち上がる。――その距離が取り返しのつかないものだと、今更ようやく広瀬は気付いた。

待て、と手を伸ばそうとしても、口も腕も凍り付いて動かない。どっ、どっ、と心臓が内側から広瀬を殴っていた。

どれだけ知らなかったと言い訳したところで。どんなに自分が生来「生理的に苦手」だったからといって、己の言動が、他人――友人を、宮澤美郷を深く傷付けたなら、その「事実」は何をやっても取り消せはしない。

這いつくばったままの広瀬に手を伸ばすことすらせず、ただ立ち上がって宮澤は一歩退く。その顔には、「能面の笑み」が張り付いている。

――その微笑みが一瞬、深い慟哭の表情《かお》に見えた。

怜路が介護医療院へ到着したのは、美郷と広瀬よりも五分ほど遅れてのことだった。闇に沈む医療院の敷地を前に徐行し、駐車場入り口を探していた時のことだ。どんっ、と殴るような突風が車体を揺らし、怜路はブレーキを踏む。数秒を置いて、医療院の照明が全灯した。

どうやら味方側の術だったと判断し、怜路はブレーキから足を離す。再びゆるりと動き始めた車に、制服警官が駆け寄って来た。その奥では車のヘッドライトを、Ｋｅｅｐ Ｏｕｔと書かれた黄色いテープが反射している。

「止まって止まって！」

赤く光る誘導棒を大きく振りながら停車を指示され、怜路は大人しく従って運転席の窓を開ける。丁度良いので、この警官にことの成り行きを聞こうとして気が付いた。

（やべェ……俺、自分だけで巴市役所の関係者だっつーの分かるモン、何も持ってねーわ……）

覗き込んでくる警官の表情は厳しい。元より、怜路の出で立ちは非常に警官受けが悪いのだ。凶悪犯の立てこもりなどという、田舎では滅多に出会わないであろう現場に立ち会った若い警察官は気が立っているのか、初めから臨戦態勢である。

「この建物の敷地は現在封鎖中です！　ここでＵターンして！」

野次馬の類と思われたらしい。待て待てと相手を制して、怜路はひとまず己の立場を証明してくれそうな人物と部署を挙げる。だが、それはあえなく空振りに終わった。

「――特殊自然災害？　言うんが何かは分からんけど、もし協力要請の必要があれば警察から連絡するけぇ、一旦帰っとって下さい。エエね？」

あからさまに適当にあしらわれ、怜路は内心頭を抱えた。『特殊自然災害』の存在を知らないであろう警察官を、説得する言葉が見つからない。渋々と頷き、ウインドウを上げる。

Uターンができるほどの道幅はないので、病院の前を通過して別の場所に抜けるしかなさそうだ。

ちっ、と盛大に舌打ちし、イライラと煙草を取り出す。一本銜《くわ》えてウインカーを出し、アクセルを踏んだ。

『きゅわん！』

後部座席で、妙に抜けた高い鳴き声がする。

「しゃーねーだろ、人間やってりゃオマワリ敵に回すと面倒なんだよ」

心底面倒臭く、振り返りもせずに怜路はそれをあしらう。

『きゅわん！　きゅわん!!』

しかし、犬のようで微妙に違うその鳴き声――一応、吠えている声は止まらない。

「だーっ！　も、うっせェ!!　オメーが鬼の居場所を外したんじゃねェか！」

ばっ、と後ろを向いて怜路は噛み付く。後部座席に座っていたのは、犬――では、ない。

『きゅわん！』

窓に湾曲した猛禽《もうきん》の爪をかけ、柴犬ほどの「なにか」が吠える。ふんっ、ふんっ、と鼻息が窓ガラスを曇らせていた。その胴は鎧のような魚鱗に覆われ、腹は蛇の鱗、背には鬣《たてがみ》、脚は虎のようである。枝分かれした鹿の角の下で、牛の耳がぴこぴことせわしなく動いていた。顔は――少々ちんくしゃだが、駱駝《らくだ》なのであろう。伝説に従えば、の話ではあるが。尾は太く短く金魚のような形で、ふさふさとした毛が渦を巻きながら揺れている。

この謎の生物は、怜路が司箭から借り受けた神使であった。御龍山の使いゆえ、龍のような姿をしている……が、フォルムは犬だ。兎のものとも鬼のものとも言われる眼はきゅるりと大きい。御龍山に登ろうとした時、美郷の足元を掬ったモノはこれだった。神社の境内に、狛犬ならぬ狛龍として置かれているうちの一体である。

『きゅわん!!』

ばりばりと窓枠を引っ掻きながら、狛龍が騒ぐ。たまらず再び怜路はブレーキを踏んだ。鷹《たか》の爪で引っ掻かれた内装はボロボロであろう。

「何だってンだテメェ、サツに睨まれてンじゃねーか！　一旦離れて、誰か連絡つけるしか……」

『きゅわん！』

こんこん、と、後部座席の窓を叩く者があった。夜闇の中、逆光に薄く浮かぶ人影は安芸鷹田市役所のジャンパーを着た年配の男――守山だ。

「狩野さん、申し訳ありませんな。私が説明しますけえ、ここに車を停めて早《はよ》う中へ。だいぶん拙《まず》いようです」

その緊迫した声音に、怜路もにわかに緊張する。返事と共に素早くエンジンを切ると、狛龍と錫杖を抱えて怜路は守山の背を追った。視界の下端、サングラスのフレームから外れた場所で、太く長い狐の尾の先が不機嫌に振れている。

「何て聞いてる。アンタも外ってこたァ、中に居ンのは美郷だけか」

「宮澤さんの他に広瀬さんと、巴署の刑事さんが入られたそうです」

焦りの滲むその言葉に、怜路は「げっ」と思わず声を漏らした。呪術者が美郷だけというのも拙い話だ。しかし、怜路が反応したのは話の後半である。

「赤来のオッサンが来てやがんのか」

赤来刑事は顔見知りだ。それも、あまり見たくない方の顔見知りである。巴生活一年目に、何度も職務質問をされた仲だ。当人に霊感はないというが、「刑事の嗅覚」とでも呼ぶべき全く別の第六感が侮れないベテラン刑事だった。

「お知り合いですか」

今回の事件まで警察と関わることなどなかったという守山に聞き返され、怜路は曖昧な返事をする。進入禁止のテープ前に立つ痩せた壮年の男が、守山へ会釈した。鬼面盗難の捜査を担当している、安芸鷹田署の刑事だそうだ。実際には「面を盗むことができた」犯人など存在しない盗難事件を追っている、気の毒な人物ということになる。

簡潔なやりとりの後、守山が怜路に向き直った。

「先程聞いた様子ですと、鬼の瘴気で中の者《もん》はみな動けんようです。宮澤さんらは鬼を追うそうですけえ、私らは下から順に浄化して上がりましょう。準備を手伝うてくれてですか」

咄嗟に頷きかけて、迷う。一刻も早く、美郷と合流したい。否、すべきだ。そう感じるのが己らしからぬ焦りなのか、何かの予感なのか判断がつかない。

（美郷一人……あの突風、それから……）

胸の奥にわだかまる「嫌な予感」を解きほぐしていく。何かもうひとつ、心に引っ掛かっていることがあるはずだ。

(——そうか、広瀬のアホが)

蛇が嫌いだと、言っていた。

『きゅわん!』

当たりだ、と言わんばかりに、小脇に抱えていた狛龍が鳴いた。

「すまねェ守山サン、俺ァ先に美郷の援護に行く。あいつひとりで一般人のお守しながら、鬼の相手は荷が重ェだろう」

言い置き、返事を待たずに地を蹴る。担いだ錫杖がじゃらりと鳴った。狛龍は怜路の腕から抜け出して、先導するように前を駆けている。建物入り口の周囲を取り巻いている警察官たちが、狛龍の珍妙な鳴き声に次々と振り返った。追って走る怜路をみとめて瞠目する。

「っらァ、緊急だどけやがれェ!!」

言って、右肩の錫杖をぐるりとひと回しすると、避けてのけ反るように人垣が割れる。その隙間をすり抜けて、怜路は建物内に飛び込んだ。


瘴気の残り香が鼻につく。

不快な臭気に思い切り顔を顰めて、怜路は上階への階段を探した。廊下の手前では、幾人か県警の腕章を着けた男たちが、仲間に救護されている。それを身軽に躱し、奥に視線を投げた。そこにも二、三人の人影がしゃがみ込んでいる。惨憺《さんたん》たる有様だ。

きゅわん、と先を走っていた狛龍が振り返って吠えた。頷いて走り寄り、怜路は階段を数段飛ばしで駆け上がる。踊り場でターンした時、ぎゅっ、とバスケットシューズの靴底が鳴る。上で吠える狛龍の声が一際切迫した。怜路は、更にギアを上げる。階段の上、見えた二階廊下の奥で、遠く男の声がする。言葉は聞き取れずとも、緊迫した空気は伝わって来た。

大きく階段を蹴り、何段か飛ばして二階フロアに着地する。錫杖を構えて廊下へ飛び出した。真っ直ぐ延びる廊下の向こう、皓皓《こうこう》と灯る廊下の照明の下、遠く人影が幾つか重なっている。距離にして二十五メートル程度か。

「美郷!!」

奥に鬼面の男、手前に座り込んだ美郷と広瀬をみとめ、怜路は大きく呼ばわった。鬼面の男は何かを振り上げている。あれは、鉈か。

（――やべェ……!）

全速力で駆け出しながら、鬼へと攻撃する手段を探す。錫杖は流石に届かない。真言を唱えての呪術が間に合うとも思えない。

『きゅわん!!』

吠えて怜路の前に飛び上がった狛龍が、くるりと宙返りをして円月輪に化けた。司箭が使った投擲武器だ。目の前に出現したその柄を、怜路は躊躇いなく掴む。

目標までの障害物はない。手前の二人はほとんど床に伏している。全力で走りながら、怜路は円月輪を構えた。廊下の幅、高さ、鬼までの距離。届く場所を見極める。

美郷が身の内に飼っている白蛇を出せば、鉈程度はいくらでも弾き飛ばせるはずだ。だが、美郷はただ尻餅をついて、為す術もなく鬼を見上げている。

「――ッか野郎!!　テメェ、何躊躇ってんだ死にてェのかァ!!」

怒鳴り声と共に、怜路は鬼の鉈めがけて円月輪を投げた。

円月輪は鉈に命中し、鬼が仰のく。蒼い顔の美郷が、のろりと怜路を振り向いた。その唇が怜路を呼ぶように動く。

「はよ広瀬連れて、距離取れ!」

怜路の指示に、幾分しゃんとした顔つきで頷いた美郷が、隣に俯せる広瀬に呼びかけた。

鉈を弾き飛ばされて体勢を崩していた鬼が、ゆらりと体を起こす。円月輪は鬼の足元に落ちている。次の一撃は錫杖が届くはずだ。

「待て!　篠原の相手は儂がする!　民間人が攻撃しちゃあいけん!!」

鬼の向こうから、太い男の声が制止した。赤来だろう。

「おマワりさんにゃ、アレが生きた人間に見えンのか!?　俺にゃ死体引っ掛けた妖面しか見えねえんだがな!!」

サングラスを下にずらした上目遣いの視界に映るのは、宙に浮く大きな鬼女面と、その鬼女面から伸びる触手に絡め取られ、繰人形となっている薄汚れた男だ。

自失の表情で、広瀬がこちらを見ている。とにかく、あの妖面を男から引き剥がして手足を奪わなければ。そう、怜路は錫杖の石突《いしづき》で面の顎を狙う。

唐突に、鬼が上を向いた。

面の内側から、ぶわりと幾つもの触手が周囲に伸びる。長い長い腕の形をしたそれは、周囲の人間に掴みかかった。

「ぐあッ……！」

赤来が首を掴まれ引き倒される。美郷と広瀬にも数本の腕が迫る。かくん、と首を倒して、鬼が怜路らの方を向いた。青白く細長い腕が二本、奇怪な長さで怜路へと手を伸ばす。限界まで開かれた五指が、鬼の爪を立ててこちらを狙っている。

（――ッ、ヌルいことやってる場合じゃ無ェ）

くるりと錫杖を反転させて襲い来る腕を弾き、怜路は杖頭を妖面へ向けた。

「ナウマクサンマンダ　ボダナン――」

帝釈天《たいしゃくてん》の真言で雷光を呼ぶ。紫電が迸り、杖頭の装飾に絡み付く。怜路は妖面めがけて床を蹴った。

「インダラヤ　ソワカ!!」

空気を引き裂く音と共に、放電が妖面を打ち据えた。細かな稲妻が触手に迸り、燃やし尽くす。妖面が男から剥がれ落ちる。同時に、糸の切れた人形のように男が頽《くずお》れた。

がらん、と、重い木製の面が床を打つ音が響く。それに、男が倒れ伏す鈍い音も重なった。

男の手足は、普通ありえない方向へと奇妙に曲がっている。

男と妖面、どちらも動かないことを確認して、怜路は構えていた錫杖をおろした。

「狩野……お前のォ……」

よろよろと身を起こしながら、赤来が苦い声で怜路を呼ばわる。怜路は顔を顰めてそれをいなした。

「ッせえ、話は後だ。面を封じる。おい美郷――」

怜路は封じが得意でない。得意な者に任せようと振り向いた先では、白蛇を肩に巻き付けた美郷が、はだけた胸元を掴んで棒立ちしていた。俯く様子は只事でない。その傍らでは、広瀬が呆然と座り込んで美郷を見上げている。――その様子だけで、ひとまず最低の状況であることは察せられた。

ぐらり、と美郷の上体が揺れる。膝が崩れ、体が傾いだ。

「美郷!?」

錫杖を手放し、怜路は美郷へ駆け寄る。仰向けに倒れるすんでのところで、どうにか怜路は美郷の体をキャッチした。

「おいどうした、おい！」

目をきつく閉じ、苦悶《くもん》の表情を浮かべる美郷の息は荒い。かきむしるように胸元を両手で掴み、体を折り曲げて激しく咳き込んだ。怜路の呼びかけにも答えない。普段、きっちりと括られている黒髪が、乱れほつれて頬にかかる。最後はえずくように体を痙攣《けいれん》させ、美郷はぐったりと動かなくなった。胸元を掴んでいた手が床に落ちる。

あまりの有様に半ば呆然としながら、怜路は腕の中で動かなくなった美郷を見下ろす。妙に冷静な部分が、その肩が呼吸に合わせて動いていることを確認した。呼吸は荒いが、ただ、意識を失っただけだ。横向きのまま、怜路はそっと美郷を床へ下ろす。美郷が動けないならば、誰かがとりあえず鬼女面を捕縛《ほばく》しなければならない。この場でそれをできるのは怜路だけだ。

「おい」

美郷の正面で、真っ青な顔で座り込んでいた広瀬に声をかける。顔に絶望を浮かべた広瀬が、茫洋《ぼうよう》と怜路を見上げた。

「お前、なんか美郷から霊符やら呪具やら預かってねえか」

言いながら、自分は美郷のポケットやウエストポーチを漁る。――鬼女面封じの準備をして出てきたわけではない。都合よく捕縛の呪具がある保証もなかった。白蛇は何故か、美郷の肩に巻き付いたまま全く動かない。こちらも気絶しているのかもしれない。

「――これ、宮澤から預かってた分全部だ」

差し出された霊符と散米を受け取り、何枚かが邪気払いのものであることを確認する。封じには至らずとも、貼れば弱体化させることくらいは可能だろう。

(触《ふ》れれるか、っつートコからだがな……)

雷撃が堪《こた》えたのか、はたまた息を潜めて様子を窺っているだけなのか、鬼女面が動く気配はない。

「広瀬、電話で係長呼べ。そんから——守山サンに状況を伝えてこい。オッサンはその転がってる野郎の方を何とかしろ。面には近寄ンな」

美郷の呼吸は荒いが、ひとまず発作のような症状は治まっている。白蛇が体内に戻りもしない状態の美郷を、救急搬送しても良いものか怜路では判断がつかない。建物内には数多く、生命の危険にさらされている人間がいる。——兎《と》にも角《かく》にも、頼りになる応援が必要だ。

めぼしい霊符を握って、怜路は鬼女面へと近寄る。

遠く近く、医療機器のアラームが幾重にも鳴り響いていた。


由紀子が警察官に送られて自宅に帰りついたのは、午後九時半頃のことだった。吉田町にある警察署から自宅までは、車で二十分ほどかかる。

県道脇に建つ、黒い瓦葺《かわらぶ》きの土塀に囲まれた由紀子の家には、『高宮』ともうひとつ『米《よね》原《はら》』という別の姓の表札がかかっていた。実は、この家は由紀子の母親の実家なのだ。由紀子の母親は、夫の高宮に嫁いで姓を変えたものの、夫婦は妻の実家である米原家の家に暮らしていた。

車を降りて、送ってくれた警察官に頭を下げる。パトカーは他人目につくからと一般車で送り届けてくれた警察官は、最後に気遣いの言葉を残して帰って行った。煌々と光る玄関灯に出迎えられて、由紀子は玄関の引き戸を開ける。

「ただいま」

おかえりなさい、と奥で母親が返事する。玄関脇にあるリビングのドアが開いて、母親が顔を覗かせた。

「大丈夫？　大変じゃったねぇ……お父さんはまだまだなんよね」

由紀子の母親、小枝子《さえこ》は眉根を寄せ、心配そうに顔を曇らせながら由紀子をリビングダイニングへ導く。小柄で痩せ型の小枝子は、趣味のテニスを介して夫――由紀子の父親、仁志《ひとし》と知り合った。自身も昨年までは別の高校で教鞭を取っていた人物である。

「うん。犯人と面識があるからって……」

ダイニングテーブルには、二人分の夕食がラップをかけて置いてある。由紀子の分の皿を電子レンジにかけながら、小枝子は「そう……」と溜息を零した。茶碗に自分で飯をよそい、椅子に座った由紀子の隣で何かがチカリと光る。小枝子のスマートフォンだ。着信を示す緑色の光が点滅していた。

「お母さん、携帯」

温め直した肉じゃがの皿を出してくれた母親に、由紀子はそれを示す。しかし疲れた顔の小枝子はゆるく首を振った。

「エエんよ、どうせ兄さんからなんじゃけ」

米原家には本来、古めかしい言い方となるが「跡継ぎ」である小枝子の兄がいる。だが、由紀子の伯父にあたるその人物は、上京しており連絡も途絶えがちだった。彼から連絡が入る時は大体決まっている。――金を無心する時だ。

「そっか……」

それ以上何も言えず、由紀子は箸を取る。いただきます、と小さく呟いて手を合わせた。

「……お父さんが、誰かに恨まれるようなこと、しとるはずないのにね」

由紀子の食事を傍らで見守りながら、ぼんやりと新聞のテレビ欄を眺めていた小枝子がこぼした。

「うん」

由紀子も頷く。由紀子の父親である仁志は、生徒から慕われる教師だ。巣立った教え子たちが「恩師」として慕い、連絡を取って来ることも多い。仁志と広瀬を襲ったという男は恨みを持っていた様子らしいが、きっと何かの勘違いか逆恨みだろうと由紀子も思っている。

「お父さんはほんまに、よく出来たええ人なんじゃけえ」

それは半ば、小枝子の口癖のようなものだった。仁志が高宮家の次男だったこともあり、由紀子ら親子三人は米原家で暮らしている。身勝手な「夢」ばかり追いかけて家の面倒を見ないばかりか、職も不安定で経済的に迷惑をかけ続けている兄に対して、窮屈をこらえて米原の家と田畑の面倒を見てくれる仁志を小枝子はいつもそう言って称えていた。

「うん」

小枝子の兄――由紀子にとっては伯父となる米原雅人《まさと》は、高校を中退して舞台俳優を目指し上京した。しかし彼の俳優としての生活は軌道に乗らず、三十五年経った今でも、職はおろか東京での住所も安定していない。雅人の住民票は未だこの家にあり、彼の健康保険料等は、米原家の世帯主である由紀子の祖父が支払っていた。

「ユキちゃんも、お父さんみたいなしっかりした人、見つけんさいね」

これもまた、小枝子の口癖だ。

「うん……」

由紀子はそれに、毎度苦笑い半分で返す。

「そういえば巴市役所から来とってての、ユキちゃんの先輩はどうなん？」

どうって、と由紀子は困惑する。広瀬も宮澤も、由紀子が一方的に名を知っていただけの同窓生でしかない。

「普通に、一緒に仕事してるだけ」

「そうなん？　どっちも長男さんなんかねえ。ええご縁があればいいのに」

「さあ、知らない。そんな話までしてないし」

母親のことは好きだが、この系統の話題だけはどうにも乗り気になれない。そそくさと残りのおかずを口に詰め込み、茶碗にあった最後の一口も押し込む。丁度良く温まった茶でそれらを流し込み、由紀子は「ごちそうさま」と手を合わせた。特に食い下がるでもなく、小枝子は「ごゆっくり」と返して食器を回収してくれる。

「じゃあ、またお父さん帰ってきたら……」

「先に風呂入りんさい。沸いとるけ」

自室に引き揚げる由紀子の背に、小枝子が声をかける。はぁい、と返事して、由紀子は二階にある自室へと階段を上がった。

大正時代築の米原家は、由紀子が生まれる少し前――高宮夫妻が米原へ入ることになった時改築された。由紀子の自室である二階へは、少々急な階段を上る。カーペットを敷かれた洋間の六畳が由紀子にとっての我が城であるが、現在は大学近くのアパートに一人暮らしをしているため物は少なく、どことなく雑然としている。卒業研究の本格的なフィールドワークとインターンを兼ねて、実家に戻って来てからまだ二週間程度だ。

十年来の付き合いであるベッドのスプリングを軋ませ、由紀子はスーツ姿のまま掛け布団の上にひっくり返った。

「疲れた……」

自身に身の危険を感じたわけではない。父親を狙ったという「鬼」の姿も、由紀子にはほとんど見えなかった。だが、警察を呼んで、署まで同行して、聴取を受けてと極度の緊張の中目まぐるしく動いたため、それ以前の出来事――昼間から、広瀬らと調べ物をしていた夕方までのことが、まるで昨日か一昨日のように遠く感じる。

いつもの習慣で、スマホを鞄から取り出し通知をチェックする。母親は風呂に入れと言ったが、少し休んでからにしたいところだ。無意識にSNSのアイコンをタップする。フォローしているのは著名人や企業・組織の公式アカウントと、サークルやゼミ関連の友人・知人がほとんどだ。

その中でひとつだけ、どちらのカテゴリにも属さないフォローアカウントがあった。

アカウント名『ＡＺＡＭＩ《アザミ》』。小学校以前から付き合いのある、いわゆる幼馴染の正岡亜沙美《まさおかあさみ》だ。中学校までは同じ学校で、高校はそれぞれ地元を離れた。由紀子は隣町の私立進学校へ、そして亜沙美は、大阪にあるダンス部強豪校へと進学した。

「……あっ！　更新されてる」

一年以上更新の止まっていた『ＡＺＡＭＩ』のアカウントがタイムラインに現れているのを見つけ、由紀子は体を反転させた。俯せになって、小さな液晶画面を覗き込む。

高校卒業後、亜沙美は進学せずに上京し、仲間たちと小さなダンスグループを結成した。結成したての頃は、その広報も兼ねてか熱心に更新されていた『ＡＺＡＭＩ』のアカウントだったが、二年もしないうちにグループ自体の活動も疎《まば》らになり、アザミの更新頻度も落ちた。――ダンスグループの運営が思わしくない様子だった。

最後に由紀子が亜沙美の顔を見たのは、昨年夏に短期インターンシップで由紀子が東京に行った時だ。亜沙美は中学を出て以降、広島に戻って来たことはない。

「えっ。なにこれ……」

最新記事のタイトルは、『ダンサー、引退します』というものだった。

咄嗟に、悪い想像が脳内を駆け巡る。怪我か、経済的な事情か、あるいは。

『今日は、ＡＺＡＭＩを応援してくれていたみんなに、ご報告があります。。。』

独特の、四行も五行も空く改行を指でスワイプする。

『ダンサー〝ＡＺＡＭＩ〟は、死にます。。。』

死、という不穏な単語にヒヤリとする。

『みんな、今までありがとう。。。ＡＺＡＭＩのことは忘れていいよ。。。じゃあね、ばいばい。。。』

タイトルが「引退」で、「ダンサーとしてのＡＺＡＭＩ」が死ぬ、という内容であれば、亜沙美本人に命の危険があるわけではないだろう。だが、全く理由に触れられていない本文は、余計に由紀子の心をざわつかせた。

(なんで、こんな立て続けに……)

嫌なことは起こるのだろう。

ＳＮＳアプリを閉じて、ホーム画面をスワイプする。プライベートの連絡用に使っている、チャットがメインのアプリケーションをタップした。大学関係や就活、企業公式アカウントの宣伝メッセージに埋もれた、亜沙美とのチャットを探し出す。去年夏の、待ち合わせのメッセージに既読マークがついていた。以来、特にメッセージも送っていない。

(時間、まだ大丈夫だよね。どうしよう……事情、訊いてみようか……)

しばし、悩む。

いまでこそ、まったく違う道を歩んでいるが、由紀子と亜沙美は同じものを愛好する同士だった。小学校の全校生徒が二百人に満たないような過疎《かそ》高齢化の町で、「女子」として

「当たり前」でないものを愛好する同士は貴重だ。由紀子と亜沙美は互いに、中学校を卒業するまでの間、自分が好きで興味のあるものを話題にし、共有できる貴重な相手だった。

由紀子は『AZAMI』を応援していた。なぜなら、亜沙美の選んだ道は由紀子にとって「憧れの道」だったからだ。亜沙美の才能には遠く及ばずとも、由紀子もまた、音楽に乗って体を動かすこと、体を使って表現することが大好きだったのだ。

二人の共通の話題、それはいつも舞台芸能――中でも最も身近な存在、神楽だった。

5. 悪夢の残響

――身体じゅうが、内側から蹂躙《じゅうりん》されている。

腸《はらわた》を喰い破った魔物が、己の中を這いずり回って心臓へと巻き付く。

ぎりぎりと胸の奥を引き絞られて、美郷はもがき苦しんでいた。

消灯時間を過ぎた暗い学生寮の一室。朦朧《もうろう》として、霞む視界。ベッドヘッドに置いたスマートフォンに必死で手を伸ばす。苦しさと痛みに唸り、呻きながら、どうにかそのロックを解除して電話帳を呼び出した。震える指でボタンを押し続け、ようやく表示させた番号の名は、『父さん』。祈る気持ちで、発信ボタンを押す。体を折り曲げてうずくまり、虚しく鳴り続けたコール音が、無情な留守番メッセージに切り替わるのを聞いた。

(駄目だ……父さんは、夜は携帯を傍に置いてないのか………)

美郷の父親は、ただの一般家庭の父親とは違う。その生活にどれだけのプライベートが保証されているのか、美郷からは知ることもできないほどだ。教えられている番号は父個人のものだと思いたいが、彼はいついかなる時でも息子のために動けるような、家族のためだけの「父親」ではない。

母親はもとより行方が知れなかった。無事だとは聞いている。彼女の本意でなかったことも。だが二人とも今、美郷を助けに来ないことはどうしようもない現実だ。

同学年の多くが既に登校していない高校三年生の三学期、深夜の寮に、美郷の他に気配など感じられない。身動きは取れず、助けを呼ぶこともままならない。否、呪術と無縁の一般人に助けを求めて、どうなるものでもない。これは、呪詛だ。世間的には、存在すらも認められていない災厄だ。

――今この瞬間《とき》、美郷を救《たす》けに来る者は、この世に誰ひとり存在しない。

（なんでッ、僕っ……）

諦めて発信を切り、スマホを床に投げ出す。歯を食いしばって体を丸め、美郷はきつく目を閉じた。苦しい。脂汗が流れるが、手足は冷えていく。少しでも痛みを逃がそうと両足が布団を蹴ってもがく。

死ぬ。そう思った。窮地にあることを誰に知られることもなく、独りもがき苦しんで、自分は死ぬ。なんと惨めなことだろう。

――消えろ。死んでしまえ。お前が居なくなれば……お前さえ、居なければ……！

頭の中に直接湧く、黒々と地を這うような、低い、低い怨嗟の思念がある。呪詛の主のものだ。

（何だ、お前は。一体……）

問うたところで答えはなく、ただただ一方的に詰《なじ》られる。

（自分で、何とかするしかない）

救けは、来ない。

諦めて覚悟を決めた美郷は、己の中を這う魔物と対峙するため、ぐっと深くそれに集中した。悪意が、怨念が、怒りが、憎しみが、美郷を絡めとり絞り上げる。

（……蛇、か）

瞼を閉じた暗闇の世界に、ぬらりと黒い蛇体が浮かび上がる。己に巻き付く禍々《まがまが》しい大蛇が、美郷の顔の正面に鎌首をもたげた。一対の毒牙が伸びる口を開き、黒々とした蛇が言う。

『お前など消えてしまえ。お前など死んでしまえ。居なくなれ。滅べ。お前も、当主も、誰も、彼も、何もかも。全部、全部。シネ。キエロ――』

シャーッ、と牙から毒を滴《したた》らせて蛇が威嚇《いかく》する。

「なんで……ッ！」

自分が一体、何をした。

ジン、と頭の芯を灼《や》いたのは、目も眩むような怒りと苛立ちだった。鼓動が内側から美郷を殴る。息が震えるのは、苦しさからばかりではない。こんな身勝手な理不尽に、美郷は殺されなければならないのか。

「――お前が誰かなんて、どうでもいい」

知ったことか。低く低く呟いた。心底そう思う。誰も、美郷を救けには来ない。自分でどうにかしなければ、美郷は惨めに独り、謂れもない呪詛に喰い殺される。ただ、それだけだ。

相手が誰かも、その理由が何かも、たとえどんな遠大で深刻な事情があったとしても、美郷にとっては何の足しにもならない。

眼前にある毒蛇の首を力任せに掴んだ。喉を握り潰そうと親指に力を込める。

蛇が暴れて美郷を締め上げる。腕を捻じり上げられて握力が緩んだ。蛇の頭が美郷に襲いかかる。

首元に、灼熱の感覚が迸った。歯を食いしばって痛みに耐える。口の中に、生臭い血の味が広がる。もう一度、震える両手で蛇を掴んで引き剥がす。

(蛇蠱《じゃこ》。喰い合いに勝った蛇。使役神。もう、この状態から調伏《ちょうぶく》はできない)

蛇はおそらく、実家から送られて来た菓子に紛れていた。昼間、腹痛に悩まされた時点で気付かなかった己が呪わしい。既に蛇は、美郷の体内奥深くに喰い込んでいる。自力で引きずり出すことは不可能だ。

(蛇を、返せれば……どうやって術者と切り離せばいい……！)

蠱毒で作られた使役は、使役主を慕い服従しているわけではない。支配の術が途切れれば、反転して己を使役した呪術者へ襲いかかる。

一気に呼吸が苦しくなった。全身の皮膚が爛れたように痛む。腕ががくがくと震えはじめた。悩んでいる暇はない。

目の前で毒蛇の首がのたうち回っている。

……閃いた方法を、一瞬だけ躊躇った。

（なんで、僕が）

悔しさと、憤《いきどお》ろしさと、恨めしさと。あまりにも強いそれゆえに、美郷は与えられる「死」を受け入れることができない。このまま黙って、むざむざと殺されてやることなど、できはしない。

――この世界の誰も、自分を救けてくれないのならば。

理不尽を押し付けてくる世界に、己を見捨てる世界などに、殺されてたまるものか。たとえ、呪詛の毒蛇を喰ったとしても。

生き残る。

浅ましかろうと知ったことではない。その行いを指弾する者があったとして、それは自分を救いなどしなかった。自分のために動けるのは、最後に自分を守れるのは自分だけだ。ならば、その手段も他人に与える結果も、知ったことでは、ない。

「――ッちくしょう!!」

美郷は、威嚇する毒蛇の頭にかぶりついた。

はっ。と目を覚ます。

長く筍杢《たけのこもく》の板を渡した和室の目透かし天井に、古ぼけた和風のペンダントライトがぶらさがっている。明るく光る障子の向こうで、ちゅぴん、ちゅぴんと長閑《のどか》に雀が鳴いていた。

は、は、と荒く息を吐きながら、美郷は己を見回す。寝巻を着て、自室の布団の中に収まっていた。ぐっしょりと寝汗をかいている。

「ゆ、め……」

悪夢の名残が、引き波のように遠ざかる。だが、何の夢だったかははっきりと思い出せた。どんな悪夢よりも酷い現実を味わった、あの夜の記憶だ。久しく見ていなかったのになぜ今更と首を捻り、胸の重苦しさに気付く。喉元まで被っていた布団を押さえつけて首を起こすと、胸の上に白いものがわだかまっていた。大きな白蛇だ。

ふう、と息を吐いて、美郷は再び枕に頭を沈めた。両腕を布団から出して、胸の上にとぐろを巻いた白蛇を掴み、ぐにぐにと揉む。寝巻の筒袖がめくれ上がり、露出した二の腕をひんやりと秋の朝の空気が包んだ。寝汗が急速に冷えていく。

——いやー！

声ならぬ悲鳴を上げた白蛇が、慌てて美郷の上から退く。この白蛇こそが、美郷が喰って取り込んでしまった蛇蠱だ。喰い合いを演じた時とは全く姿が異なるが、これはどうも、美郷と融合してしまった都合らしい。

送り込まれた蛇蠱を自ら喰らい取り込むことで、美郷は蛇蠱を支配していた使役主の鎖を断ち切った。

代表的な蠱毒の魔物の作り方は、ひとつの壺の中に複数の蟲《むし》を——この場合ならば蛇を入れて蓋をし、数日間閉じ込めることで中で喰い合いをさせて、残った一匹を使うものである。

残った一匹は壺に入れられた蟲の中で、最も生命力と、生への執着が強かったものだ。その蛇蠱が勝ち残った壺の中の喰い合いの延長戦のように、美郷は蛇蠱と「生への執着」で勝負し、勝ったのである。

結果、蛇蠱は美郷に取り込まれ、美郷の一部としてその意思に従った。そして美郷は呪術によって蛇に籠められていた敵の怨嗟や悪意に、己の怒りを上乗せして送り返したのだ。倍増しで返しを食らった相手が、どうなったのかなど美郷は知らない。ただ、半年近く経って帰って来た蛇は、何故か真っ白に脱色して大変無害そうな姿になっていた。

普段、この蛇はよく美郷の就寝中に抜け出して散歩をするが、特に悪さはせず美郷が目覚める頃には体内に戻ってきている。一体なぜ、今日に限って胸の上で眠るなどと悪夢を招くようなことをしたのか。

「なんで帰って来ないんだよお前」

——美郷、白太さん入れない。白太さん、美郷出れないイヤ。

枕元の白蛇が、ぴるる、と舌を出しながら不満を訴えた。ぺちぺちとその尻尾が布団を叩いている。白蛇の名は「白太さん」という。白くなって帰って来た蛇に、美郷がとりあえず付けた名だ。本当は「白太」のつもりだったが、常に「さん」付けで呼んでいたら「さん」まで含めて己の名前と思ってしまったらしい。——普段は、大変ユルい蛇なのだ。あの悪夢のような死闘の相手とは思えない。おそらく蛇の中に入っていた禍々しい情念は、全て蛇の送り主に押し付けてしまった結果だろう。

「入れない……？　出れないって……ああ、そうか昨日……」

鬼の出没した介護医療院で、鬼の怨気に反応して暴れる白蛇を美郷は無理矢理抑え込んだ。対して、外へ出て鬼を攻撃しようとする白蛇は、内側から美郷を痛めつけたのである。

「久々にお前とやりあったな。まさか、あんなに強く反応するなんて……」

巴市就職以前は、実はままあったことだ。実家と縁を切って生活を始めた大学時代、美郷は狭く壁の薄い学生寮に住んでいた。当然、夜な夜な白蛇を散歩させるわけにもいかない。無理矢理符で封じて暮らしていたので、たまに白蛇が暴れると盛大な返しを食らって具合を悪くしていたのだ。

布団の傍らに置かれた小さなちゃぶ台の上では、愛用のデジタル時計が午前十時を指している。ボンヤリとそれを見つめ――美郷ははっと我に返った。今日はまだ火曜日、平日だ。

「ちょっ、遅刻ッ――！」

慌てて飛び起きようとして、半身を起こした美郷の世界がぐらりと回転した。あえなく再び布団に沈む。薄らボンヤリしていた昨晩の記憶が、徐々に甦ってきた。昏倒《こんとう》したのだ。広瀬や怜路の前で。

「最ッ悪だ……！」

体を縦にした途端襲って来た強烈な吐き気に、美郷は体を丸めて呻く。暴れたおかげで乱れた長い髪が、寝汗で首に貼り付いた。意識を蝕《むしば》む様々な不快感に這いつくばって、見遣った枕元にメモが置いてあった。

『ヒロセとオレと係長で、サツと話してくる。オメーはねてろ。怜路』

非常に画数の少ない省エネなメモを手に取り、美郷は「マジか」と呟いた。傍らにはスポーツドリンクのペットボトルと、ゼリー飲料のパウチが置かれている。痒みを感じて触れた額には、冷却ジェルシートが貼られていた。久しく受けた記憶のない、手厚い看護に驚きとむず痒さを感じる。

すっかり乾いているジェルシートを剥がして、美郷は改めて枕元を確認する。目的の物――スマートフォンを見つけて、ひとまず着信やメッセージがないかをチェックした。上司である芳田からショートメッセージで、美郷は病気休暇である旨を怜路から聞いたと連絡が入っていた。元より家賃滞納気味で立場は弱いのだが、当分大家には頭が上がらないなとぼんやり思う。

状況が分かったら気が緩んだのか、はたまた体力が限界を迎えたのか、急速に気分が悪化する。頭の中がぐにゃりと回転を始め、美郷はスマホを放り出して布団を被った。怜路と芳田が動いてくれているのならば、美郷が無理を押す必要はないだろう。何より、到底押せるような体調ではない。

(こんな酷いの初めてだ……あんな怨気に中《あ》てられたのは『あの時』以来だもんな……)

怜路が来たのは覚えている。広瀬を庇って白蛇を出し、驚く広瀬から回収して立ち上がった。その間に、怜路が鬼を倒したのも視界の端で見ていた。そこで限界が来てしまい一度は倒れたが、病院から担ぎ出されたところで目は覚めたのだ。既に緊急応援として芳田が到着しており、体を起こしているのも難しかった美郷は、ただ怜路に回収されただけになってしまったが。

怜路がこれだけ気を利かせて手配してくれているのは、つまり帰宅してからも相当に美郷の顔色が悪かったのだろう。現に、昨晩も色々と声を掛けてもらったのだろうが、ほとんど記憶がない。

（にしたって、情けない………）

具合の悪さに自己嫌悪も重なって、気分は最低最悪である。

こんな程度のことは、今後いくらでも起こりうるだろう。凶悪な怨気や瘴気にあたることも、誰かに白蛇を――宮澤美郷のありようを拒絶され、忌避されることも。広瀬に悪気があったわけでもない。むしろ当然の反応、一般人としては自然な反応だ。いちいちそれを恐れて反応を窺ったり、迷って物事の対処を誤っていては命がいくつあっても足りない。

「白太さん、帰って来いよ……」

いまだ傍らにとぐろを巻いたままの半身に呼びかける。この蛇は美郷が喰った蛇蠱であると同時に、美郷自身の生への執着そのものでもある。そして、美郷の霊力の本体とも言うべき存在だ。白蛇が美郷を離れていた間、美郷は霊力をほとんど失っていた。当時は呪詛を返した代償とばかり思っていたが、蛇と一緒に戻って来た――というより、霊力を取り戻したいと願ったら白蛇が現れたのだ。

今更美郷は、この白蛇と自分を切り離すことなどできない。はずだった。

——白太さん入れない。美郷、イヤ。

掛け布団の上に乗った白蛇が、するりと寝巻の合わせに滑り込みながら言う。白蛇は美郷の背中辺りから出入りする。冷たい蛇体が首から背中へと潜り、寝巻と背中の間に頭を突っ込んだまま停止した。

「……嘘だろ」

呆然と、美郷は呟いた。白蛇はしばらく入り口を探して背中を這いずった後、諦めたように引き返して再び美郷の傍らにとぐろを巻く。

「おれが、拒絶してるのか？　今更お前を？」

受け入れたと思っていた。何をどう足掻いたところで「宮澤美郷」という存在は、白蛇を体内に飼っている。そんな、人間とも妖魔ともつかぬモノで、それでもうつし世《こちらがわ》で人として暮らし、うつし世《こちらがわ》の人々を守る番人としてその力を使うのだと。それなのに。

（恐れて、拒絶してるのか。たった、あの程度のことで）

鬼の怨気に白蛇が暴れた。蛇が苦手という友人が、白蛇に怯えて悲鳴を上げた。どちらも、これからいくらでも起こりうることだ。美郷が、宮澤美郷として生きて行く限り避けられず、きっと何度でも直面する事態、あって当然の出来事だ。その度に倒れて仕事に穴を空け、人に迷惑をかけていたのではどうしようもない。

「なんでこんな、弱っちいかなあ……」

思わず漏れた泣き言は、あまりにも情けなく響いた。白蛇に手を伸ばす。蛇は抵抗せず、美郷に撫でられている。ひんやり、さらさらとした感触が少しだけ美郷を慰めた。

生きて行く上で、当然引き受けなければならない現実に対して、自分はあまりにも弱い。そのことに絶望的な気持ちになる。ただ生きるだけで、美郷はこれから、どれだけ自分に失望しなければならないのか。

（ああ、嫌だ……。疲れるなあ……）

殺されるのが嫌で、必死に生にしがみついた。だが、そうしてもぎ取ったのちの人生は、以前に比べて格段に不自由で、難儀《なんぎ》なものになった。美郷自身が、耐えうるものか怪しいと思ってしまうほどに。

（疲れる……ああ、気持ち悪い……）

気分の悪さに耐えきれず目を閉じた。どの体勢でも苦しくて何度も寝返りを打つ。苛立ちまぎれに溜息を吐き、更に枕を抱えて唸る。

具合が悪いというのは、惨めなものだ。これでは到底、眠ることもできそうにない――そんなことを考えながら、美郷は意識を手放した。


捜査本部、という文字がうっすらと黒板に残る会議室は狭く、暗い。安芸鷹田警察署の一角にあるそこで、怜路は気怠《けだる》く頬杖をついていた。昨夜家に帰ったのは、既に日付が変わってからだった。そして今朝は、官公庁の始業時刻と同時にこの場にいる。

昨晩介護医療院に居合わせた者は、美郷を除いて順繰りに事情聴取された。その後、赤来や安芸鷹田署の刑事も含めて全員の手がようやく空いた一時間ほど前から、この薄暗い場所に籠って情報の整理をしている。怜路から報告したのは、介護医療院での顛末《てんまつ》と、そこへ至るまでに御龍山等で仕入れた情報だ。

座席は三十程度ある会議室に、座っているのは怜路も含めて七人だった。残りの六人は、特殊自然災害側が芳田と広瀬、そして安芸鷹田市の守山で、警察側が赤来と安芸鷹田警察署の刑事二人である。うち一人は昨晩のうちに顔を合わせた、鬼女面の窃盗事件を担当していた痩せ型の刑事、西野《にしの》だ。残る一人は年若く、細々とした報告を読み上げているので彼の補佐であろう。

「篠原の罪状は不法侵入、器物損壊、殺人未遂辺りになるでしょう。具体的なことは向こうの捜査会議で決まりますが、犯人死亡のため不起訴処分……より他に選択肢はないと思います」

そう言ったのは西野だった。「向こうの」とは、別の階で開かれている、県警本部が取り仕切る正式な捜査会議のことだ。赤来ともう一人の刑事もそれに頷く。

「鬼女面の怨鬼じゃことの云々《うんぬん》は、県警本部の奴やら上の者《もん》やらには分からんけんな。説明しても無駄だけぇ、当たり前の範囲で収まるように口裏を揃えちゃるしか無ァ」

諦め半分の口調で続いたのは赤来だ。末席に縮こまる若手君は、その言葉に目を白黒させている。こういった特殊事案に当たるのは初めてなのだろう。

「つーか、赤来のオッサンはどういうツラしてここに居ンだ。シマじゃねーだろ」

ここは巴署管轄ではない。だらけた姿勢のまま首を傾げた怜路に、「そのまんま返すわ、なんでお前がおるんなら」と赤来が太い眉を顰める。

「あんまりエエ顔はされんが、同し広島県警だけんな。どうせ向こうの会議にゃあ呼ばりゃあせんし」

警察における特殊自然災害の扱いは、巴市役所よりもだいぶ粗末らしい。赤来の言葉に、芳田が苦笑いをこぼした。

「まあ、言うてもしようのないことです。そいで、鬼女面の方はどうされとりますか」

芳田の問いに、西野が頷く。

「面の窃盗事件も、篠原が犯人じゃいうことで決着するでしょう。神社に篠原の足跡やらあったワケは無ァですが、篠原には犯行推定時刻のアリバイも無いですけえ。面自体は押収品いう形で鑑識《かんしき》に回されとります」

「オイオイ、大丈夫か。俺が言うのも何だが、あの鬼女面封じは応急処置だぜ？　カカリチョー、早いとこ回収して他人の触らねえ所に封じ直してくれや」

さすがに体を起こし、少し慌てて怜路は言った。符の準備もなければ術者も間に合わせの、ほんの応急処置である。万が一、誰かが一枚でも符を剥がせば、鬼女面が逃げ出しても不思議ではない。

「私もそうしたいんは山々ですが、これだけ話が大きゅうなると本部の人間も多《お》ゆうて、中々手出しができませんでしてな」

「鑑識の方の顔見知りにゃア、ようよう頼んじゃあ置いたけん。昼前頃に芳田と様子を見に行くつもりじゃ」

一様に苦い顔で、芳田と赤来が答える。それに「マジかよ」と口の中だけで呟き、怜路はサングラスを外して眉間を親指で押さえた。

これまで怜路は、それなりに多くの怪異と渡り合ってきた。しかし、実はこうして警察の事務手続きに巻き込まれるのは初めてである。相手がもののけ絡みであれ、怨念や呪いの類であれ、普段怜路が拝み屋として関わるのは警察が出てくるよりも「前」である。あるいは同時であったとしても、できるだけ距離を置き、可能な限り先回りして事態を収拾してきた。

相手が怪異の場合、警察側は「犯人」の目星がつかない、それどころか「事件」として立証することが難しいため、後手後手になりやすい。今回のように、明らかに「犯人」が存在する刑事事件に遭遇《そうぐう》するのは、怜路にとっても初めてなのだ。

「頼むぜ、マジで……あんだけ被害出しといて逃げられたんじゃ、目も当てられねェ」

まだ、美郷を抱えるように家に帰ってから半日そこそこだ。院内に鳴り響いていた医療機器のアラーム音や、それに重なる誰かの怒号、田舎の夜を埋め尽くした屋外照明や赤い回転灯の光が、目を伏せた怜路の脳裏を駆け巡る。そして、真っ青な顔で拳を握って沈黙していた広瀬や、ぐったりとほとんど意識のなかった美郷の顔もだ。

その広瀬は、今も怜路からは芳田を挟んでひとつ向こうの席で沈黙している。現場にいたゆえ同席しているが、特自災害経験の浅い一般職員である広瀬が、口を挟める話題はそう多くはない。

「まあ、そうは言いましても、このたびの被害は狩野さんらのおかげで最小限に済ませられました」

場の空気を変えるように、ワントーン明るく言ったのは最奥の守山だった。

「最小限、なァ」

生命の危機を知らせる電子音の重なりが、まだ耳の奥にこびりついている。思わずこぼした怜路の隣で、息を吐くように芳田が頷いた。

「そうですな。高校と医療院に関しちゃあ、数字上の被害はゼロです。篠原のぶんは、はァ私らが動き出した頃には遅かったようですからな。狩野君も広瀬君も、宮澤君もようやってくださいました」

「――アレが被害ゼロだって？　冗談キツいぜ係長」

数字上は、ゼロ。その表現に、曰《いわ》く言い難《がた》い衝撃を受けた怜路は食って掛かった。

あの地獄絵図が、最小限の被害だったというのか。その被害者がゼロだと。

「死者は、出ておりませんからな」

日頃の芳田を思えば、不自然なほど冷淡な言葉だ。思わず腰を浮かせかけた怜路を、

「狩野、」

重い赤来の声が斜め前から押し止めた。怜路は、デスクの上に置いていた拳を握る。ぎり、

と奥歯を噛んで堪えた。外したまま、テーブルに置いていたサングラスを掛け直す。

「――特殊自然災害に『災害関連死』は認められとらん。高宮さんも守り切ったし、それ以上の事《こた》ァ、はァ鬼女面が逃げ出した時点でどうもならんことじゃった。死者を出さずに鬼女面を捕らえられたんじゃけェ、お前らの仕事はこれで満点じゃ。のう、芳田」

労《いた》わるような穏やかなトーンで、赤来の嗄れ声が言う。ええ、と芳田も頷いた。

改めてそれを「らしくない」と思う。数字上どれだけ綺麗に収まったとしても、あれがベストの解決、最小限の被害だったとは思えない。まるっきりの「お役所仕事」な事件のあしらいと、これにてお役御免《やくごめん》な己の扱いに、腹の底がざわりと粟立《あわだ》った。

「狩野君。赤来も言うたように、鬼女面を逃がしてしもうた時点で、ある程度の被害は、はァ逃れられんことでした。なんせ、ウチにも安芸鷹田にも人がおらんですからな。それに、これから警察の捜査に嘴を挟んで行けるような権限も無ァ。我々の範疇の話は、後は鬼女面を私が封じ直して終わりでしょう。――『防災』できんかった時点で、我々の負け戦でした。撤退戦《てったいせん》の結果としちゃあ、上々いうことです」

怜路らに任されたのは、最初から撤退戦だった。言われて、冷や水を浴びせられた心地になる。

(――いつから俺は)

思わず自問した。いつから怜路は、自分たちがこの事件を「解決」するのだと思っていたのか。瞠目して俯いた怜路の肩を、軽く叩いて芳田が立ち上がる。

「ほいじゃあ、赤来と私は鑑識の方へ鬼女面を押さえに行きますけえ。広瀬君は守山さんの手伝いを、狩野君は宮澤君の様子を見に帰って頂けますか」

今後はただ、芳田が鬼女面を封印して終わりであれば、司箭から聞いた鬼女面に宿る怨鬼のことや、どうやって篠原が高宮の勤務する高校から介護医療院までを——車で二十分はかかる距離を移動したのかも、これ以上追う必要はないということか。

従うように、怜路以外の全員がぞろぞろと立ち上がる。他の者たちが芳田の後を追って会議室を出る中、なぜか赤来が、座り込んだままの怜路を見下ろしていた。

「——狩野」

低く、苦味の混じった声が呼ぶ。

「篠原の検死結果じゃあ、はァ死後二日は経っとった。じゃけえ、あん時にお前が殺したいう疑いを掛けられる心配は無ァ。じゃがの、そりゃあ今回だけのことよ」

怜路は、テーブルの上にある右の拳をきつく握る。赤来の言いたいことは理解しているつもりだ。

「お前にゃあ、お前に見えとる正しさがあるじゃろう。じゃけどの、他の者《もん》にゃあそれが分からん。もし、あの時に篠原にちょっとでも息があってみい。儂ァお前に手錠かけにゃいけんなったかも知れんのんで」

だったとして、他に選択肢があったとは思えない。保身のために視えているものを無視して、周囲の者を危険に晒すことなど怜路にはできない。

「オッサンの言う通り、俺には俺の正しさがある。曲げる気は無ェ」

視線を合わせず言った怜路に、赤来が溜息を吐く。

「何もすなとは言わん。方法を考えぇ言うとるんじゃ。お前にしか分からん事ァ、誰も立証できん。そうなりゃあ、誰も法的にお前を守っちゃれんいうことになる」

「わァってるよ!」

呪術もものけも、現代日本では存在を認められていない。怜路が生業《なりわい》として関わることはすべて、法の上では存在しないことにされる。

法や警察が救わない、解決しない事件を代わりに解決していることは、拝み屋としてのささやかな誇りでもある。だが、同時にそれは、怜路自身が法や警察に認められることも、救われることもないことを意味していた。

「お前はそがに、不器用な奴じゃあ無ァ。恰好にしてもそうじゃが、あんまりガキ臭ァことはすな。自分の首を絞めるだけじゃ」

言い置いて、赤来が部屋を出ていく。怜路は俯いたまま拳を震わせた。

赤来の言い分は理解できる。その言葉が、怜路を心配してのものであることも分かる。

ただ、ほんの少し前まで、当たり前に受け入れてきたはずの冷たい現実——自分は周囲と視ている世界そのものが違うこと、そんな自分の生業や言動をこの国の法は守ってくれないことを、忘れていた。否、巴市に来て三年目、そんな世界からは逃れられたのだと、甘い夢を見ていた自分を思い知らされた。

（いつの間にか、勘違いしちまってた）

誰からも認められるヒーローに、なれると思ってしまった。生きるたつきとして拝み屋稼業をするチンピラ以上の、『何か』に。

ガンッ。テーブルを拳で叩く音が、がらんどうの会議室に響いた。

安芸鷹田署を出た怜路が愛車に乗り込んだのは、午前十一時を回った頃だった。下宿人がもう起きているかと電話をかけてみたが応答はない。署から最寄りのスーパーマーケットで弁当を買い、怜路は帰路についた。

帰って覗いてみた離れの和室では、美郷がまだ布団に埋もれるようにして眠っていた。起こす真似はせず、怜路は茶の間に帰って弁当を掻っ込む。スポーツドリンクと、ゼリーのパウチがひとつ空いていたので一度は起きて口にしたのだろう。

午後の予定は何もなかった。市職員でない怜路には、残務処理も回ってこない。芳田の言う通り、美郷の看病が一番の仕事になるだろう。さりとて、病人の部屋に上がり込んでいるのも憚《はばか》られるし、茶の間に籠っていたのでは美郷が目を覚ましても部屋が遠すぎて分からない。

悩んだ挙句、怜路は母屋の風通しを始めた。一番土間寄りの客間は、現在は怜路と美郷の共用リビングとしてテレビやゲーム機、クッションなどが置かれている。二人で飲み食いするためのローテーブルもあり、取り込んだ洗濯物を投げ入れる場所にもなっているため生活感に溢れていた。一方で、続く中の間と奥座敷は閉め切っており、中には何も置いていない。

幸いにして、天気は良い。それに浮かれる気分でも全くなかったが、美郷の気配がわかる場所での時間つぶしとして、風通しをするには丁度良かった。縁側のサッシを開け、北側の納戸——元は家の主の寝室であった部屋も全開にする。裏庭側の廊下も掃出しを開けると、爽やかな秋の風が母屋を通り過ぎて行った。

家の裏は相変わらずの荒れ地である。前庭では、冬野菜の苗に何組もの紋白蝶《もんしろちょう》がひらひらとたかっていた。虫除けをしなければ、菜っ葉の類が穴だらけになるだろう。

南に遠のいている太陽の、柔らかな日差しが深く客間に差し込んでいる。焼けた茶色い畳に転がり、秋の風と陽光を浴びているとあくびが出た。大の字になって伸びをする。思えば、昨夜は睡眠時間も短いし大して夢見も良くなかった。

（あーー、眠てェ……）

いつもと変わらぬ庭の風景を——昨日までの日常の延長線にある畑の様子を見て、ようやく家に帰ってきた心地になる。同時に、どっと疲労感が押し寄せた。体が重い。サングラスを外して頭の向こうへ放り、腕を枕に目を閉じる。

行き過ぎた疲労感が、眩暈《めまい》のように脳を掻きまわす。これは相当だな、と苦笑いする意識を、あっという間に睡魔が呑み込んだ。

——ふと、寒さに震えて目が覚める。ひとつクシャミをして起き上がると、もう太陽は山の向こうへ隠れた後だった。急速に辺りを浸しはじめた夕闇に、虫の声が賑やかだ。母屋を通り抜ける風は冷たく、怜路の体も芯から冷えていた。失敗した、と起き上がって怜路は体を丸める。

まだ淡い黄昏時の外は明るいが、家の中は随分と薄暗い。その、薄闇の端に何か白いものが小さくわだかまっている。

「……白太さん？」

怜路は、そのわだかまりの名を呼んだ。部屋の隅で、まるで怜路の様子を窺うようにとぐろを巻いていた白蛇がおずおずと——なんとも、そうとしか表現しようのない遠慮がちな動きで怜路に寄ってくる。普段、無邪気に突進してくる印象しかなかった白蛇の常ならざる様子に、怜路は不安感を覚えた。白蛇の宿主である美郷は、昨夜倒れている。白蛇にもなにか良くない影響があったのではないか——あるいは、白蛇が怜路の元へ来るのは、美郷に異変があったからではないか。

白蛇に向かって手を差し伸べながら、怜路の脳裏を嫌な想像が巡る。普段よりも倍以上の時間をかけて怜路の元へ辿り着いた白蛇は、鎌首をもたげてしばらくそれを、怜路の手に乗せるのを躊躇った。

「おい、どうした。触んねーとわかんねーだろ」

焦《じ》れて、怜路は白蛇の顎を触る。びくりと怯えたように震えた白蛇が、今まで聞いたこともない、不安げな思念を漏らした。

――りょうじ、白太さん、すき？

窺うような問いに、怜路は咄嗟に息を詰めた。

迷ったからではない。今ここで、わざわざ白蛇がそれを問うのは――それも、酷く不安げなのはなぜか。嫌な想像が頭を巡ったからだ。

「当たり前だろ。俺ァ、好きでもねー奴に貢《みつ》ぐようなマゾじゃねーぞ？」

言って、今は常識的なサイズをした白い蛇体を抱き上げた。美郷には渋い顔をされるが、怜路は時折この白蛇の「おやつ」調達と思って仕事を引き受ける。怜路にとっての白蛇は、無邪気で可愛いコンパニオンアニマルだった。

白蛇は迷うように頭を揺らした後、躊躇いがちにその身を怜路に預けた。

――ひろせ、白太さんきらい。

やはりそのことか、と内心深くため息を吐く。昨日の昼間、広瀬が蛇を苦手だと口走った時から、嫌な予感はしていたのだ。そうしたら、夜にはあの事態である。嫌な予感というのは侮れない。

――みさと、白太さんイヤ。

続いた言葉に、怜路は眉根を寄せた。思わず白蛇の胴を持つ手に力が籠り、白蛇が悲鳴を上げる。

「悪ィ、ビックリしただけだ……美郷がなんだって？」

この白蛇は美郷の分身だ。特殊な事情で得た、特殊な分身に思い悩んでいたことも知っているが、最近はすっかり和解したものとばかり思っていた。

（しかし考えてみりゃあ、そんなに簡単にサッパリ割り切れるワケもねーか……）

——白太さん、鬼きらい。白太さん、鬼、あっちいけする。みさと、めっ、って。

「白太さん、鬼嫌いか」

——きらい。鬼、黒いのいっしょ。

黒いの、というのが何のことかは分からないが、元々白蛇は人間の情念や霊を好まない。鬼は白蛇の好む自然霊とは異なり、人間がその強い情念を以て現身を捨てた姿——つまり、人間の情念の塊だ。当然「おやつ」ではない。だがそれ以上に、白蛇はあの怨鬼が嫌いなようである。

——鬼、みさと食べた黒いの、おんなじ。みさと、黒いのきらい。みさと、蛇きらい。白太さん、みさと、おんなじ。白太さん、黒いのきらい……。

狩野家の貧乏下宿人は「鳴神の蛇喰《へびく》い」と、大変華々しい二つ名を持つ。彼はその名の通り、蠱毒の蛇を喰った。美郷の喰った蛇は、送り主の怨念や憎悪を宿して真っ黒いものだったと、怜路も以前に聞いている。己を突然、理不尽に死の縁まで追いやった蛇蠱を、美郷が嫌うのは当然だろう。

白蛇の思念は、怜路に伝えようとしているというよりも、戸惑いと悲しみのままにただ呟いているようだった。

美郷と白蛇は「同じもの」だ。その美郷が忌む怨念と憎悪の塊を、白蛇もまた忌む。しかし、美郷が忌むそれは「蛇」でもあった。

美郷と白蛇は同一の存在である。しかし、美郷は——蛇を、忌んでいる。

(自己否定、か)

怜路の腕に遠慮がちに胴を絡め、白蛇は途方に暮れた様子だ。怜路はその胴をそっと掴んでいる親指で、優しく白蛇の腹を撫でた。

「……大丈夫だ、白太さん。美郷が白太さんを嫌いでも、俺ァ白太さんが好きだよ」

春先の公園で初めて見た時から、怜路にとっての「宮澤美郷」は白蛇込みの存在である。その当初、美郷の中に隠れているものが「何」なのかは分からなかった。だが怜路はその「何かを飼っている存在」としての宮澤美郷を——狗神に対する煙幕という打算も含めて望み、この家に招き入れたのだ。

加えて、単純にこの白蛇は、本体《みさと》よりもよほど素直で無邪気で可愛い……などと言えば、美郷《ほんたい》は拗ねるであろうか。

——何度克服して、受け入れたつもりになっても、ふとした拍子に耐え難く感じる。そんな、自身の「特殊さ」を疎《うと》んじる気持ちは、怜路にも馴染みのあるものだ。美郷にとっての白蛇や「蛇喰い」という過去同様、怜路の天狗眼や「天狗の養い子」という特殊な成育歴は、怜路の人生に常に「普通でないこと」として付きまとって来た。それらを全く気にせず——疎んじずに生きるということは、口で言うほど容易ではない。

刻一刻と薄闇に浸されてゆく何もない部屋で、怜路はしばらく白蛇を慰め……そして、流れ込む秋の夜風に、ひとつ盛大にくしゃみをした。


眠るなら、深い、深い、淵《ふち》がいい。

暗く静かで、冷たく、どこまでも蒼い淵の底で、覚めない眠りに就きたい。

それは身も心も疲れ果てた夜に、美郷が抱いて眠る夢想だった。

いつか本当に、どうしようもなく疲れ果てた時には。うつし世を生きるのはもう無理だと思ったら。その時は、淵に身を沈めよう。寂しさも苦しさも何も感じないほど、暗く冷たく静かな場所へ。

（だから、今はまだ大丈夫だ。望めばいつだってそこへ行ける。自分で苦しみを終わりにできる。だから、今はまだ——）

そんな風に己に言い聞かせるのは、今日が初めてなわけではない。鳴神を捨てて以来、どうしようもなく苦しい日、心が疲弊した日には、いつも繰り返してきた言葉だった。

つるべ落としの夕日が沈み、瞬く間に薄闇に沈んだ狩野の中庭にて。しゃがみ込んだ美郷は、雑草に埋もれた小さな池を覗き込んでいた。目を覚ましてふと池を覗きたくなり、髪も括らず寝巻一枚のまま、裸足で——果たして、どのくらいの時間こうしているのか、美郷自身にもよく分からない。ただ、出て来た時よりも随分と視界は暗くなった気がする。

もとより日当たりの悪い中庭の、さらに木陰にある池は、夕闇の中では底の見えぬ黒い淵だ。稀《まれ》に、何かの立てる小さな波紋が薄っすらと青く浮き立つ。淡く水面を蹴る者は、アメンボの類か、はたまたもののけか。――気付けば、初夏には聴覚を埋め尽くしていた蛙《かえる》の恋歌は、ひとつも聞こえぬ季節である。

山水と共に転がり落ちてくる、小さなもののけの気配が辺りに満ちている。人の目には映らぬ小さな蟲たちは、時に羽虫のような、時に蜥蜴《とかげ》や蛙のような姿を取りながら、美郷の寝巻の裾や肩にもまとわりついていた。もののけたちの天敵である、白蛇が美郷の中に居ないからであろう。

この場所はうつし世にありながら、とても「あちら側」に近い。元より山の端で、長らく人に忘れられていた場所だ。手入れのされぬ空家だった十年ほどの間に、「こちら側」――人の住む世界からは遠くなっていた。そして、美郷が傍らで暮らし始めてからも、この中庭は変わらず曖昧な、異界ともうつし世ともつかない場所のまま置いてある。

気の良い大家は「妖怪ビオトープ」と笑い飛ばしたが、普通、人が寝起きする場所のすぐ隣に置くようなものではない。喋ったり、悪戯《いたずら》を仕掛けてくるような大きさのもののけは居ない（というか、すぐに白蛇の腹に収まってしまう）が、冷たい陰の気が溜まる場所そのものが、人が暮らすには向かないからだ。

（そもそも、来るもののけを白太さんが喰ってる時点で、おれは人間の範疇からもう外れてる気もするけど）

でなければ無防備に、結界のひとつも張らずに「妖怪ビオトープ」の隣に暮らすことなどできない。――だが、美郷にとってこの中庭は、日々の暮らしの中で疲れささくれた心を癒すために必要な場所だった。

（結局、おれは――）

美郷を「白蛇の君」と呼ぶ龍の姫君は、美郷が望めば迎え入れてくれるのだろうか。そんな、埒《らち》もない空想に耽る。彼らの目に、美郷はどう映っているのだろう。自分で思っているよりもずっと、美郷は異界の住人に近しい存在になっているのではないか。

そうだとしたら、「宮澤美郷」は本当にこの先、うつし世で当たり前に生きて行けるのであろうか。

（もし、この『おれ』が……うつし世に拒絶されるんなら……）

鳴神美郷として、生まれ育った立場を疎んじられて殺されかけ、それを逃れて生き残った「宮澤美郷」が、今度は妖魔を飼う者として、うつし世に拒絶される日が来たならば。

（その時は……その時こそ、もういいや）

これも、何度もなぞってきた思考だ。

白蛇の暴走に振り回されて、隣人の視線に怯えていた大学時代。無理矢理抑え込んだ白蛇の「返し」に内側から打ちのめされて、誰にも言えぬまま一人部屋の中で呻くたびに。もしも――もしも、いつか全てが決壊して、この世に美郷の居場所はないと突きつけられたら、その時はもう諦めようと。

そんな陰鬱《いんうつ》な夢想を巡らせるのも随分久々な気がして、不思議な気分に浸っていると背後で気配がした。ここ一年以上、根暗なことを考えずに済んだ「理由」、その人物だ。

「おう、目ェ覚めたか」

振り返った美郷の視線の先、掃出しの開け放たれた寝間に上がり込んでいる大家が問うた。いささか低く沈んで草臥れた口調だ。その肩に、当たり前のように巻き付いた己の白い半身を見て、美郷は思わず苦笑いする。

「うん。心配かけてゴメン。色々ありがとう、ゼリーとか、ドリンクとか」

朝に一度目を覚ましてスマホやメモを確認して寝落ちた後、二度目に覚醒《かくせい》したのは約一時間後だった。多少体が軽くなっていたので起き上がって用を足し、ドリンクとゼリーをありがたく頂いて再び眠りに就いた。それから、次に目覚めた時にはもう、空は暮れなずむ時刻になっていたのだ。

「あの程度のモンしか置けなくて悪ィな。俺じゃ霊符湯《れいふとう》も用意できねえ」

気まり悪そうに眉を顰めて口元をひん曲げた大家が、濡れ縁の下に置き去りにされていたサンダルをつっかける。美郷は立ち上がり、それを迎えた。

「十分だよ。それに、職場の方も」

怜路の襟巻になっている白蛇は、美郷の傍まで来ても怜路の肩から動かない。

（ああ……何が起きてるのか、もう怜路にはバレちゃってるんだろうな……）

どくどくと、動悸《どうき》が胸を打つ。巴市に来てからというもの、白蛇と美郷の間でトラブルが起きた時は、毎回怜路に面倒を掛けている。何度も心配をしてもらって、ようやく折り合いを付けられるようになったと思ったのに――また、やらかしてしまった。

情けなさや恥ずかしさ、ばつの悪さに美郷は俯く。

「――怜路、白太さんのこと……」

「ああ、ケンカ中か？　まあ、まだ明日は休めっつー係長からのお達しだからな、落ち着くまでべつに俺ンとこでも……」

小さく、自分でも情けないくらいしょぼしょぼとした声音の問いに、怜路がサッパリと明るく返す。

それが全く、いつものことであるように。

何の特別さもなく、ただ、本当にペットの世話の相談でもしているかのように。――ごく普通の、当たり前のことであるかのように。

（そう、か……もう、独りで抑え込んで呻かなくてもいいんだ）

突然、何かが心に染み渡るように気が付いた。

寝込んでいれば、心配をしてもらえる。寝込んだ理由を隠す必要もない。

（白太さんのことを、分かち合ってくれる人がいるんだ……白太さんの、居場所になってくれる人が。もう、隠さなくていい、抑え込まなくていい。なんだろ、凄く今更――）

思い返せば、本当にあまりにも今更な事実だ。なぜ理解できていなかったのか不可解なほどに。

突然の気付きに、美郷は呆然と目を瞬いた。まるで古びて朽ちかけていた錠前が、折れて落ちるような心地だ。掛け金の外れた扉がゆるりと開いて、胸の奥底から何かが溢れ出す。

「……どした？」

怪訝げな声音に、美郷は顔を上げた。既に、美郷の視界はだいぶ暗い。その中央で、明るい色の髪をしたチンピラが珍妙な顔をしているのが辛《かろ》うじて見えた。向こうは美郷よりもだいぶ夜目が利く。真ん丸にしている緑銀の眼に、一体何が映ったのか。

にわかにその目元が真剣味を帯びる。「美郷、」と、低く静かな声が呼んだ。その右腕が伸びて、筋の張った大きな手が美郷の肩の上をはたく。まとわりついていた、小さなもののけが散らされて転がり落ちた。

少し躊躇うように宙を泳いだ怜路の右手が、そっと美郷の左肩に置かれた。何か痛みを堪えるように、怜路が眉根を寄せて口を引き結ぶ。そこでようやく、美郷は己の頰を流れるものに気付いた。

目頭を熱く濡らして、あとからあとから涙が頰を伝い、顎先から滴っている。気付いて、はは、と間抜けな笑いが漏れた。

「──ずっと、思ってたんだ」

それは、美郷が独りで抱え続けて来た夢想だ。美郷を心配し、親身になってくれる人にほど漏らせない──だからきっと、墓まで独りで抱えて行くものと思っていた夢想だった。

「もし、全部に疲れた時は……深い、深い水底に眠りたい」

掠れる涙声は無様に縒《よ》れて、震えている。

なぜそれを、今、怜路に漏らしているのか。なぜ、言いたいと思ったのか。口を閉じられないのか。美郷自身にもよく分からない。明らかに返答に迷うような、面倒な言葉だ。心配してくれている、目の前の相手を拒絶すらしている。

こんな夢想は、親しい人たちを拒絶し、傷つけるものだということくらいは、美郷にも分かっている。——だから、誰にも言わずに来た。

そうか。と、怜路が言った。美郷とは真逆の、低く、静かで深い声音だった。

「だったらその時は、俺にひと声かけろ。——独りで、行こうとするな」

一緒に行くから、置いてくんじゃねえぞ。最後だけ小さく早口に付け加え、怜路が美郷の肩から手を浮かせる。

手首を捕まえて離れるそれを留め、美郷は小さく頷いた。

するり、と白蛇が動く。怜路の肩から、その右腕を伝って美郷の左肩へ。寝巻の襟元に潜り込み、怜路の手の真下から、美郷の背へと沈んでいく。布越しに滑る鱗に、怜路の右手が一度強張り、そっと弛緩《しかん》して触れた。美郷が掴んでいた手首を離すと、掌《てのひら》はわずかに背中へと回る。蛇が美郷へ潜る場所を確かめるように。

——白蛇がすっかり美郷の中へ納まった後。寝巻越しの掌が、美郷の左肩甲骨にある鱗をなぞるように、ゆっくりと背中を撫でた。

6・「普通」な僕ら

——赤来が怜路を諭す言葉を、広瀬は警察署の廊下で聞いていた。

先に赤来が廊下に出て、最後に怜路がのろりと姿を現す。流された視線の不機嫌さに、気持ちを整理できぬまま棒立ちしていた広瀬は怯《ひる》んだ。

宮澤の様子を聞きたい。広瀬が、怜路を待っていた理由だ。だが。

(俺が、傷付けた……)

芳田は宮澤の状態を診て、内側で暴れる力を抑え込み過ぎたことが原因だろうと言っていた。その、「内側で暴れる力」というものが何なのか。怜路は了解していた様子だったが、広瀬に分かるはずもない。己と宮澤の隔《へだ》たりを、またしても突き付けられた心地だった。

しかし、想像することは容易だ。

宮澤が抑え込んでいたモノはきっと、あの白蛇なのだろう。広瀬を庇いに現れた蛇を、どういった理由で宮澤が抑え込んでいたのか。広瀬が知る機会も手段も、今までなかった。宮澤はそれを、広瀬から隠したがっていたのだ。——おそらくは、広瀬の反応を恐れて。

そして、広瀬は最悪の反応を返した。きっと怜路は、そのことも理解している。倒れた宮澤を抱えた怜路が、広瀬に寄越した視線は鋭い敵意を孕んでいた。

「ぁンだテメェ。今俺ァ、虫の居所がクソほど悪ィんだよ。誰でもいいから一発殴りてェ気分だ、視界に入って来ンな」

低く不機嫌な声音は、出で立ちに相応《ふさわ》しくドスの利いたもので、ロケーションも相俟《あいま》って完璧なチンピラだった。彼の派手な服装と、ここまでマッチした言動は初めて見る。――ふと、しみじみそんなことを思って、気の抜けた笑いが漏れた。更に怜路の表情が険を帯びる。

「ああ、いや……丁度いい。俺も、誰でもいいから一発殴って貰いたい気分だ」

いっそ誰かに――事情を理解している怜路に断罪されてしまえば。そう俯いた広瀬に、怜路が寄越したのは拳ではなく、心底苛立たしげな溜息だった。

「誰が警察署内で暴力沙汰なんかやるか、馬ァ鹿。テメェの自己満足に付き合ってやるほど、お優しい気分じゃ無《ね》ンだよ、今」

吐き捨てるように言って、怜路は広瀬を置いて歩き出す。顔を上げた広瀬の目に映ったのは、派手なスカジャンのポケットに両手を突っ込み、猫背で歩くチンピラの後ろ姿だった。

正岡亜沙美は、「特別」な少女だった。

それは本人の言動のことであり、類い希な才能のことでもあり、また、彼女を取り巻く複雑な家庭環境のことや、クラスの女子の多数派と異なる趣味のことでもあった。一方で、由紀子にとっての亜沙美は、保育園時代からの幼馴染みであり、同じ趣味の話題を——地元の神楽を始めとした舞台観劇の楽しみを共有する、貴重な友だった。

亜沙美は情熱的で一途——言い方を変えれば、気性と思い込みの激しい少女だった。勉学には興味を持たず、周囲と話題を合わせて馴染むことも不得手だった。また、家庭の経済状況かあるいは別の事情か、亜沙美はいつも擦り切れて丈の合わない制服を着ていた。

そのことは亜沙美にとって、大きなコンプレックスだったのかもしれない。亜沙美は誰かに見詰められるのを酷く嫌った。彼女の「アサミ」という名と、誰に対しても不遜《ふそん》で癇性《かんしょう》の強い性格を引っかけて、いつしか級友たちは彼女を「アザミ」と呼び始めた。本人もそれを己の二つ名とし、SNSのハンドルネームとして使っている。

由紀子の父親が鬼に襲撃された翌日——火曜日の夜、由紀子はスマートフォンの通知音を気にしながら、落ち着かない時間を過ごしていた。昨夜の出来事は由紀子の周辺を酷く騒がせたものの、由紀子自身に及んだ被害もできることも殆どない。インターン先の市役所でも、他の職員が警察署に出払っている間の留守番をした程度だった。

由紀子の父親、仁志は襲撃された被害者として、あるいは凶悪犯の過去を知る関係者として警察署に呼ばれていた。本人に負傷はないものの、精神的に疲労困憊《こんぱい》した様子が家族として気の毒であり、心配だ。

昨晩亜沙美へと送ったメッセージには、今朝方返信が付いた。曰く、現在立て込んでおり体の空く時間が定まっていないので、夜、空いた時間に亜沙美の方から電話をすると。

亜沙美がなにかしら用事をこしらえて忙しくしているのは昔からで、今更その返信について、由紀子は亜沙美の状況を憂慮《ゆうりょ》などはしていなかった。だが、いつ着信が入るか分からない状況で、二十二時を過ぎればさすがに気疲れしてくる。身の入らない読書を諦めて文庫本を閉じた由紀子は、小学生の頃から使っている学習机の本棚にそれを差した。

田舎は子供の数が少ない。立地や人数等の条件で、それ以上保育園や小中学校の統廃合は進まないまま、子供の数がひとクラスに満たなくなった場合、子供たちは保育園から中学校卒業まで、全く変わらないコミュニティに身を置くことになる。進級・進学などで環境が変わるたびに周囲の大人と衝突し、騒動を巻き起こす亜沙美を級友たちは敬遠し、陰で嘲笑《ちょうしょう》し、時には集団無視のような、イジメまがいの行為にも及んでいた。

そんな中で由紀子は、亜沙美の不器用さを、彼女の「才能」の裏返しのように思っていた。亜沙美の才能、それは「身体を使って表現すること」だ。

ダンス、歌唱、演技。舞台の上の亜沙美は、俯きがちな猫背で他人を睨め付ける少女とは別人だった。音楽の流れる中、全身を使って感情を表現する。

情熱的に、一途に、「己には舞台の上しか居場所がないのだ」と言わんばかりにひたむきに、ただ、ただ、舞台のことだけを考え、外野からの雑音には振り向きもしない。その姿が、由紀子には選ばれし人間のもの――自分とは異なる、眩しい存在として映っていた。同じように舞台に立つことに憧れながらも、臆病《おくびょう》で平凡で、失うものを恐れて自分の「好き」に振り切ることができない由紀子には、それができる亜沙美は眩しく映っていた。

その亜沙美が、舞台を下りるという。

亜沙美はこの世界の、舞台以外の全ての物は無価値だと言わんばかりの振る舞いをしていた。実際、彼女の暮らす世界はそうだったのだろう。そんな彼女が、舞台を下りてしまう。

一体どれほどのことがあったのか、これからどうするのか。一番長く、彼女の近くで彼女の中の、自分にはないものに「憧れ」を抱き続けてきた由紀子は訊かずに居られない。

(お風呂……どうしよう。そろそろ入りたいんだけど……)

鬼女面の事件は、面が確保されたということで一旦終結となる見込みらしい。だが、明日もまだ出勤の予定だ。あまり遅くなりたくはない。支度だけでもしておこうと、着替えやタオルを用意する。そのために、スマートフォンを置いた机から離れたその時だった。

着信音と机を叩くバイブレーションが、秋の夜の虫の音ばかりに包まれていた室内を震わせる。由紀子は慌てて電話を取りに机へと駆け寄った。

「もしもし！　亜沙美ちゃん？」

『ユッキー久しぶり～！　どしたの？　元気？』

亜沙美の第一声は、深刻さの欠片もないあっけらかんとしたものだった。それに戸惑い、勢いを削がれながらも、由紀子は思い切って用件を口にした。

「うん。あの、昨日もメッセージ送ったけど……亜沙美ちゃんの投稿読んで、引退、って、どうしたのかなって………」

何か、引退を余儀なくされる大きな怪我や、事情があるのだろうか。理由を聞いても、由紀子にできる事はないかも知れない。だが、気になって仕方がない。昨日の晩から散々に巡った悪い想像を押し殺しながら訊ねた由紀子に、「ああ！」と亜沙美は軽い声音で返した。

『もうダンサーは引退するんだ。もういい歳だし、現実見ないとね〜』

「い、いい歳って……急にどうしちゃったの？　プロダンサー目指して、あんなに頑張ってたのに」

由紀子も亜沙美も、まだ二十二だ。四年制大学に進学した由紀子など、今からようやく社会に出るというのに。本当に、何があったのだろうか。たしかに——オーディションや大会の戦績は奮わない気配であったが、そんなにも、上京してダンスグループとして活動した四年間は大変だったのか。

『やぁだ、だってもう二十二じゃん？　ユッキーも油断してると、すぐオバサンになっちゃうよー！　だからあたしィ、結婚したんだ！　ダンナは都内でレストラン経営してるの。だからあたしは、もうダンサーじゃなくて、レストランの女将《おかみ》さん！』

全く、予想もしていなかった引退理由だ。由紀子は思わず「えっ⁉」と高い声を上げたが、亜沙美はそれすらも耳に入らぬ様子の勢いで言を継いだ。

『婚活パーティーみたいなトコで出会ってェ、半年？　もう、この人しかいない！　ってなっちゃってさ〜。ホントにねー、喋ってると心が洗われるっていうかー、癒やされる？　あたしもあの人を癒やしたい〜って思っちゃうし〜』

由紀子が口を挟む余地もなく、ひたすら亜沙美のマシンガントークが続く。由紀子は

「は、」とか「えっ」と相槌《あいづち》らしきものを打つので精一杯だ。それにしたところで今に始まったことではなく、亜沙美と話す時はいつもそうなのだが。亜沙美はひたすら喋り続け、由紀子はそれを聞き続ける。幼い頃からそういう関係だった。

(亜沙美ちゃんに、旦那さんができた……いい、ことなのかな……)

よいことのはずだ。それは、由紀子が願い応援していた亜沙美の姿ではないし、あまりに唐突過ぎるようにも感じるけれど。

(だって、亜沙美ちゃんは絶対結婚なんかしないって、この間まで……)

亜沙美は昔から、衝動的としか思えぬ勢いで何かを始めたり、突然止めたりする傾向があった。恋は「落ちる」ものと聞いたりもするが、亜沙美の気性の激しさが悪い方向に出たのではと心配になる。

思わず「大丈夫なの?」と問いそうになるのを、由紀子はぐっと堪えた。お互い既に成人した身で、全く別の生活を送っている。由紀子の物差しで新婚の喜びに冷や水を浴びせるのは失礼であろう。

(お祝いを、言わなくちゃ……)

「そっか、おめでとう」

『うんうん。だからさー、ユッキーも早く結婚しなよ~。知ってたー? 人間って恋をして初めて人間になれるんだって~! なんかソレわっかる~ってなってェ』

きゃはは、と甲高い声が電話口から耳を突き刺す。亜沙美の口調はかなりのハイテンションだ。彼女はこうして非常に勢いよく喋る時と、ほとんど口を利かない時の落差が激しい。

「そ、そうなんだ。私はまだいいかな……就活だけで精一杯だし」

このテンションの時の亜沙美は、本当に「発火している」としか言いようのない勢いで怒濤《どとう》のように語る。共有する趣味――舞台の話や、彼女の『推し』の話を聞くのはそれでも構わないのだが、この話題はどうにか早めに切り上げたい、と由紀子は内心思った。

『え～？　マジでー？　そんなこと言ってるとヤバいよマジで！』

彼氏、結婚。それは由紀子の苦手な話題だった。己が、性的マイノリティと呼ばれる範疇とは思わない。ただ純粋に、今この瞬間、それに心を割きたいという情熱がないだけだった。だが周囲は――やんわりと、由紀子にそれを許さない。真綿で首を絞められるというのは、こういう心地であろうか。

まさか、由紀子の中では「才能を活かし夢を追っている」存在であった亜沙美にまで、このような話をされるとは思ってもみなかったのだ。

前に会った時にはまだ、亜沙美は「絶対結婚はしない。男の面倒なんて見ない」と言っていた。その部分でも、由紀子と亜沙美は仲間だと思っていたのに、どうやら違ったらしい。

『就活より婚活の方がゼッタイ大事だよー？　女なんてさあ、どうせ一人じゃ生きられないんだしィ。あたしもさー、悟っちゃったんだよね～。人生なんてショセン、親ガチャと才能含めた運でしかないんだってー。あたし、親ガチャクソだったじゃん？　じゃあもう旦那ガチャでSSR引くしかないじゃん？』

「そんな……だけど、亜沙美ちゃんには舞台の才能があるのに——勿体《もったい》ないよ」

由紀子の知る亜沙美は、才能の塊だった。誰かがその才を本気で育てて売り出せば、彼女はきっと舞台で食って行けるパフォーマーになると信じていた。それが、まだ二十二歳で「現実を見て結婚を選ぶ」だなんて——と、思わず由紀子が食い下がった瞬間だった。

『ハァ?』

それまで調子良く喋っていたはずの亜沙美が、突然声のトーンを落とした。

『ユッキーさあ……あたしの何を知ってて、そんなコト言うワケ?』

あからさまに不機嫌な声音が恐ろしい。由紀子は慌てて謝った。

「ご、ごめん……!」

『才能とかって、そんな……はは っ! あたしもさー、何か勘違いしてた頃はあるよー?ド田舎の馬鹿な子供だったからァ。ユッキーとかそうやって、ちょっと田舎じゃ他人より上手いだけなのを、才能才能言ってくれる人も居たしィ。でもさァ、多少の才能なんてゴミみたいなもんなんだよ本物の業界ではさァ。それより結局【運】なワケ』

由紀子が亜沙美に抱いているのは、彼女の才能への憧れだった。だが、そのワードは亜沙美の地雷だったらしい。亜沙美は面倒臭そうに続ける。

『あたしみたいな不幸体質じゃ、運ゲー中の運ゲーみたいな業界でやってけるワケないんだよねー。あたし協調性? もないしィ～～。すーぐ誰かに嫌われちゃうんだよねーーーウケる～。ユッキーとかはいいよねー、親もマトモで、もし就活とか失敗しても別に住む場所も食べるものもあるじゃん？　ウチなんかマジ絶対実家帰れないもん、ひとりで馬鹿みたいな夢ばっか追ってて、カネ無くなったら死ぬしかないんだよね～』

　冷めた様子で亜沙美が笑う。「死」という単語にドキリとした。そう、由紀子と亜沙美はあまりにも取り巻く環境が違う。由紀子は恵まれているのだ。地味で平凡で突出した才能などなくても、不自由なく安穏《あんのん》と生きて行けるほどに。だから、亜沙美がサバイブしている世界が本当はどんなものなのか、由紀子には分からない。

　そして確かにプロダンサーというのは、運と実力が必要な不安定な世界だろう。常に次の活躍の舞台を、己の手でもぎ取って行かねばならない。亜沙美が自虐する通り、彼女の気性の荒さはきっと、色々なところで軋轢《あつれき》を生むだろう。コネや人脈が必要な業界は大変なのかもしれない。

　何もかも、由紀子にとっては想像でしかない。その想像が、追いついているのかも分からない。経験をしたことがない由紀子は、経験者である亜沙美の主張を否定することはできなかった。由紀子が亜沙美の自虐に曖昧な相槌を返している間にも、亜沙美は喋り続ける。

『けどさあ、ユッキーだって実家に胡座《あぐら》かいてちゃ駄目だよ～？　親なんていつか自分より先に死ぬんだしぃ～。ちゃんと若い間に相手見付けとかないと将来マジヤバいじゃん？　女の給料って結局安いしぃ。オバサンになったらダンナなんて見つからないでしょー？　ちゃんと将来考えないと、貧困ババアになって孤独死とかキツいし、ユッキーも気を付けて頑張らないと～！』

亜沙美の言葉は、その単語ひとつひとつがまるでその為に用意されたかのように由紀子の心の奥を抉《えぐ》る。

(亜沙美ちゃん、相変わらず単語選びキツいな……)

それは彼女の特性だった。彼女は悪気などなく、身も蓋もない物言いをする。それを悪意と捉えて亜沙美と距離を置く者も多く見てきた。

(でも、それが亜沙美ちゃんなんだし)

『でさー、今ダンナの家族と一緒に住んでんだけどぉ、もーダンナの母親まじヤバくて~』

必死に己を宥めている由紀子の心中など知らぬげに、今度は結婚苦労話が始まる。

「あれもしなくちゃ、これもしなくちゃ。ああもう大変なんだから!」というのが、亜沙美の苦労話のパターンだ。心配して、「そんなに亜沙美ちゃんが背負い込まなくても」と言うと怒られてしまう。

(話してて、癒やされる相手かあ……)

亜沙美の口から、とめどなく流れ出るグロテスクな苦労話を流し聞きながら、心の隅でぼんやりと由紀子は思った。亜沙美の話を聞くのは疲れる。対面であれ電話口であれ、由紀子の話をする機会はほとんどない。こうして亜沙美の話を聞くのは毒を流し込まれるようで、時々とても辛い。

(でも、亜沙美ちゃんも大変なんだから――私は聞いてあげなくちゃ)

昔から沢山の毒を聞いてきた。親のこと、学校のこと、進路のこと。同じくらい、共通の趣味の話もしたはずだ。だが、亜沙美は由紀子よりも圧倒的に「大変な人生」を送っていて、彼女より余裕のある由紀子はこと人生の悩みに関しては聞き役に徹することが多かった。

（相変わらず大変そうだな……。でも私なんかが下手にアドバイスすると怒らせちゃうし……。きっと、気持ちを吐き出してスッキリしたいんだよね）

その分、吐き出された由紀子の心は重たくなるのだけれど。

きっと、亜沙美の背負うものの重さと、由紀子の恵まれた立場の安穏さを思えば、それで仕方がない。――由紀子は、そう思うしかないのだった。


翌日。広瀬は安芸鷹田市役所の自席に、所在なく座っていた。巴市側で、出勤しているのは広瀬だけだ。宮澤は引き続き病気休暇で、怜路が居ない理由は分からない。安芸鷹田側の人員も、由紀子の他に一名、一般事務職員が居るだけだ。守山は朝から外勤をしている。「特殊文化財担当」の島で留守を守っている一般事務職員――村田《むらた》という中堅の男性職員は、他の業務と兼任で、今年から特殊文化財関連の庶務をしているそうだ。本人はこの業務に詳しくないという。残る一人も同様で、特殊文化財専属の専門職員は守山だけ、というのが実情のようだ。

つまり現在、広瀬と由紀子に指示を出せる人間がいない。

朝礼に顔を出した守山からの指示は、ファイルを整理するだけの簡単なものだった。午前十時を回る頃にはすっかり終わってしまっており、幾度となく見上げた時計は、現在ようやく午前十一時を少し回ったところだ。昼に守山が帰ってくればよいが、そうでなければ残り半日、ひたすら手持ち無沙汰に過ごすことになる。

いっそのこと、スマホでも触っていられれば時間が潰せるが、さすがに勤務中にそれは憚られる。借り物の業務用パソコンでできる暇つぶしにも限りがあり、めぼしいネットニュースは読み尽くした。

由紀子も同様に手持ち無沙汰な様子だが、忙しく働いている村田の手前、お喋りに興じることもできない。そう、本日幾度目かの盛大な伸びをしていた時、デスクを慌ただしく片付けて村田が立ち上がった。

「ちょっと僕は会議に出てきますから、二人ともお昼までゆっくりしとって。広瀬君、電話が鳴ったら取って、『午後に折り返しをします』言うて連絡先を控えといてくれたら嬉しいんじゃけど」

「あっ、はい！　わかりました」

ようやく与えられた仕事である。といって、この島の電話が鳴っているのを見た記憶もないが。だが、これならば安芸鷹田の仕事をよく知らない広瀬でも、役に立てるはずだ。

勢いよく答えた広瀬に笑って、村田がパーティションの向こうへ出ていく。特殊文化財担当の島に居るのは広瀬と由紀子だけになり、広瀬はほっと肩の力を抜いた。これならば、多少会話をしていても許されるだろう。

（って言っても、会話のネタなんて思いつかないんだよな……）

一昨日の晩――由紀子が警察官の車で家に帰った後の様子については、昨日の午後、既に聞いている。広瀬は、昨日の午前中は安芸鷹田署での会議に参加したが、午後からはこの場所で過ごしたのだ。

実際に襲われた由紀子の父や広瀬と違い、由紀子の場所から鬼はほとんど見えなかったようだ。彼女自身に大した被害や苦痛がなかったのは何よりだが、それでもやはり疲れた様子だった。

「あの、広瀬さんは今後のこと……何か聞いてらっしゃいますか？」

結局、先に言葉を発したのは由紀子だった。

「あっ、いいや。何にも……」

全く以てすっきりはしていないが、これで鬼女面の件は終了となるらしい。となれば、広瀬も由紀子もお役御免だ。今日明日にでも、解散を言い渡されて何の不思議もない。

「私……ほとんどお役に立てないままでした」

「それは、俺も同じだよ。――ほんと、何もできなかった」

それどころか、大きく宮澤の足を引っ張ったのだと思う。一昨日の晩、病院で倒れた宮澤の、苦しそうな様子が脳裏から離れない。そんな、と困惑気味にフォローしかける由紀子に、広瀬は自嘲しながら首を振った。

「前に言ったと思うけど、俺も呪術とか鬼とか全然わかんなくてさ。宮澤にも多分……要らない負担をかけた」

分からないなりに歩み寄って、理解に努めればよいのだと思っていた。努力すれば近付ける、隣に立てるのだと——酷く傲慢《ごうまん》な、勘違いをしていた。どれだけ分かろう、理解しようと努力したところで、広瀬には「視えない」「分からない」ものが存在する。知り得ないことがある。頑張れば何でも乗り越えられるほど、歩み寄れば全て理解しあえるほど、世界は、他人は生易《なまやさ》しく出来ていない。

(俺みたいなのが、あの場所に居たばっかりに……)

関わらなければ、首を突っ込まなければ、迷惑を掛けなかったのではないか。不用意に、宮澤を傷つけることもなかったのではないか。二日間、そんな後悔ばかりが広瀬を苛み続けていた。

「やっぱ、ホントに『住んでる世界が違う』んだなーって思い知ったよ。ちょっと——なんだろ、俺なんかが、不用意に首突っ込まない方がよかったなとか……特別なヤツを、理解したりビビらず受け止めたりできるほど、出来た人間じゃないし」

とりとめもなく、ここ二日頭の中を占拠している後悔を口から吐き出し、はっと我に返る。

「ごめん、愚痴ばっか聞かせて」

慌てて謝り、広瀬は由紀子の様子を窺った。気を悪くした様子もなく「いいえ」と軽く首を振った由紀子は、言葉を探すように、デスクに置かれたミネラルウォーターのボトルを手に取り俯いた。

「私も——宮澤さんみたいな『特別』じゃないんですけど、幼なじみが特殊な子で……。なんか、知ってます。多分。分からないんですよね……聞くんだけど、理解できなくて。住んでる世界が違うっていうか、環境が違いすぎて、想像しても追いつかなくて。私にとっての『当たり前』を口にしたら、傷付けたり、怒らせたりして……」

ベージュのストッキングに包まれ、事務椅子に品良く揃えられた膝頭の上で、両手で掴まれたペットボトルがペコペコと小さな音を立てる。薄っぺらいペットボトルを歪ませる自身の親指を見詰めながら、由紀子もまた、つらつらと話し始めた。

「何て言うんですかね。こう、普通に恵まれてるだけの、つまんない人間には分からないし、何もできないんだなって……あっ！　すみません私ばっかり……!!」

慌てたように顔を上げて、申し訳なさそうに由紀子が謝る。それに「ううん」と広瀬も首を振り、苦笑いを返した。

「そうなんだよね。俺たちみたいな、なんか『フツーに苦労を知らない一般人』じゃ、よく言う『周りに理解されず苦しむ人』ってのを、どうやっても理解できないんじゃないかってさ……。しんどいよな」

それに由紀子もまた、苦味を帯びた笑みと頷きを返す。「特殊な友人」を持つ者同士の同情と連帯に、広瀬は少し心が軽くなった気がした。

彼らが悪いのではない。彼らを責めるつもりはない。ただ、己ばかりを責め続けるのも、いささかくたびれるのだ。そんな中、同じような苦しみを抱える「普通の人間」が他に居ると思えることは救いだった。

「もしかしたら、俺たちは今週か来週くらいで引き上げかもしれんけど……もし、何か卒論のことで協力できそうな事があれば声かけて。俺じゃあんまり頼りになんないけど、調べる方法はいくらでもある環境だから」

そう言って、広瀬は自分のSNSアカウントを由紀子に伝えた。主に、高校や大学の知人と連絡を取るために使っているものだ。

せっかくの縁である。広瀬が由紀子にとって、有用な人脈たり得るかは微妙なところだが、あまりプライベート過ぎない連絡先くらいは共有しておいてもよいだろう。

由紀子は自分のスマートフォンを取り出し、素早く広瀬のアカウントを検索してフォローしてくれる。フォローを返し、由紀子のアカウントを覗いた広瀬は「へぇ」と声を上げた。

「ボランティアサークル入ってるんだ。凄いね」

広瀬が大学生の頃入っていたのは、飲み会がメイン行事のような緩い硬式野球同好会だった。由紀子は教育系のボランティアサークルに所属しているらしい。

「教職目指すなら、入っておいた方が良いって言われたので……意識高い系なんて、ホントはキャラじゃないと自分で思うんですけど……」

居心地悪そうに肩をすぼめて、由紀子が謙遜する。

「いやいや、理由なんてなんだって、ちゃんと参加できるだけで偉いよ」

そんな言葉を返しながら、広瀬はサークルのアカウントを開いた。そして、最新投稿に目を留める。

「あれっ、こども食堂のボランティアか……」

県内にも数十カ所ある、こども食堂の手伝いだ。巴市役所の自治労——自治団体労働組合からも定期的にボランティア募集がかかっており、ちょうど今週末、広瀬は地元である安芸鷹田のこども食堂へ行くことになっていた。

「はい。実家にいる間は、地元で参加しようかと思ってます」

「そっか。今週末も行くの？」

「はい、多分」

「そうなんだ。俺も、今週末は組合の関係で参加するんだけど、じゃあ同じ所かな」

だとすれば、もし今日帰ってきた守山から「出向終了」を告げられたとしても、土曜日にはまた由紀子の顔を見られる。そう思いながら、広瀬は由紀子の反応を窺った。由紀子は驚いた様子で目を丸くし、顔を綻《ほころ》ばせた。

「ほんとですか！　良かった、こちらで参加するのは初めてで、ちょっと心細かったんです」

良好な感触に、広瀬は内心で安堵の息を吐く。

「俺はこども食堂のボランティア自体初めてだし、アテにはなんないだろうけどね。俺の方こそ、心強いよ」

そう言って二人で笑い合っていると、ようやく午前終業のチャイムが鳴り響いた。

7. 湯治と神楽

その日の午後——広瀬と由紀子が、帰ってきた守山の指示で「特殊文化財」のリスト整理をしていた頃、美郷と怜路は緑里町にある温泉施設へと来ていた。施設の名は、神楽門前湯治村。安芸鷹田市の第三セクターが運営する、温泉宿泊施設である。スーパー銭湯型の温泉施設と、レトロな町並みを模した売店・食堂・宿泊棟、そして神楽上演施設が複合した小さなテーマパーク——山の上の別天地だ。

週末には地元の神楽団が神楽を上演し、施設はその名の通り温泉客と神楽ファンで賑わう。平日も、日帰りの温泉客が県内各地より訪れて、ミストサウナや露天風呂と、レトロな町並みを模した売店や神楽資料館を楽しむという。

しかし今、美郷が足を踏み入れた大浴場に、人の気配はない。

「ほんとに良かったのかな……」

今、男湯の暖簾《のれん》は下ろされて、入口前には「臨時休業」の立て看板が置いてある。

「気にすんなって。つーか、しても無駄だから諦めろ」

戸惑いに立ち止まった美郷を置いて、言いながら怜路が洗い場を目指す。その後を追って歩きながら、美郷はうーん、と唸った。臨時休業の理由は、建前上「浴槽の故障」となっている。だが、美郷と怜路の目の前にある大きな浴槽は何の問題もなく、熱された温泉水を満々と湛えて湯気を纏っていた。犯人は、司箭だ。

天狗の妖術を用い、湯治村の従業員を幻惑に嵌《は》めて、男湯を貸し切りにしてしまったのだ。平日水曜の昼下りをほんの一時間程度。経営へのダメージは、そこまで大きくはないかもしれないが、それでも美郷と怜路のため――主に美郷のために、湯治村が「特殊自然災害《もののけトラブル》」に遭ってしまったのは間違いない。湯治を必要とする体調なのも、衆目の中で大浴場を使えないのも美郷だからだ。

のろのろと洗い場の椅子に腰掛けようとした美郷を、怜路が止めて浴槽の脇にある階段を指さした。

「たしか、二階のサウナ横に源泉引いた水風呂があったはずだ。先に白太さん置いて来いよ、のぼせちまったら台無しだぜ」

美郷の白蛇は、形は爬虫類だが高温を苦手とする。そして、美郷は白蛇を得て以降、温泉をはじめとした大浴場に来たことはなかった。それを理由に、今回の招待を辞退しかけた美郷に司箭がしたのが、「ならば白蛇は水風呂にでも泳がせておけばいい」という提案だった。

本物の爬虫類を、公衆浴場に泳がせてしまえば衛生上の大問題である。だが、白蛇は結局のところ妖魔の類いだ。

（だから大丈夫……っていうのも、凄く変な話なんだけど……うーん）

美郷が公衆浴場を避けていた理由は、白蛇を体内に格納している時に現れる背中の鱗だ。その場所をいかに衆目に晒さず過ごすかは、白蛇を得て以降——大学一年の時から美郷にとって、大きな命題となった。今まで、誰かの前で鱗のある背中を晒したことはなかったし、その場の成り行きで見たことがあるのも、結局のところおそらく怜路だけだ。

戸惑いと罪悪感に悶々《もんもん》としながら、それでも指示どおりにタイル張りの階段を上がり始めた美郷の後ろを、仕方なさそうに怜路がついて来る。

トレードマークのサングラスは、脱衣場のロッカーに置き去りにされていた。今、怜路の眼に映る美郷の背中がどんなものなのか、美郷自身にもよく分からない。だが彼の緑銀の眼を前に、単に鱗だけを隠したところで、大して意味がないのは知っている。

——もぞり、と、冷たい水の気配に反応して体内の白蛇が蠢く。

真後ろに怜路の目がある状態で、白蛇が体を出たがるに任せるのか。今更ながら居心地悪く、己の腕を抱いた美郷の背後斜め下で、怜路が「しかしまあ、」と間延びした口調で言った。

「アレだな、他に客居たら目立っただろうなァ、お前」

美郷の背を眺めての素直な感想、といった響きの言葉に、つい足を止めて振り向く。

「やっぱ目立つよね、背中」

鱗の辺りに手を伸ばした美郷に、つられて立ち止まった怜路が「あん？」と首を傾げる。

「ちげーよ、頭だ頭。背中なんて色付いてるワケじゃねーんだし、湯気で霞んでりゃ大して見えねえよ。それより、どっから出て来たんだそのシャワーキャップ。男湯にシャワーキャップの奴が居りゃあ、そら目立つと思うぞ」

　まあ、ロン毛でも目立つだろうが、シャワーキャップほどじゃねーだろう。なんでシャワーキャップだ。と、なぜか執拗にシャワーキャップを口撃してくる怜路に、美郷は脱力して前に向き直った。

「うるさいなあ……長いと洗うの大変で時間食うし、シャンプー合わなくて軋むのイヤだし。お湯に浸かりに来たんだからいいじゃないか」

　ヘアクリップなどを使ってアップにする手もあるが、今回咄嗟にヘアクリップを調達して来ることはできなかった。よって、入浴券やタオルの券売機で一緒に売っていたシャワーキャップを買ったのだ。馬鹿馬鹿しくなって緊張がほぐれた隙に、白蛇がにょろりと体を抜け出して、先に二階へ上ってしまう。

　追って、辿り着いた浴場の二階を見渡せば、サウナ室の手前——階段を上がってすぐの場所に、少し濁った源泉を湛えた水風呂があった。白い蛇体がその中へ滑り込む。サウナと水風呂の他は、休憩用らしき長椅子が数台と、体を横たえて温泉を楽しめる寝湯が設置されていた。

「白太さん、気持ちいい？」

　小ぶりな——といって、家の風呂よりは二回りほど大きな水風呂の浴槽を泳ぎ始めた白蛇に声を掛ける。すいすいと泳いでいた白蛇は、持ち上げた頭を美郷へ向けて「うん！」と元気な返事を美郷の脳内に響かせた。

「じゃあ、おれたち下で体洗ってお湯に浸かってくるから。外に出たりするなよ」

「はしゃぎ過ぎてふやけンなよ～」

おのおの白蛇に声を掛け、美郷と怜路は階段を下りる。

今度こそ体を洗い、まずは露天風呂へと出てみた。時刻は午後三時を少し回ったところ、日はだいぶ傾いているが、見上げる空は澄んだ青だ。丸いシルエットの岩を配された浴槽のへりには厚く湯の花が積もり、周囲の植木は夏の日差しに疲れた様子の葉を風にそよがせている。湯気を湛える水面には僅かに木漏れ日が揺れ、湯口から落ちる湯が同心円の波紋を立て続けていた。

この施設は、山の上の別天地である。建つのは緑里町中心地の傍らにある、ほんの小さな山ではあるが、麓も静かな農村だ。貸し切り状態の露天風呂も喧噪とは無縁だった。施設の機器が奏でる重低音と、湯の流れ落ちる高い音、スピーカーから控えめに流れるリラックス音楽、あとは小鳥の囀《さえず》りや葉擦《はず》れの音ばかりが空間を満たしている。到底「静寂」とは言いがたいが、神経を刺激する音のない穏やかな場所だった。

「はー……。気持ちいいな～」

内湯より少し熱めの風呂に身を沈め、美郷はしみじみと吐息を漏らした。隣で首まで湯に浸かった怜路が、それを聞いて「ジジイだな」と笑う。

大浴場自体が数年ぶり、前回入った時はまだ、身体に何の不調も抱えていない十代の頃である。当時は温泉のありがたみもさして分からなかったので、今まで入れぬことを不便に思っても来なかったが、こうして心身共に疲労困憊している時に入ると、有り難さが身に沁みた。

体を芯から温める湯と、顔を撫でるひんやりとした風がなんとも心地よい。

結局、昨日は晩もさして食欲が湧かず、ゼリー飲料を飲んで早々に布団を被った。今朝は流石に空腹を感じ――さりとて、冷蔵庫の中身に消化の良さそうなものが何かあったかと、布団の中で思案していたところ、枕元のスマホが怜路からのメッセージを通知した。曰く、雑炊を作ったから食べられそうならば出てこい、と。

無論、ありがたく頂きに母屋へと参上したのだが、大家の甲斐甲斐しさと昨晩晒した醜態を思い返すにつけ、非常に尻のこそばゆい思いがする。しかし実際、先週末の美郷は巴で抱えていた仕事の片付けを最優先にしたこともあり、体調が思わしくない中で自炊をするには、あまりにも部屋にある食材が乏しかった。体調面でも環境面でも、怜路が見せる懐の深い配慮に甘え切る以外になかったのだ。

（絶妙に、当たり障りのない場所狙って混ぜっ返して来るのも、多分こいつ流の気の利かせ方なんだよな……）

軽口は叩くが、美郷が踏み込まれたくない場所は器用に避けて通る。隣で調子っ外れの鼻歌を歌いだしたチンピラなナリの大家は、真の意味で「コミュ力」というやつが高いのだ。相も変わらず、何から何まで敵わない。

「どした？」

ボンヤリと物思いに耽っていた美郷の視線に気付き、怜路が器用に片眉を上げる。トレードマークのサングラスもシルバーピアスも取り払われたその顔は、若々しい精悍《せいかん》さと愛嬌《あいきょう》を持ち合わせた、文句のつけようがない美男だ。いつもはワックスで逆立ててある髪も、先ほど洗っていたため落ち着いている。水面に反射した陽光が、丁寧に根元まで染められた金髪と、緑銀の眼を鮮やかに照らしていた。

普段、ファッションがもたらす印象が強すぎて見逃されがちだが、男性的に整った顔の造作や無駄なく鍛え上げられた体躯《たいく》は、十人並の出で立ちであっても人目を集める、見映えのするものだ。

「や――……。なんか、随分なイイ男を、おれが占有してるなーと」

あっはは、と、軽やかな笑い声が言葉に続いて口から転び出る。照れくささと嬉しさが半々の、胸の奥が浮き立つような心地だ。今この瞬間《とき》のみ味わうことを許された、えもいわれぬ充足感に美郷は目を細める。

（一緒に、なんて口約束で構わない。本当に連れて行くなんて、流石に許されないでしょう。怜路には、怜路の人生があるんだから……）

美郷の意気地のない言葉を否定せず、「共に」と言って寄り添ってくれた。それだけで十分だ。たとえ、叶うことのない口約束に終わるものだとしても、弱音を受け止めて貰えただけで、湧いてくる気力というものはある。

何言ってんだお前、と、怜路が呆れた様子で顔を歪めた。

「おだてても、家賃はこれ以上負けねーぞ」

「わかってるよ。……ありがとう、昨日も、一昨日も」

窮地《きゅうち》を救ってもらったことと、看病してもらったこと、両方への感謝を込めて言葉を紡ぐ。居心地悪そうに視線を逸らした怜路が、明後日の方向に「おう」と返事した。こういった辺りだけ、やたらと照れ屋でスマートさとは無縁らしい。話題の深追いはせず、美郷は雲ひとつない空を見上げる。

「あーあ、平日かあ。係長も広瀬も仕事中だろうなあ……なんか、罪悪感というか背徳感が凄いや」

嘆いた美郷に、上体を起こした怜路が鼻を鳴らす。怜路は一旦腰を浮かせて、浴槽内を移動し始める。流石に茹だってきたらしい。ざばり、ちゃぷり、と湯を掻き分ける音が響いた。浴槽縁の石段に辿り着いた怜路が、その段差に腰掛けて呆れた声で言った。

「療養だろーが、それも労災案件の」

「いやまあ、労災とまでは……結局、おれと白太さんが衝突しただけで、鬼の攻撃で云々じゃなかったんだし……」

白蛇を無理に御そうとして、自滅しただけだ。自己管理が未熟なだけである。我ながら、進歩がない。そう視線を落として自嘲する美郷を、怜路が物言いたげに見遣る。なにか言いかけて、諦めたように怜路も天を仰いだ。

「まあ、布団被って丸まってるだけが療養じゃねーってこった」

空に向かってそう語り、怜路がもう一度首まで湯に浸かる。数秒、そのまま沈黙したかと思うと、勢いよく立ち上がった。

「俺ァ一旦休憩。お前ものぼせんなよ」

「はーい。上がっちゃうわけじゃないの？」

「おう、白太さんの様子見に、二階上がっとく。長椅子もあったしな」

その言葉に「分かった」と返して頷き、怜路が露天風呂入り口の戸を引く音を聞きながら、美郷も半身浴に切り替えた。

風呂の後は村内で食事を摂って、司箭と彼の眷属から、怨鬼の出自や櫛名田姫の面に憑いた経緯などを教えてもらう予定だった。なんでも、湯治村の奥にある神楽専用劇場「かむくら座」を拝借して、神楽形式で上演してくれるらしい。「なにもそこまでしなくとも」と止めたいのは山々であったが、相手は社《やしろ》を持つ「神」であり、美郷らは彼らの厚意に甘えているだけである。わがままを言える立場ではない。

『折角、神坐《かむくら》なる舞台が近くに出来たのだ、使うてみたいではないか！』

などと楽しそうに言われれば、止められるはずもなかった。

「ふぅ……そろそろ上がるか。あーそれにしても、頭痒《かゆ》い！」

だいぶ蒸れてしまった。怜路の前で言えば、またぞろ「だからシャワーキャップは無ェって」などと言われるのだろうか。次の機会を見据えて、ヘアクリップを買っておこう。白蛇は、トイレで鞄に詰めて、脱衣場に留守番でもさせておけばよいだろう。

などととりとめもなく考えながら、美郷が岩の上に置いていたタオルを掴んで立ち上がった時だった。荒い音を立てて、勢いよく露天風呂入り口の引き戸が開く。

「美郷ッ……！　白太さんが……!!」

引き戸を掴んで半身を覗かせ、慌てた声で言ったのは無論怜路だ。その声音に驚いて、美郷も急いで湯を出る。

「どうしたの!?」

白蛇と同調するはずの美郷の身体に、今のところ異変はない。だが、怜路のただならぬ様子に美郷は眉を曇らせた。怜路は美郷の問いに答えず、「来い！」と引き返してしまう。肝を冷やしたまま、美郷は怜路の後を追って浴室に入り、階段を駆け上がった。

そして、白蛇がいるはずの水風呂が、目指す先に映る。

一足先に二階へ到着した怜路が、強張った顔つきで水風呂を見下ろしていた。追い付いた美郷も、その隣に並びながら浴槽へ視線を投げた。

〝みっしり〟

その擬態語が、まず脳内に浮かんだ。美郷は目元をひきつらせる。

小ぶりな浴槽には、何か白いものが正にみっしりと詰まっている。白いもの――要するに、白蛇の胴体だ。鼻先だけ水面から出して、白い大蛇が浴槽に隙間なく詰まっていた。

「――ちょっ!!」

――美郷！

悲鳴のように裏返った声に、ご機嫌な白蛇がいらえを返した。

「ふやけたどころの話じゃねーぞコレ。大丈夫か、戻ンの？」

呆れとも戸惑いともつかぬ色を含んだ低い声で、怜路が問う。

――おんせん、終わり？

よほど冷泉の中の居心地が良かったのだろう。名残惜しそうな声音で問いながら、のろのろと白蛇の巨大な頭が水面から出てくる。

「どうかな……温泉の霊力を、思いっきり取り込んだっぽいけど」

脱力して、がっくりと肩を落としながら美郷は怜路の問いに答えた。

「とりあえず滅茶苦茶回復したみたいだから、ダメそうなら露天風呂から外に出して、山の中に待機してもらうよ」

山の斜面にポイする気か、と呆れる怜路におざなりに頷き、美郷は水風呂から這い出して来た大蛇の頭をぺしりと軽く叩く。

「温泉終わりだ。上がろう、白太さん」

残念そうな返事と共にしゅるりと縮んだ白蛇に、美郷は心底安堵の息を吐いた。

夕飯は、この施設の名物らしい激辛うどんに二人で挑戦した。「鬼より辛い」のキャッチフレーズは少々恐ろしかったが、昨日おとといですっかり停滞していた身体の気の巡りを大いに刺激し、温泉とともに美郷の体を芯から温めてくれた。ところが、思いのほか怜路のほうがダメージを受けたらしい。食後、「まだ口の中がヒリヒリする」と嘆きながら、店の軒先にある自販機で無炭酸の果物ジュースを買っていた。

既に日の暮れた、藍色の宵闇を軒の提灯が朱く照らす、ノスタルジックな通りを怜路と並んで歩く。奥に進むにつれて人の気配は減り、明かりを落とした建物も増えてうら寂しさが増した。湯治村は、古い町並みを模した細長い敷地の手前に温泉、中ほどに宿や飲食店と売店、奥に神楽関連の施設が配置されている。奥側の施設は、既に閉館時間を過ぎているのだ。

美郷と怜路の本日一番の目的地は、最奥にある、日本唯一の神楽専用ドーム……ではなく、その手前の、神楽資料館と併設された寄席型の劇場である。劇場の名は「かむくら座」。神楽の歴史や衣装、演目などが紹介されている資料館と同じ建物にあり、週末の夜には神楽団による夜神楽の上演もある。

ただし、こちらの建物も既に閉館している。ガラス張りの自動ドア越しに見える内部は暗く、「閉館中」の立て看板がドアの前を塞いでいた。

「……いや、ほんと、これは始末書案件では……」

げんなりと呟きながら、美郷はその立て看板の横をすり抜ける。本来電源を切られているはずの自動ドアは、当たり前の顔をして開いた。先を行く怜路は、美郷の言葉に軽く肩を揺らしただけだ。

手前にある、薄暗い非常灯に照らされた資料館やグッズショップの間を抜けた。いくつも並んだ観音開きの扉のひとつに怜路が手を掛ける。

怜路が扉を押し開く。すると、途端に賑やかな神楽囃子《ばやし》の笛と太鼓、手打ち鉦《がね》の音が響き渡った。明らかに録音と分かる、すこし籠もった音だ。神楽——中でもスピーディーで娯楽性が高く、人気のある新舞の、それもクライマックスと分かる白熱した演奏だ。

照明を落とされた劇場の中。目に飛び込んできたのは、舞台上のスクリーンに映し出された絢爛《けんらん》な舞だった。大きな鬼女の面を被った者が一人と、烏帽子《えぼし》姿の武者が二人。互いに武器を振りかざしながら軽快に、くるくると回る。鬼の振り乱された長い黒髪、金糸銀糸をふんだんに使って、豪華な刺繍を施した衣装の袖や裾、照明を反射する武者たちの刀。全てが、激しい囃子に合わせて華やかに舞っている。

劇場の前側は畳敷の桟敷席《さじきせき》、後ろ側は椅子席となっている。桟敷席最前列の、更に中央——舞台の真正面に、胡座をかく大きな人影があった。

人影のシルエットは、頑健な男性のものだ。そして、一見して洋服姿ではないと分かる。烏天狗の面に頭襟《ときん》、鈴掛《すずかけ》、結袈裟《ゆいげさ》という山伏装束の大男——宍倉司箭であった。

「おう、来たか。早かったではないか」

烏天狗の面が振り返る。

「なーに勝手に鑑賞会してやがんでェ。利用料払え、利用料」

それに呆れた声音で怜路が答えた。

「無論だ。手前に居った福助の賽銭箱《さいせんばこ》に払って来たわい」

「ホントかよ、ドングリ払いじゃねーだろうな」

軽快なやり取りと共に、怜路が司箭と同じ枡《ます》の中に上がり込む。元より天狗の無茶振りに慣れている様子の怜路に続いて、美郷もおずおずと靴を脱いだ。今回、怜路は「天狗に社会常識を求めるだけ無駄だ」と美郷の戸惑いにはにべもない言葉を返しながら、司箭にはこうして隙きあらば軽い嫌味を言っている。

「狸でもあるまいに、そんな貧乏臭い真似などせぬわ。まあ、うぬらも付き合え、もうすぐ終演だ」

言われて向けた視線の先では、いよいよ鬼が斬り伏せられて地へと倒れ伏す。「新舞」と呼ばれる、戦後に創作された新作神楽は、民衆のよく知る神話や謡曲・歌舞伎に材を取り、ことに鬼や大蛇が登場する演目は人気が高いという。それらは基本、勧善懲悪《かんぜんちょうあく》で、最後は神が鬼や大蛇を倒して終わる。しかし舞台の花形は、むしろ「鬼」の方であろう。

（これは――紅葉狩か滝夜叉姫か……）

舞台の真ん中で、武者二人を相手に暴れ回った鬼女。幼少期を広島市郊外で過ごした美郷にも馴染みのあるそれは、派手で美しくも恐ろしく、そして格好良くて魅力的な存在だ。物語の筋とは裏腹に、美郷は鬼や大蛇を楽しみに神楽を観に行っていたし、恐らく周囲の大多数もそうだった。物語における「英雄」を差し置いて、彼らこそが演目の「主役」なのだ。

そして、静櫛神楽団の演目「櫛名田姫」もその主役は題目通り、鬼女となったクシナダ姫だった。その筋書きは新舞である他の鬼女物と雰囲気を異にしており、荒ぶる鬼女であった姫が静櫛の地で安息を見付け、女神に戻るまでの物語である。実際の舞を観たことはないが、資料を読んだ限りでは随分と古いルーツを持つ演目という。

——なお、今から観賞するのは演目「櫛名田姫」そのものではない。司箭らが（おそらくは即興で）創作した、鬼女面の怨鬼が生まれ、封じられる物語だ。

舞台上に投影されたフィルムでは、鬼女を成敗した武者たちが喜びの舞を舞っている。扇と刀をひらりひらりと翻し、正面を向いた武者二人が客席に深々と頭を垂れた。沸き起こる拍手が、くぐもって割れた電子音として鳴り響く。

拍手に応えるように、もう一度くるりくるりと舞い、武者たちは退場して行った。終演だ。フィルムが途切れると同時、投影機の光が落ちた。辺りは非常灯だけの薄闇に満たされる。

その薄闇の中、今度は生音の笛が鳴り響いた。

目を凝らしても、本来舞台袖に並んでいるはずの楽人たちは見えない。流石はもののけ主催の舞台といったところか、虚空から笛の音が奏でられている。しばらく高らかと独奏した笛に、「せいっ！」と鋭い掛け声と、手打ち鉦、小太鼓大太鼓が一斉に加わった。同時に舞台上の照明が点灯する。舞台中央には台が置かれ、その上にはどうやら鬼女面が載せられているようだ。

（おお……そんな場合じゃないとは思っても、テンション上がるな……）

妙に粋な演出が、幼い頃母親と行った秋祭り——子供が普段出歩けない時間帯の屋外で、焚火で暖を取りながら観た神楽の高揚感を思い出させる。

広島の神楽、特に新舞はエンタメだ。舞台を降りて暴れ回る鬼を追いかけたり、舞台から溢れて垂れ下がった大蛇の尻尾を掴んだり、退屈な間は舞台下を走り回ったり。そんな傍《ぼう》若無人《じゃくぶじん》も子供にならば許される、緩い雰囲気のある娯楽だった。大人たちも暖を取るためうどんを啜ったり、燗《かん》をつけたカップ酒を舐めたりしながら舞台を楽しむ。

いまだ広島時代の記憶のほとんどが欠落しているという怜路は、このノスタルジーを多分に孕《はら》んだ高揚感も覚えがないのであろうか。そう、美郷はそっと隣を見遣った。舞台の灯りをサングラスが反射し、横目で盗み見るその表情は判然としない。だが、口許は少し緩んで見える。

――山里は　ものの寂しき　事こそあれ　世の憂きよりは　住みよかりけり
緩やかなテンポの楽と謡われる和歌に合わせて、楚々と舞台上――鬼女面の手前に歩み出た人影があった。豪奢な打掛に、緋袴と白い小袖。片手に広げた扇、片手に小ぶりな弓を持ち、通常の神楽に使われるカツラでは絶対に拝めないような、見事な垂髪をその足下まで揺らしている。――御龍姫だ。

(本物の姫神が舞うのか……大丈夫なの、これ)

舞はそれだけで呪力を持つ。芸能であると同時に呪術の一種だ。そう、背中に冷や汗をかく美郷など知らぬ様子で、御龍姫は楽しそうにくるくると嫋《たお》やかな舞を披露する。一方では扇が見る者を幻惑するように翻り、もう一方では弓が鋭く空を裂いた。

（姫の採物《とりもの》に弓か……姫神というより巫女みたいだな）

姫神の舞に酔いしれる頭の片隅でそんなことを考える。弓は武具であると同時に、その弦《つる》を鳴らして魔を祓う呪具、さらには神を降ろして神意を窺う占具でもある。広島県内には弓神楽や神弓祭《じんきゅうさい》といった、弓の弦を打ち鳴らして祭文を唱える神遊びも伝えられているが、弓を手にした女性でまず連想されるのは梓巫女《あずさみこ》であろう。両者ともに「弦の音で神を降ろし託宣する」という特徴を備えていた。――姫神が、それを採物に選んだ理由は何であろうか。

扇と弓を天へと掲げ、ぴたりと正面に動きを止めた姫神が口を開く。同時に楽もぴたりと止んだ。独特のテンポをした口上が始まる。

「そもそも此の処に進み出でたる者は、出雲は鳥髪山《とりかみ》に住まいし夫婦《めおと》が末娘、櫛名田姫と申す者にて候《そうろ》う。我、高志《こし》の八俣《やまた》の遠呂智《おろち》と契りを籠《こ》みし処を、須佐之男《すさのお》なる男神《おがみ》の天降りて遠呂智をば殺《あや》め、我を奪いて候う。我、怨みて鬼女となり須佐之男を殺めんと挑みかかりしものの、敗れ逃れて静櫛の地に落ち延びたり。我、静櫛の地に心安らぎを得て、この地を守る女神となれり」

名乗りの口上を、柔らかくも凛と通った姫神の声が紡いだ。口上が終わると同時、再び楽が鳴り響いて姫神は舞い始める。ゆるりゆるりと舞いながら舞台中央の鬼女面を躱《かわ》し、姫神は舞台奥の上段部分へと上がる。綺麗に打掛の裾を捌《さば》いて正面を向き、弓を掲げ、扇で顔を隠して静止した。

続いて、舞台の袖からもうひとつ人影が現れる。その人影もまた楽に合わせて扇と御幣《ごへい》を翻し、ゆっくりと舞いながら舞台中央、鬼女面の置かれた台の傍らへと歩み寄った。

こちらは、平民らしき質素な水干《すいかん》姿の男だ。――その顔には、普段であれば男神を演じる者が着ける凜々しい男の面を被っているが、よく見ればその面の上、折烏帽子との間に一対の三角耳が覗いている。おそらくは御龍姫の従者である狗賓だろう。

「そもそも此の処に進み出でたる者は――」

狗賓は名乗る。静櫛郷の田畑を古くから開拓した土豪であり、現在は庄屋をしている家の当主である。日頃より溜めたこの世と里人への怨みは深く、今、櫛名田神社の姫神に願って鬼となり、鬼女面に取憑いて世に仇なすつもりである、と。

口上を述べた狗賓は、鬼女面とその奥に立つ姫神の前に跪《ひざまず》くと、御幣を捧げて祈り始めた。

途端、太鼓の音は激しく速く、笛の音もおどろおどろしく乱高下を始める。

大きく御幣を振って体を揺らす狗賓の背中が、「ダダン！」と打ち鳴らされた太鼓の音に打たれて痙攣した。そのまま舞台上で頽れる。

一拍の後に舞台は暗転し、すぐさま再び灯りが点いた時には、狗賓は傍らの台上に置かれていた鬼女面を着け、豪奢な打掛を羽織っていた。上段には暗色の幕が引かれて、御龍姫の姿は消えている。

隣で怜路が「おぉ……」と感嘆の声を漏らす。やたらと気合いを入れて、新舞のエンタメ的な見所が再現されていた。舞台の暗転や舞の途中など、一瞬の隙に面を着けたり変じたりする「早変わり」も、新舞の見所のひとつだ。美郷も苦笑混じりの吐息を零す。

それまでと所作を変え、大きく四股《しこ》を踏むように股を割って片膝を突き、御幣を構えた狗賓が腹の底からの野太い声で口上を述べる。

「あァら嬉しや、我が一念神へと通じ、今悪しき妖術を授かりたり」

それまでの平板気味なものとは一転、激しく抑揚《よくよう》をつけた口上の最後に向けて、太鼓と手打ち鉦が忙しく鳴り響いて場の緊張を高める。

「さればこれより里へと打ち出でて、憎き者共を喰らい殺さんと思うなァ――りィ――!!」

掲げた御幣を、鬼女が大きく床に打ち付けた。同時に、ダンッと強く足を踏み鳴らして立ち上がり、激しく舞い始める。楽の拍子も激しく速い。

鬼女面の件を担当するにあたり、付け焼き刃で仕入れた神楽の知識によれば「鬼拍子」という、いわゆる「悪のテーマ」らしい。しかしながら、幼い頃の記憶に残るそれは、耳にすれば「これぞ神楽」とテンションの上がるアップテンポな拍子だ。実物の鬼は心底ご勘弁願いたいが、広島の神楽に登場する鬼は、やはりどうにも神楽の主役なのである。

しばらく男の変じた鬼女――実際には、現し身を捨てた男が鬼女面へと憑いたのだが、そこは舞台上の演出である――が激しく舞う。静止すれば顎を突き出し、大股に腰を落として、両手を今にも襲いかからんとばかりに振り上げては、頭《ず》を――歌舞伎でいうみえを切った。

カクン、カクンと不安定に左右に首の振れる様がおどろおどろしい。

やがて鬼女は周囲を威嚇しながら退場し、鬼拍子が終わる。

途切れることなく、次の神拍子――鬼拍子よりも優雅で明るい雰囲気を持つ「善のテーマ」が流れ始めて、向かって左手の花道から二つの人影が舞台へ進み出た。ひとつは狩衣《かりぎぬ》に烏帽子姿で、手には御幣と鈴を持っている。続くひとつは武者姿で、こちらは弓矢を手にしていた。両者とも、男神の面を被っている。

「そもそも此の処に進み出でたる者は――備後国にある神社の社人であり、様々な祈祷を行って鬼類を鎮めてきた太夫《たゆう》である。このたび静櫛に人を食う鬼が出て、散々に村人を苦しめていると聞き、打ち倒すためやって来た。またこの後ろに居る者は、私の従者であり腕の立つ武者である。我らはこの地に坐す櫛名田姫の力を借りて、怨鬼を封じるつもりである。」

少々嗄れた老女の声で口上を述べ終わった太夫は、鈴を鳴らしながら従者を連れて舞い歩き、舞台を一周してその中央で、客席に背を向けて立ち止まる。ちなみに「太夫」とは、当時における美郷や怜路の同業者、すなわち託宣や加持祈祷などの呪術を専門とした民間宗教者の一種である。

そうして向けられた太夫の尻には、見事な銀色をした狐の尻尾が覗いていた。――御龍姫の侍女をしている老狐であろう。付いて歩く武者姿の方は、どうにも狸の尻尾が見えているが、御龍山で狸の知り合いは記憶にない。未だ面識のなかった御龍姫の従者であるか、司箭の知人などであろうか。

(何というか、シュールだなあ……)

どうしても、そんな感想が脳裏をよぎる。狐と狸が人間に扮して神楽を舞っているのだから、仕方が無いといえばそうだ。

ふと我に返ってしまった美郷をよそに、姫神が坐《いま》す上段へ向けて深々と一礼した太夫と武者は、向かい合って舞い始めた。太夫の持つ鈴が、ゆったりとしたリズムでしゃりん、しゃりんと鳴り響く。どちらも——そして鬼役の狗賓もであるが、流石は古き姫神と縁のある者たちで、その舞は見事であった。

太夫が何事か唱えて鈴を鳴らすと同時、武者が舞台の左方に矢を射かける仕草をした。弓を引き絞ると共に楽の拍子が激しくなり、放たれれば止まる。仕草のみで矢を射た武者は、調子の戻った楽の音に合わせて太夫と共に舞台を一周舞い歩き、次は客席へ向けて同じ仕草をする。更に舞台右手、舞台奥と繰り返し、最後、真上に向かって武者が矢を射かけると同時、上段を覆う幕が開いて、扇で顔を隠した姫神が現れた。同時に、太夫と武者がその場に平伏する。

姫神が美しい声を紡ぐ。——私はこの土地の守り神であるが、邪《よこしま》な者に私を称える神楽の面を盗まれ、怨鬼の依代《よりしろ》とされてしまった。今、この者らに我が力を与え、必ずや怨鬼を封じたいと思う。

そう古式ゆかしい言葉遣いで述べた姫神は、片手の御幣で太夫と武者の頭上を撫ぜた。太夫と武者は更に深々と頭を垂れ、盛り上がる音楽の中、上段の幕がするすると引かれて姫神の姿が隠れる。

『どういうこった、姫神の力を得て怨鬼になったんじゃねーのか』

隣の怜路が、小声で美郷に耳打ちした。

『うーん、本人がそう思っただけかもしれない。人か異形に成る時って、結局その人の中で変化が起こるんだろうし……おれもよく分かんないけど』

美郷も小声でそう返す。怜路は『そうかあ』と、納得したようなしないような返事と共に舞台へ向き直った。

（舞いながら四方と天地に弓を射て、神の降臨を願う所作……たしか、そういう神降ろしの神楽が県内の別地域にあったな……）

その舞で降ろす神とはたしか、その土地の地主《じしゅ》神——美郷らの認識で言えば「地霊」である。名は神話から頂いて「櫛名田姫」ながら、稲田神社の祭神も神来島《かみきじま》の神同様、この土地の精霊なのであろう。

舞台上では、立ち上がった太夫と武者が舞台をぐるりと舞い歩いている。武者の手にする得物は、おそらく平伏した際に持ち替えたのであろう。弓矢から刀と御幣に変わっていた。

一行は舞いながら舞台を一周して、再び舞台中央に戻る。これは道行《みちゆ》きと呼ばれる場面で、人物たちの移動と時間の経過を示す表現だ。今の道行きはすなわち、物語の上では姫神の前を辞して、鬼の隠れ家まで移動したことを意味している。

太夫と武者はおのおの左手に御幣を構え、武者が、先ほど姫神を隠した幕へと刀を振りかぶった。太夫は激しく鈴を鳴らし、武者が幕へと斬り掛かる。

幕がザッと勢いよく開く。すると、（人間の演じる新舞であればドライアイスで演出される）白い靄が上段から舞台へと溢れ、その中に大きく両手両足を広げて構えた人影があった。

——鬼だ。

「あら残念なり無念なり。我、怨みし里人どもを一人残らず喰らわんと思いしが、太夫にぞ阻まれたり」

ドスの利いた、低く大きな声で口上を述べた鬼が、手にする鬼棒——神楽で用いられる鬼の武器、白い切紙の房を幾重にも付けた細筒を床に打ち据える。

「斯《か》くなる上は是非《ぜひ》も無し。我が妖術をもって、汝《なんじ》らをば悩まさん。いざ、「勝ォ——負——！」」

鬼と太夫らが声を揃える。かくして、怨鬼対太夫・武者の決戦が幕を開けた。

楽の音に合わせ、おのおの武器を翻しては構え、向かい合う。武器を構えたまま、三者はくるくると舞って立ち位置を変えた。再び、武器を翻して構える。

鋭い気合いの声と共に鬼棒と刀が斬り結び、鈴の音が鬼を責め立てた。大太鼓の音も激しい鬼拍子の中、手前へ奥へ、右へ左へと立ち位置を取り替えながら、三者は跳ねるように激しく舞い争う。ここからはもう、ただただ舞いが、戦いが激しくなるばかりのクライマックスだ。

最後は三者、武器を両手に高速でクルクルと回転し、舞台の上で円を描いて回り合う。その、元は地味であった衣装は瞬きの間に早変わりし、絢爛豪華な刺繍の入った肩切り——遠目にも大きく鮮やかな柄を刺繍され、裾には一連、長い金の房飾りの付けられた上衣となって、回転する演者を煌《きら》びやかに彩った。

「おお、見事見事！　よいぞよいぞ!!」

両手を打って司箭が笑う。激しく舞う演者たちの、振り回されている見事な尻尾が少し横揺れしたように見えた。顔はみな面で隠されているが、褒められたのが聞こえたのだろう。

舞は最高潮に達し、いよいよ怨鬼が打ち倒される。

轟く大太鼓と同時の一閃。武者に切り伏せられた怨鬼は仰《の》け反《ぞ》ってよろめく。

二太刀で頽れ、追って膝立ちとなった武者の繰り出した三撃目で、幕の開いたままだった上段へと派手な大の字に倒れた。待ち構えていたように幕が閉まり、鬼を舞台上から消し去る。ドロドロと小刻みに鳴る太鼓と鉦も、鬼の消滅する様を演出した。

鬼を追う形で観客に背を向け、膝立ちになった勝者たちがそれを見届ける。

――掛け声と共に、拍子が変わった。緩やかで明るい、神拍子だ。太夫と武者がおもむろに立ち上がり、勝者の喜びの舞が始まった。

――本来、この場面は勝者の二名のみが舞う。しかし、どうにも耐えきれなくなった風情で舞台の袖から、煌びやかな緋色の打掛をまとう美女がするりと舞の輪に入り込んだ。御龍姫だ。次いで、上段の閉じた幕の隙間から、鬼女面は外したものの、衣装そのままの狗賓も舞台に降りてくる。

「おいおい、そうじゃねーだろ多分」

「あはは、違うねえ……」

人間二人が呆れる横で、司箭は手を打って喜び「どれ儂も」などと腰を上げかけた。隣の怜路が「収拾つかねえから止めろ！」と止める。幸い、姿の見えぬ楽人たちは予定通りに曲を終わらせ、中腰の司箭を置き去りにして舞台上のモノたちは満足げに舞い終えた。

参加を諦めた司箭が、座り直して拍手を送る。美郷と怜路もそれに倣《なら》った。観客はたったの三人、だが、それより多い数の拍手が劇場内に鳴り響く。

──正直、美郷らが知りたいことに関する情報は、掛けられた時間に対して薄かった。怨鬼が元は静櫛の庄屋であること、その怨鬼を封じたのは当時、静櫛に招かれた太夫ということ。太夫は稲田神社の祭神──当地の地霊の力を借りて怨鬼を封じたこと。おおよそ二十分の演目で得られた内容は、言葉で語れば五分程度のものだ。

だが、美郷は心からの拍手を舞台へ送り続けた。単純に神楽が楽しかったからだ。温泉と夕食と神楽に、今朝までの体の重怠さも、心の重苦しさも吹き飛ばしてもらった心地だった。まさか、これら司箭の企《くわだ》て全てが美郷のためとは思わないが、舞台上から目を合わせた御龍姫に満足そうに微笑まれて、思わず心からの笑みが零れる。

「ふむ、見事な舞で受けた恩を、舞で返したいという姫の願いは叶ったようだ。それでは打ち上げがてら場所を移すとしよう！」

言われて、思わず美郷は赤面した。御龍姫は扇で口許を覆い、愉快げに笑っている。

「あっ、その……ありがとう、ございます……」

介護医療院での顛末は、怜路や守山から彼らへも共有されたと聞く。結局これは、彼らから美郷への慰労《いろう》であったらしい。派手に褒めそやされることにも、こんな大仰な慰労や気遣いを貰うことにも慣れていない美郷は、何を言ってよいやら頭の中が真っ白になってしまった。隣で呆れ混じりの笑いを漏らした怜路が、膝を立てて立ち上がる体勢を整えながら司箭に問う。

「いーけど、何処へだ？　俺達ャココの駐車場に車駐めてンだけど、また縄目歩かせる気じゃねーだろな」

縄目を使って移動すると、後々で車を回収しに来るのが骨なのだ。何しろ、この湯治村も狩野家も、公共交通機関の接続が大変に厳しい。

「何の心配をしておる、このすぐ隣によい宿があるではないか！」

さも心外と、司箭が目を丸くした。たしかに、ここは湯治村と銘打つ施設だ。里山料理を堪能できる宿泊施設を併設している。が、この面子でまさか宿を取ったというのか。

「おいおい……ちゃんと尻尾やら耳やら隠せるんだろうな、そこの連中」

「姫と従者どもは先に帰るゆえ、泊まるのは儂とうぬらだけだ。心配無用」

それならば安心か、否、司箭の服装は悪目立ちするだろう。そう様々に思案を巡らせたのは怜路も同様だったようで、ちらりと流した視線はサングラス越しの緑銀とぶつかった。怜路は「仕方無ェよ」という風に、一瞬片目を細めて見せる。

「そーかい。ンじゃあ一先ず付き合ってやるか。アンタが誰かに呼び止められたら、そん時は他人のフリすっからな」

仕方なさそうにそう言って、ようよう怜路が立ち上がる。頷いた司箭と美郷もそれに続き、三人は姫神一行と別れの挨拶を交わして劇場を後にした。

——最後に、併設の資料館から拝借したらしき神楽衣装などは、きちんと元の場所に戻しておくよう念押しをして。

8. 警察署での攻防

三日間、ソレは安芸鷹田警察署の刑事課事務室――その最奥に置かれたキャビネットの中で、静かに機を窺っていた。

巻かれたはずの粗末な封じはソレにとって、濡れた紙紐ほどの拘束力もなかった。にもかかわらず三日もの間大人しくしていたのは、単にソレの依り代となる者が近く現れなかったからである。

ソレ――怨鬼を宿した鬼女面は、炎を纏う者を待っていた。

炎の名は「瞋恚《しんい》」。人の心を灼き尽くす憎しみの業火《ごうか》だ。その憎しみが、怨みが深ければ深いほど、炎は蒼く燃えさかる。その身に纏う炎が蒼ければ蒼いほど、怨鬼は深く深くその者に依り憑き、魂魄と肉体を喰らうことができた。

時分は逢魔が刻、キャビネットの周囲には未だ人の気配がある。だが、鬼女面の怨鬼を警戒している者は誰もいない。壁を隔てた向こう側――刑事課事務室の前を留置場へと繋ぐ廊下に、己が待ち望んでいた蒼い炎を感じ取った怨鬼は、静かに動き始めた。

押収された刑事事件の証拠物品を収めるキャビネットは、当然施錠されている。怨鬼は音を立てぬよう、その掛け金を静かに解除した。怨鬼は宿る鬼女面の他に現し身を持たない。念力のみで物体を動かし、自らの移動を叶えることは、怨鬼に非常な消耗を強いる。封印を解かれてこちら、結局満足に人間を喰えていない怨鬼の妖力は、既に底を突きかけていた。

――だから、怨鬼は慎重に機を待つのだ。動ける範囲に依り代がやって来るその時を、草陰に伏して獲物を待つ蛇のように。

ほんの幽かな軋みを残して、キャビネットが口を開ける。

それを目に留められる角度に立つ者は、不運にも居ない。最もキャビネットに近い鑑識係の席も、皆背を向けて配置されていた。小さな署の小さな課だ。その時事務室に居合わせた職員はほんの三名ほど、それぞれ別の場所へ顔を向けて、おのおのの職務の最中であった。

デスクの高さよりも低い位置に収められていた鬼女面は、粗末な縛めを払って中空へ――職員たちの膝の高さへ滑り出る。狙う依り代が怨鬼の届く範囲に在るうちに、速やかに動かねばならない。壁一枚の向こう側を移動する炎の気配を追い掛けて、鬼女面は事務室の出入り口を目指した。

怨鬼がその念力で引戸を開けようとするほんの寸前、具合良く廊下側に立った人影が戸を引く。鬼女面は戸を開けた者――ちょうど事務室へ戻ってきた男性刑事の膝下をすり抜けて廊下へ躍り出た。流石にすれ違った刑事は目を剥いて、床すれすれを浮遊する鬼女面の姿を追う。

「オイ、何じゃあ、ありゃァ!?」

発せられた驚きの声に、室内外から皆の注目が集まる。刑事は驚きながらも、咄嗟に鬼女面を追い掛けて廊下に飛び出していた。鬼女面の怨鬼は移動速度を上げる。目指す先には、驚き立ち尽くす依り代の姿があった。

それは、ようやく元服を迎えた年頃の男の子《おこ》——学生服を着た少年だった。

幼く痩せたその身に纏う炎は朱みを残し、そう深い瞋恚でないことが窺える。それでも、この場を離れるための足として使い、飢えを多少宥める程度はできるだろう。怨鬼が先に憑いていた男の瞋恚は深く、男は怨鬼にとって最高の獲物であった。だが怨鬼はあともう一歩のところで居合わせた行者《ぎょうじゃ》に引き剥がされ、男を喰らい損ねてしまった。そのため、怨鬼は百数十年にわたる封印の間の飢えを癒やせずにいるのだ。

美味い獲物ではないが、まだ未熟な魂魄であれば喰らうことも容易い。

——主《ぬし》を責める者が、憎うはござりませぬか。

怨鬼は囁く。瞋恚の炎を纏う者にだけ届く、甘い毒をたっぷりと含んだ声で。

少年の目線の高さに浮き上がり、真正面から相対して、怨鬼は少年を誘惑する。恐怖に強張った表情で、少年が怨鬼を、宙にぽかりと浮いた鬼女面を見返した。

——悪いのは、主では無うはござりませぬか。

流し込まれる毒に、少年の目が、眼前の鬼女面から遠く焦点をぶらす。苦痛に喘《あえ》ぐように顔を歪めて、まるで叶わぬ何かを追うように、熱に浮かされたが如き頼りなさで鬼女面へと手を伸ばした。

少年の指先が、鬼女面に触れる。内側に巣喰う怨鬼は、得たりと歓喜した。

――知らしめてやりましょうぞ。ここに、怨みの在ることを。

依り代へ囁く怨鬼は知っている。それが瞋恚の炎に身を焦がす者にとって、何より望む言葉であると。

【瞋恚】自分の心に違うものを怒りうらむこと。仏教語で、貪欲《とんよく》・愚痴とともに、人間の善心を害する三つの煩悩《ぼんのう》（三毒）のひとつ。

生きる世の、人の、我が思い通りにならぬことを怒り憎んで燃え立つ瞋恚の炎は、誰の内にもくすぶっている。それは己が心に叶わぬモノどもを灼き尽くさんと、地を舐め天を焦がす機会を常に狙っている――。

美郷が鬼女面脱走の報を受けたのは、外勤を終えて安芸鷹田市役所に与えられた己の席に戻り、帰り支度を始めた頃合いだった。

今日は朝一番のミーティングで昨晩司箭らから得た情報を共有したが、その後は守山と共に静櫛神楽団の中原を訪ねたり、鬼女面の一時収容場所を下見したりと外勤続きだった。思いのほか帰ってくるのが遅くなったため、事務方の広瀬と由紀子は既に帰宅した後だ。

結果、広瀬とは朝にお互いぎこちなく挨拶を交わしたきり、ほとんど喋れていない。

「——クッソ、だから言ったじゃねえか!! あんな封じチリ紙程度のモンだってよ！」

そう悔しげにがなったのは、他ならぬ「チリ紙程度の封じ」を施した当人だ。結界や封印といった、持続力を求められる呪術を不得手とする怜路は誰よりも、未だ鬼女面を警察から回収できていないことに焦っていた。

本当であれば一刻も早く鬼女面を市役所側に引き取り、すぐに再封印したいところだ。しかし昨日、神楽の後に司箭からそれは難しいと聞かされ、ならばせめて安全な一時保管場所をと考えていた矢先である。ちなみに引き渡しが遅れているのは、美郷や怜路ら呪術者側の事情ではなく、警察側の事務手続きの都合——重大事件のため捜査本部の指揮権を県警が持っており、証拠品である鬼女面の部外者への開示を許可する決裁に時間がかかったからだ。

「これだから！ お役所仕事は!!」

「流石に今回は反論できないな……」

厳正な事務手続きをいついかなる時も踏むことは、不正を防止するために大切なことだ。とはいえ、こうなってしまえば「臨機応変《りんきおうへん》！」「事後決裁!!」と叫びたくなるのが人情である。

「私もすぐ行きますけえ！」

と、定時を過ぎてから他部署の職員に捕まり、調整事務に走り回っていた守山が言った。先に行ってくれ、との意味だ。

「頼むぜ！　行くぞ‼」

言って錫杖を引っ掴み、事務室を飛び出す怜路に美郷も続く。市役所と、鬼女面が保管されていた安芸鷹田警察署は同じ通りに面しており、距離は五百メートルほどだ。車で移動するには、駐車場への回り道や駐車の手間を考えると近すぎるか——などと、美郷が逡巡する暇もなく、怜路は当たり前のように庁舎から飛び出し、藍色の薄暮に満たされた道を疾走しはじめた。美郷も必死に後を追う。

幹線道路である国道五十四号線より一本入ったその道は、市役所や警察署の他にドラッグストアやスーパーマーケットが道の脇に店を構えている。時刻はちょうど帰宅時間帯で、ヘッドライトを灯した車が黄昏時の道を行き交い、店へと出入りしていた。下手に車で出れば余計な時間を食ったに違いない。

十代の頃から山野で鍛え上げた修験者の足に敵うわけはないのだが、それでもあまり怜路を待たせることなく、軽く息が上がる程度で美郷も目的地に辿り着いた。今年のゴールデンウィークに運動不足を反省して以降続けている、日々のトレーニングの成果だろう。——なお、怜路は呼吸を乱してもいない。

到着した警察署で二人を迎えたのは、安芸鷹田署の刑事である西野だった。鬼女面の窃盗事件を担当していた彼は赤来が巴署に引き揚げて以降、なし崩しに美郷らとの連絡係を引き受けてくれている。鬼女面の事件が起きるまで、守山が警察と仕事を共にしたことはなかったというが、赤来とも面識があるらしい西野は美郷や怜路にも丁寧に接してくれていた。

「人質取ってやがるって？」

電話連絡で知った内容を確認した怜路に、西野が頷いた。

「万引きで補導されて来とった高校生の男の子に憑いて、補導しよった女性職員を……捕えとる、ようです」

若干《じゃっかん》歯切れの悪い表現に内心首を傾げながら、美郷はそうですか、と頷く。

「つまり人質は実質二人っつーワケか。周りはどうなってる、やっぱ警官が囲んでンよなあ……」

嫌そうに頭を掻き回した怜路に、それはもう、と西野が頷いた。何と言っても場所が警察署内である。篠原の事件のために来ていた県警の職員も含め、居合わせた警官が総出で取り囲んでいる状況らしい。当然ながら、衆人環視で呪術バトルはやりづらい。

場所は刑事課や留置課の入る本館二階の廊下で、建物の中央を貫く形の廊下は窓に面していないという。つまり窓を割って外へ飛び出す等の心配はない。そう話を聞きながら見上げた警察署の二階は、全ての窓の内側に横格子が見えた。逃亡や自殺を防ぐためのものだと、どこかで見聞きした記憶がある。

「では、逃亡を図るなら階段を下りるほかないですよね。階段は……来る途中、建物の背面に外階段が見えましたけど、内階段と合わせて二カ所ですか？」

恐らく騒ぎの渦中であろう、建物の二階部分を観察しながらの美郷の問いに、西野が是と返す。背面の外階段は本館の各階を繋ぎ、おそらく道場であろう別棟にも二階部分から渡り廊下を延ばして見えた。

「じゃあ二手に分かれる方がいいか……？　にしたって、お巡りサンをどうするかだなあ」

介護医療院の時と異なり、鬼女面は取り囲む警官たちへ攻撃を仕掛けては来ないという。警察側も人質を取られた状態で大きくは動けず、場が膠着《こうちゃく》しているらしい。

「僕も様子を見ましたが、人質になっとる警官いうんが、少年に捕まっとるやら凶器を突きつけられとるんじゃなしに、なんと言うんか……目には見えんモノで宙吊りになっておるように見えました。爪先立ちで、宙に浮いてはおらんのですが、苦しそうに首を掻き毟って……皆、様子が尋常じゃあ無ァもんで、下手に動かれんのです」

おそらくは鬼女面から伸びる、怨鬼の触手が捕えているのだろう。

「じゃあ、その人質んなってる奴を解放するのが先だな」

「だね。理由は断定できないけど、怨鬼がこの間ほど力を使わずにいるのはラッキーかな……。実際に見ないと判断できないけど、触手数本くらいなら不意打ちで式神か護法を飛ばせば弾けるかもしれない」

「鬼は攻撃されたのとは別の方へ逃げるはずだ。美郷、俺の護法よりはお前の式神の方がパワーあんだろ、俺は別の出口側に待機する。人質が解放されて、憑かれてる子供が取り押さえられてどうにかなりゃラッキーだが……じゃなけりゃ俺が塞ぐ方が効率が良い」

鳴神の秘術である美郷の式神は、怜路が紙で折る護法よりも器用で頑丈だ。そして筋力や体術は怜路の方が優れている。そう手早く作戦を立てて、美郷は屋内の階段へ、怜路は建物裏の外階段へ向かった。

外階段の出入り口は当然施錠されているため、西野は怜路と共に建物裏へ回ることになった。美郷は、西野が呼び寄せた若い制服警官に階段室まで案内してもらう。事情を知らない職員に呼び止められないよう、その警察官に少し後ろで待機してもらいながら、美郷は階段室内で手持ちの水引を結んで、手早く攻撃用の白燕を二羽作った。

二階の廊下は、階段室にいても分かるほど不穏な気配に満ちている。様子を窺いながら廊下へ出ると、鬼を警察官たちが囲んでいるのは曲がり角の向こうらしかった。安芸鷹田警察署は、正面玄関や背面外階段のある長辺を南北、側面を東西に面して建つ直方体型の建物である。そして美郷が出た場所は、本館の東側面を走る廊下だった。騒ぎが起きているのは、建物中央を縦断する廊下の、西側奥らしい。

怜路が西野と共に入る外階段側出入り口は、建物背面のちょうど真ん中どころにあった。外階段からの通路と中央廊下も直交する形になるため、怜路も曲がり角の陰に待機することができる。美郷と怜路では、怜路の方が鬼との距離が近い。

特別広くも狭くもない中央廊下の、直管型ＬＥＤ照明に照らされた奥側に人だかりがある。制服の者も私服の者も見えたが、皆口々に鬼へ――鬼に憑かれた少年へ声を掛けていた。

（うっ――拙いな、人の頭が邪魔で状況が見えない）

　おかげで少々中央廊下へ出たところで鬼から美郷も見えはしないだろうが、攻撃目標を目視できない状態で白燕を撃つのも不安だ。何か踏み台になる物を、と辺りをキョロキョロ見回していると、同行してくれている警察官に何事かと訊ねられた。

「あ、いえ、僕の背じゃ向こうが見えなくて……何か踏み台がないかと思いまして」

　美郷の身長は、同年代の日本人男性の中でも丁度真ん中程度だ。格別に身長コンプレックスを感じた経験もないのだが、見るからに己より恵まれた体躯を制服に包んでいる青年に対し、「背丈が足りなくて向こうが見えない」と述べるのはいささか決まりが悪い。年若いこの警察官は、たまたま西野に呼び止められただけの一署員である。美郷や怜路が何を生業にしているのかも知らないであろう彼に、どんな目で見られているのか――できるだけ考えないよう努めていた美郷は、後ろ頭を掻きながら半端にへらりと笑うしかない。

「でしたら、本官が抱えて差し上げましょう」

　しかし、相手の年若い警察官は、美郷のおどおどとした態度など意にも介していない様子で、そんな提案と共に太い両腕を緩く広げた。思わず美郷は「へっ⁉」と高い声を上げかけ、慌てて片手で口を塞ぐ。抱えるとは、一体どうするつもりなのか。想像もつかず凍り付いた美郷の前で、何の他意もなさそうな青年は「それが一番早いでしょう」と小首を傾げる。

　了承したものか判断しあぐねて彷徨《さまよ》わせた視線の先で、己よりもひとつ奥の曲がり角――外階段から繋がる通路と、中央廊下のぶつかる地点で壁に張り付いている怜路と目が合った。その顔が「何やってんだテメエ」と言っている。

確かに、悠長に踏み台を探している暇はない。肚《はら》を括って美郷は頷いた。

「お願いします。両手を空けておく必要がありますけど、大丈夫ですか？」

「お任せください。向かい合わせで腿の辺りを抱えますので、本官の腹に膝を置くつもりで体重を乗せてください」

言って、青年警察官は中央廊下を背にして美郷と向かい合い、腰を落とす。「失礼」という短い言葉と共に、まさにヒョイと尻の下辺りを抱え上げられてしまった。恐らく美郷は平均体重よりも軽い方だが、それでも軽々持ち上げられるのは流石である。

事前の指示通り、相手の腹と密着している膝近辺を支点に上体を起こし、美郷は目的の方向へ視線を投げた。今度はゆうゆうと人垣の向こう側が見通せる。果たして、そこには学生服を着た鬼と、その頭——少年が被る鬼女面から伸びた触手のような長い腕に首を掴まれ、つま先立ちになっている女性警察官が見えた。美郷は用意していた水引の白燕を両手で挟み、目を伏せて霊力を送り込む。

「神火清明、神水清明、神風清明、急々如律令！」

呪を唱えて両手を離す。その隙間から、二羽の白い燕が飛び出して廊下の天井すれすれを舞った。——まずは、鬼女面から伸びている長い腕を襲って女性警察官を解放する。そう美郷が念じた通り、白燕の一羽目が女性の喉を掴む鬼女面の腕へ、嘴から体当たりした。燕が力負けした時のために、二羽目も全く同じ位置を狙っていたのだが、驚くほど手応えなく、あっさりと鬼女面の腕が燕に引きちぎられて霧散する。突然解放された女性はその場に頽れ、激しく咽《む》せた。

　間近を旋回する白燕を追い払おうと、学生服を纏った実体の腕が振り回される。腕を躱した二羽の白燕は、鬼の視線を誘導しながら美郷へ戻って来た。鬼の注意が美郷へ向く。その隙を逃さず、取り囲んでいた警察官たちが一斉に鬼を――鬼女面に憑かれた少年を取り押さえにかかる。怜路もまた、通路の陰から飛び出して身構えたのが見えた。

（先日の件で、怨鬼も消耗しているのかも――）

　白燕に感じた手応えのなさに、美郷は一瞬そう期待した。しかし、事はそう簡単に運ばない。肉体鍛錬とはあまり縁のなさそうな少年の細い四肢が、訓練された警官を振り払って包囲網を抜け出す。中央廊下を駆け出したその正面に、錫杖を構えた怜路が立ちはだかるのを、床に降ろされながら美郷の視界が捉えた。

　鬼女面を憑けた少年が、怜路の姿に気付いて立ち止まる。少年の背後から、警察官たちが再び掴み掛かろうとした。しかし鬼女面から伸びた、常人の目には映らぬ腕で薙《な》ぎ払われる。先頭の数名が吹っ飛ばされて、後続の者にぶつかった。警察官たちの勢いが止まる。

　――不意に、その場に静止した鬼女面の口から、湿った音を立てて何か大きな塊が溢れ出てきた。人間の頭より二回り以上大きな鬼女面の、大きく横に裂けた口から吐き出されたモノを、美郷は注視する。

　それは、人間の頭だ。

　更に胴が、手足が重力に引きずられるように鬼女面の口から現れ、べしゃりと床に落ちる。

粗末な着物を纏い、土気色の肌をした老女だった。

落ち窪んだ目のどろりと濁った老女は、のろのろと立ち上がった。細い体をくの字に折った少年──否、その被る鬼女面から、続けて二体、三体と年齢性別も様々な、しかし、一様に近世以前と思われる服装の屍《しかばね》が──到底生者のものでない肌の色と顔つきをしたモノたちが吐き出され、立ち上がる。それらは場に居合わせた全員の目に映る存在らしく、中央廊下は恐怖に引き攣る呻きに溢れた。

屍たちは、怨鬼と相対している怜路の方ではなく、背後で慄《おのの》く警察官たちの方へ向かう。まずい、と美郷は白燕を繰り出した。傍らの青年が、「ゾンビ……」と呟く声が耳に入る。白燕は先頭を歩く老女へ襲いかかったが、あえなくその腕に打ち払われて床に落ちた。

(さっきまでの見えない腕とは別物だ。滅茶苦茶硬い──実体があるのか……!?)

可能性があるとすれば先日の篠原や目の前の少年同様に、鬼女面に憑かれ、怨鬼に喰われた者たちだ。篠原は、高校や介護医療院に出没した時点で既に死亡していたらしいが、その亡骸《なきがら》は怜路によって鬼女面から引き剥がされている。既に葬儀も済んだと報告を受けていた。

だが、湯治村でものけたちの神楽の後に聞いた司箭の話によれば、彼のように怨鬼に憑かれた者の末路は、肉体も魂魄も怨鬼に喰われ、鬼女面の中にある異界とも呼べる場所へ永遠に囚われてしまうことだという。怨鬼はそうやって内側に己と同じく怨みの念を抱えた者どもを閉じ込め、その力を増してきたらしい。

(──ということは、吐き出した本体は少し弱体化しているはずだけど……それでも、あの鬼女面に怨鬼が憑いた時、どれくらいの被害を出したのかまでは司箭でも分からないと言っていた。油断はできない。それに……)

美郷の白燕が全く太刀打《たちう》ちできない様を眼前にして、怜路が鬼本体と奥の屍たちの間で視線を彷徨わせた。少年と警察官ら、どちらの保護に回るべきか逡巡《しゅんじゅん》しているのだろう。美郷は怜路の方へ駆け寄る。

「怜路、あっちのゾンビはおれが」

そう、錫杖を構えた背中に声を掛けた。特別な理由がない限り、当初の予定通り少年を怜路に任せる方がよいだろう。怜路は鬼を注視したまま、無言で軽く頷く。

屍たちは緩慢《かんまん》な動作で警察官らの方へ向かっている。対する警察官のうち数名は、屍に向けて銃を構えていた。鬼女面に憑かれた少年は、屍を吐き出す際に体を折り曲げた姿勢のまま、両腕で己を抱いて肩で息をしている。憑かれている側に負担が掛かっているのだ。鬼女面に憑かれた状態で超人的な動きをした篠原の遺体も、体の至る場所が損傷していたらしい。鬼女面は、手足としている人間の体の限界など考慮しないのだろう。

美郷は少年の横を小走りにすり抜け、屍の背を追う。鬼女面からの襲撃も警戒したが、屍を吐き出した直後の怨鬼にその余裕はないようだ。

(おれが――って言っても、この相手じゃ暁海坊《ぎょうかい》の神刀を使うのは無理だ。白太さんが食えないモノは、たぶん神刀では斬れない)

お巡りさんの眼前で日本刀を振り回すことになるのが嫌、という話ではない。先日の介護医療院でも神刀を全く使えなかったのは、（蛇が嫌いな広瀬の手前で、白蛇の中にある神刀を出すタイミングを見付けられなかった上に、白蛇が怨鬼の気配に過剰反応してしまったせいでもあるが）鬼が、白蛇が好物としない「人間の情念の凝り」であるからだ。

怜路と縁の深い、瀬戸内《せとうち》の島に暮らす天狗から貰った神刀は、美郷というより白蛇へと与えられた。そして神刀は白蛇のものとして腹に納まった瞬間から、単にもののけを斬る存在ではなく、白蛇の一部として「斬ったモノを喰う」存在に変わったらしい。それが、日常業務の間に何度か神刀を試して得た結論だった。

――あれ、中身ある。まだ生きてる？　生きてる違う？

その白蛇が、困惑した様子の声を美郷の中で上げた。白蛇には、あの屍が「まだ生きている」ように感じられるらしい。だが、美郷の視界に映る、明らかに屍然とした姿も白蛇には共有されている。どうやらその矛盾に白蛇は混乱しているらしかった。

（彼らが怨鬼に囚われた人々なら、魂魄がそのまま中に残っている。それが原因かな。――何にしても、止めないと。三体同時……やるしかない！）

選択の余地はない。神刀で滅することができない以上、呪術を使って縛す他ないのだ。

「臨兵闘者皆陣列在前。緩くともよもやゆるさず縛り縄、不動の心あるに限らん。不動明王正末の御本誓を以てし、この悪魔を搦めとれとの大誓願なり！」

両手の指を絡めて不動明王羂索印を結び、美郷は、悪鬼を捕縛する不動明王の縛り縄を屍たちに伸ばす。不動金縛りの術だ。

「ノウマク　サンマンダ　バザラダン　カン　オン　ソンバ　ニソンバ　ウン　バサラ　ウン　ハッタ　オン　アミリテイ　ウン　ハッタ　オン　シュッチリ　キャラロハ　ウン　ケン　ソワカ　オン　バザラ　ヤキシャ　ウン」

素早く印明を行い、五大明王の降魔の力を縛り縄に宿らせた。

「オン　ビシビシ　カラカラ　シバリ　ソワカ！」

屍たちの動きが止まる。ただ、三体おのおのの抵抗が返ってくる美郷には、相応の負荷が跳ね返った。ぎしりと奥歯を軋ませそれに耐え、美郷は戸惑った様子でこちらを見ている、奥の警察官らに言った。

「今のうちに、退避してください！」

——突然警察署内に現れた、ロン毛に真っ赤な作業着、そしてワイシャツとスラックス姿の男にそう言われて、警察官たちが何を思ったかなど美郷には分からない。当たり前の視界しか持たぬ一般人にしてみれば、美郷の行動はただの奇行だろう。しかし、起こった事態や眼前の屍の尋常でなさ、そして事実この時、屍が動きを止めていること、何より横合いから響いた声——「コッチじゃ！　早う退避せぇ!!」という、警察官らの背後にある事務室出入り口からの西野の指示が、彼らを動かした。西野は怜路と共にいたはずだが、別の出入り口から事務室内に回り込んで、美郷を支援してくれたのだろう。

ある者は負傷者を介助し、ある者は退路を守るように屍たちに銃口を向けながら、警察官たちが統率の取れた動きで撤退《てったい》する。美郷の背後では激しく錫杖を打ち鳴らす音と、怜路が少年に呼び掛ける声が響いていた。怨鬼を少年から引き剥がしに掛かっている様子だ。

警察官らの撤退が完了したのを見届けて、美郷は慎重に数歩後退した。背後にあった鬼と怜路の気配は遠のいている。可能な限り距離を取り、美郷は結んでいた印を解いた。

(素早く懐に手を突っ込んで、鉄扇と封じ符を取り出す！)

先日の失態を反省し、以来それらを常に携行しているのだ。

屍たちは緩慢な動作で美郷を振り返る。三対の濁った目玉がこちらを見定めた。

「ほんと、まるでゾンビだな……。頼むから大人しく封じられてくれよ――！」

温泉と神楽で英気を養ったとはいえ、こちとら病み上がりである。丸一日の外勤後に、三体同時に縛した時点でかなり体力を消耗していた。

(封じ符は敵の動きを止めるもの。枚数はある。大丈夫だ)

そう自分を奮い立たせ、美郷は鉄扇を構えた。

怜路は怨鬼に憑かれた少年と相対していた。

鬼女面はその大きな口から屍を吐き出し、かかった負荷に、体をくの字に折って少年が動きを止める。その隙に面を引き剥がせないものかと、怜路はサングラスを下にずらして天狗眼で少年を視た。

(――クッソ。かなりビッチリ憑いてやがるな……無理矢理剥がせば子供の方に負担がかかる。どうやってアレを落とすか……）

先日介護医療院で怜路が視たのは、男の屍とそれを操る鬼女面の姿だった。赤来には翌日釘を刺されてしまったが、怜路の眼に、憑かれた男の死は明らかだったためかなり乱暴な落とし方をしたのだ。だが、憑かれた相手がまだ生きている状態で同じ真似はしたくない。

目の前の少年は、鬼女面から伸びた細かな触手に全身を搦め捕られている。その様子はさながら、網に掛かった獲物だ。

「おい、聞こえるか。必ず助けてやる。その鬼女面に屈するなよ。俺が助けてやる。必ずだ」

少年に向けて声を掛ける。返事はない。期待もしてはいなかった。ただ、届いていればその方がよい。恐らく、憑かれた少年は苦しいはずだ。相手は怨みの異形と成り果てた鬼である。その相手に憑かれる――すなわち心身を支配される苦痛は相当であろう。更に怨鬼は、憑いた人間の体を大切にする気配がない。無茶な使い方をしているのは先ほども見えた。怨鬼は少年の手足が折れても千切れてもお構いなしなのだ。

「諦めるな。絶対にどうにかしてやるから」

災害救助の際に声掛けをするのと同じである。その身を救けようとする者の在ることを、本人に知らせ、励ます必要があった。

のろのろと少年が頭を上げた。その体が僅かに沈む。腰を落として構える様子に、怜路もまた身構えた。相手が再び無茶な動きをする前に、動きを封じる必要がある。体の痛みも損傷もお構いなしの動きをされれば、少年を保護しながら取り押さえるのは難しくなるからだ。

「オン　カカカ　ビサンマエイ　ソワカ　オン　カカカ　ビサンマエイ　ソワカ」

障碍《しょうげ》を滅し、苦しみの世界に堕ちた者を救うといわれ、子供の守護者ともされる地蔵菩薩の真言を唱えて錫杖を鳴らす。高く響き渡る破魔の音に、少年が両耳を塞いで苦しみ始めた。

「耳を塞ぐな！　その苦しみはお前のモンじゃ無ェ。――オン　カカカ　ビサンマエイ　ソワカ。聴け！　コイツはお前を苦しみから救う音だ！　両手を耳に押し当ててるな、その手で、目の前を覆ってやがる悪魔を引き剥がせ！　オン　カカカ　ビサンマエイ　ソワカ!!」

怜路の呼び掛けに、少年が反応する。耳を塞ぐ両手が緩み、鬼女面越しの顔が怜路を向いた。

「――大丈夫だ。絶対にその苦しみは終わる。俺が絶対に助ける。だから頑張れ、そいつに屈するな」

地蔵菩薩の真言と錫杖の破魔の音によって、鬼女面による少年の支配が弱まっているのだ。少年の震える指が、顔を覆う鬼女面に掛かった。その様子を注視しながら、怜路は錫杖を鳴らし地蔵菩薩の真言を唱え続ける。天狗眼の視界に、少年の抵抗によって怨鬼の縛めが引き千切られていく様子が映った。怜路は少年との距離を詰める。少年が怨鬼の支配を振り切った瞬間に、鬼女面を引き剥がして少年の安全を確保するためだ。

「裕也《ゆうや》ちゃん！」

しかし、怜路が鬼女面に手を伸ばす寸前、怜路の背後で女の金切り声が上がった。びくりと体を震わせて、少年が動きを止める。

「さがってください。今は近付いたら危険です！」

声の主を制止しているのは、どうやら守山だ。それに派手に噛み付く金切り声が、警察署の窓の無い廊下を震わせた。曰く、自分は少年の母親だ、と。しかし目の前の少年は、母親の登場に安堵した様子には到底見えない。再び鬼女面の触手が息を吹き返し、少年を縛め始めている。

怜路の背後では守山の他に、警察官らしい男の声が少年の母親を説得していた。怜路はそちらを振り向くことも、嘴を挟むこともできない。ただ、少年が怨鬼に抗えるように錫杖を鳴らし続け、真言を唱え続ける。

(――警察署の廊下に、学生服姿の子供……補導されたトコを狙われたんだったか……んで、呼ばれた親が到着した。万引きだか何だか、事情は知らねえが――親の登場は、逆効果ってワケか)

保護者は本来援軍のはずだが、明らかに形勢が悪くなっている。

(多少手荒になるが、灼いちまう方がいいかもしれねえ)

灼くというのは、不動明王の火焔で鬼女面の触手を、という意味だ。その火焔は人間を傷付けることのない浄化の炎である。だが、少年は怨鬼と感覚を共有している様子だ。その状態のまま怨鬼の触手を灼くのはリスクに思える。そう怜路が逡巡している間の出来事だった。

背後に気配がもうひとつ増えた。成人男性らしき重たい足音と不機嫌そうな低い声が、背後を飛び交う会話に加わる。少年の母親を叱責する声の直後、怜路の背後に近付いて来たその男は——少年の父親は言い放った。

「裕也、なにをふざけている。こんな騒ぎを起こして恥ずかしくはないのか！」

瞬間、怨鬼の触手が力と勢いを増した。少年はその細い両肩を、化物にでも相対したかのように震わせ始める。これは、駄目だ。怜路はそう判断して真言を止めた。少年の両親は、今この場では鬼女面を祓う障害にしかならない。

(開口一番くらい心配してやれ——っつーのは、贅沢《ぜいたく》な要求かねェ！　くそったれ!!)

「ノウマク　サンマンダ　バザラダン　カン!!」

荒療治となるが致し方ない。常人の目には映らぬ不動明王の火焔が、少年ごと鬼女面を包んだ。少年の口を借りて、怨鬼が化物じみた悲鳴を上げる。怜路は錫杖を横へと投げ置いて、ポケットから独鈷杵を取り出し少年を正面から抱き込んだ。錫杖の廊下に転がる音が響く。藻掻《もが》く細い体を捕えた怜路は、狙い違わず鬼女面のこめかみ辺りに、少年の側から独鈷杵を打ち込んだ。

面が引き剥がされて宙を舞う。少年を庇いながら、怜路はそれを目で追った。

「怜路！」

屍たちを処理したらしい美郷が、廊下の奥から走り寄ってくる。怜路の腕の中の少年はぐったりと脱力していた。

「美郷、鬼女面を抑え——」

ろ、とまで言わぬ間。万有引力に逆らった鬼女面は廊下の床を拒絶し、目の前に立つ男へ飛び掛かった。裕也少年の父親だ。

「うわっ！　うわああああああ!!」

鬼女面が、男の顔を覆う。狂乱した男は廊下を取って返し、外階段へと飛び出してゆく。美郷がそれを追って走った。怜路は、意識を失ったらしき少年の保護が最優先だ。

再び場の混乱する中、怜路は意識のない少年を廊下の端に横臥させる。脈を取り、外傷の状態を確認した。無茶に振り回された――鬼女面が警察官から逃れるために振り回した腕は、おそらく負傷している。

守山も美郷の後を追う姿が見えた。その傍らで、少年の母親らしき中年女性を抑えていた年若い男性制服警官がこちらに歩み寄ってくる。

「アンタ、視えてるタイプかい？」

その足取りの迷いの無さに、怜路は思わず訊ねた。もののけの類いに慣れていなければ、もう少しおっかなびっくりになるだろう。しかし青年警察官は首を横に振る。

「いいえ。本官は全くのゼロ感人間であります。ただ、先日お見かけした貴方や相棒の方に少し興味を持っておりました。ひとまず彼を医務室へ運びます」

なるほど、ごく稀に存在する――おそらく、怜路よりも美郷の方が遭遇率の高い、「好意的な一般人」だ。たしか、先ほど美郷を抱き上げていた青年である。

「任せていいか。もうこの子に関して、俺の仕事は残ってねえはずだ。――そうだ。あと、あんたらの決まりに触れなけりゃ、コイツをこの子に渡してやってくれ」

場を譲るように立ち上がり、怜路は名刺を一枚、青年警察官に差し出した。少し首を傾げて、警察官は名刺を受け取る。

「アフターケアですか」

「いや……まあ、それもあるが……後遺症やらトラウマやら見るのはあんたらでやってくれや。もし俺らの出番がありそうなら、西野サンなり守山サンなりから連絡をくれ。それよりも……そうだな、伝言頼めるか。何だって構わねえから、誰かに聞いて欲しいコトがある時には、連絡寄越せと伝えてくれ。あとそれから、他人がくれる優しさは所詮『他人事の優しさ』かもしれねえが、ソイツは嘘でも偽物でも無ェと」

胸に残った苦々しい気持ちを押し殺して、怜路は青年警察官に頼む。言ったところで、意図が少年に伝わるかは分からない。だが、目の前で実父から理不尽に詰られる少年を見てしまった怜路が、彼にできる精一杯だ。そして怜路は彼と同じ年頃の時分、その他人事の優しさを端々から掻き集めて生き延びたのだ。

一旦名刺に視線を落とし、少年の傍らにしゃがみ込んだ青年は、怜路を見上げて苦笑した。

「承知しました。ですが——その言葉はぜひ、直接掛けてあげてください。今後の容態や経過は市役所へも共有するよう頼んでおきます」

そりゃどうも。怜路はそう決まり悪く項《うなじ》を掻いて、傍らに転がっている錫杖を拾い上げた。

一方の美郷は、怨鬼に憑かれた男の後を追い掛けて外階段へと飛び出した。男――少年の父親は、口からは盛大な悲鳴を上げ、両腕はバタバタと振り回して鬼女面を拒みながらも、その脚だけは怨鬼の意思に従って全速力で逃亡を試みている。男は十メートルに満たない廊下を上半身の動きに見合わぬ速さで走り抜け、飛び降りる勢いで階段へと躍り出た。

（怜路なら追い付けるかもしれないけど――!!）

その常軌を逸した動きについて行けず、悪態を吐きながら美郷は階段を駆け下りる。辺りは既に宵闇の中で、向けられた投光器が美郷の網膜を灼いた。先日同様、建物の周囲には赤い回転灯がいくつも光り、物々しい雰囲気が辺りを包んでいる。警察官らが建物を包囲しているのだ。鬼女面を憑けた男を追って見回す視界には、機動隊らしき武装警察官の姿も見えた。彼らもまた鬼女面を――否、恐らく、彼らは鬼女面ではなく男を取り押さえるために慌ただしく動く。

（彼らが足止めする間に緊縛呪を――）

美郷が地上に足を着けた時、既に鬼女面を憑けた男は警察官らと揉み合いになっていた。

「止まれ」と鋭く制止する警察官らを前に、男が声を張り上げる。

「やめろ!!　助けてくれぇ!!　なんで俺が警官に囲まれなきゃならないんだ!　俺は何もしてない!　やめろぉ……俺は何も悪くないぃぃィィィ!!」

その声音は、かなり錯乱《さくらん》している様子だ。彼らの近くまで追いつき、印を結ぼうとした美郷に警察官の一人が気付いた。

「君、どういう所属だ？」

問いかけと同時に右手首を掴まれる。内心舌打ちしながら美郷は警察官へ顔を向けた。

「市役所の者です、詳しくは西野刑事に。今はあちらを取り押さえないと」

美郷の言葉に、壮年の警察官は「市役所ぉ？」と怪訝な顔をした。説明の時間が惜しい。周囲に知った顔が居ないか見回すと、ちょうど後ろから追い掛けて来た守山が状況に気付いてくれた。守山は警察官と美郷の間に入り、やんわりと警察官の手を外す。「こちらは任せろ」と目配せをされ、美郷は目顔だけで頷いてその場から数歩離れた。

そうしている間も、警察官に囲まれた男は逃走を試みている。しかも、奇声じみた訴えの声――俺は悪くない、という主張が大きく激しくなるにつれて、その動きは力強く俊敏になっていた。

(まずい……警官に包囲されたショックで精神を追い詰められて、怨鬼の支配が強まってるのか――早く足止めをしないと)

面に憑かれた篠原は、徒歩ではありえない速度で広瀬らのいた高校から介護医療院までを移動していた。おそらくは、怨鬼の力で異界を渡ったものと思われる。ここで取り逃がして、異界に逃げ込まれてしまえば厄介だ。

街中で、最も身近にある異界の入口は「辻」である。道と道が交差する辻は、魔のモノの出入り口、あちら側との接点なのだ。そして大変具合の悪いことに、安芸鷹田警察署は、三叉路に接して建っていた。つまり、署の敷地のすぐ外が辻なのである。そして鬼女面を憑けた男の体は、既にあともう数歩で警察署の敷地を逃れ、辻にその足を踏み出せるところまで来ていた。

ここから悠長に、不動金縛りの呪を唱えている余裕はない。

焦って周囲を見渡す美郷の目に、思いがけぬ足止めの術《すべ》が映った。――長く伸びた男の影だ。警察の用意した投光器によって、ちょうど機動隊を振りほどいて逃れようとする男の足下から伸びる影のひとつが、美郷のすぐ近くまで届いていた。咄嗟に美郷はそれを、霊力を込めて勢いよく踏みつける。

「走り人　その行く先は真の闇　後へ戻れよ　アビラウンケン！」

影を縛られ、男の動きがピタリと止まった。男を取り押さえに警察官たちが群がる。男は引き倒されて捕縛された。鬼女面を、不用意に他の者へ触らせるわけには行かない。美郷は駆け出す。

「鬼女面を確保します。どいてください！」

何事かと美郷の方へ顔を向ける者が数名。「面？」と怪訝げに顔を歪める者と、驚きながらも場を譲ろうとする者とがあった。その奥で、捕縛された男が――その顔に憑けた鬼女面が視線を上げ、美郷を向く。

と、次の瞬間。――めりっ。と、まるで顔の皮そのものを剥ぐかのような湿った音を立てて、男から外れた鬼女面が宵闇の空を舞った。男の体が頽れる。

た、という音が美郷の口の中に消える頃には、鬼女面は自らを、警察署が面している三叉路へと投げ出していた。

「しまっ――」

その姿が、ふわりと闇に溶ける。

(逃がした――!!)

思わず屈み込んで膝を掴む。

(って、へこたれてる場合か！　すぐ隣の辻に移動してるかもしれない。追わないと！)

ひとりでに宙を舞った鬼女面と、失神したらしい男に周囲はざわついている。美郷はすぐさま顔を上げて、視線を巡らせた。辺りはここが毛利の城下町であった頃から続く古い街並みだ。歴史建築の保存度はあまり高くないのだが、細かく小路が交叉している。つまり、隣の辻が近く、そして多い。既に辺りが宵闇に沈んだ中、肉眼で隣接する辻を確認することは叶わないが、どうにかして鬼女面を追えないものかと美郷は考える。

「やはり、辻を渡りよりましたか……」

警察官の説得に成功したらしい守山が、美郷と並んで悔しげに言った。

「すみません、逃げられました……辻を渡っているなら、近隣の辻を封鎖すれば抑え込めるでしょうか」

美郷も悔しさに拳を握りながら訊ねる。気持ちは焦るが、単独で闇雲に動いたところで鬼女面を捕えられるとも思えない。守山もまた、遠く向こうの辻を見透かすように、長く垂れた眉の下で目を細めながらそれに頷いた。

「署の鑑識係からここまで大した距離じゃない中を、どうにも人に憑いて移動した言うことは、人間を足に使わねば長距離動けんのんやもしれません。憑かれた者《もん》を連れて行かれるんは阻止できましたし、動きは鈍うなるんじゃなァかと思います。近隣の辻に見張りを立てて、今晩は様子を見ましょう」

　見張りですか、と、美郷は守山に問い返した。ちょうど怜路が、建物から飛び出して来るのが視界の端に映る。

「ええ。まずは狩野さんらと手分けをして、一番近い辻を見張っとってください。その間に私の部下を呼んで来ましょう。私の部下は夜目が利きますし、何より、人間の怨念に憑かれる心配は無ァですけえな。今晩はあれらに番をして貰うて、明日以降のことは改めて作戦を練りましょう」

　守山の部下――とは、つまり郡山に暮らす狐の一族だ。「ひとまず手配をしてきます」と言い置いて美郷の傍を離れた守山は、するりと辺りの闇に溶けて消えた。こちらへ向かってきていた怜路が、それを視線で追って目を丸くする。

「守山サンどこ行くって？　狐ンなって全力疾走してたが」

「鬼女面に、辻に逃げ込まれたんだ。だから近隣の辻に立てる見張りの手配。今夜は守山さんの部下たちが見張ってくれるらしいから、おれたちはとりあえず直近の辻を手分けして押さえよう。守山さんが戻ってきたら明日以降の方針と、役割分担を決めないと……最初に憑かれた男の子は大丈夫そう？」

美郷の問いに、少し苦々しげな顔をしつつも怜路は頷く。

「ああ。ひとまずは問題無ェはずだ。しかし――ったく、最悪だな……面倒くせえことが発覚した矢先によ」

怜路が零した呟きに、美郷は無言で小さく頷く。昨晩、神楽観劇の後に美郷らは司箭から教えられたのだ。――あの鬼女面は、特別な方法でしか封印できないであろうと。よって今日の昼間は、すぐには封印しきれぬ鬼女面を閉じ込めるための場所の確保に奔走《ほんそう》していた。

「とりあえず急がないと。怨鬼を辻から出したくない」

「俺とお前だけで……ケーサツ巻き込めってなァ、なかなかキツいぜ？」

言われて、美郷は思わず周囲を見回した。守山が席を外した現状、美郷らと話ができるのは西野のみだ。

「やれるだけのことをやろう。警察の人たちも全員が全員、何も知らないわけじゃなさそうだ」

美郷の「鬼女面の捕縛」という言葉を、了解した雰囲気の者も中にはいた。それに、先ほど美郷を抱え上げてくれた警察官のように、詳しい事情は知らずとも協力してくれる者もいる。怜路も仕方なさそうにそれに頷き、二人は彼らの協力を仰ぐため、戸惑いの視線を向けて来る警察官たちの方へ駆け出す。

司箭が示した「方法」は美郷らが経験したことのない大掛かりなもので、準備にも多くの時間が掛かるだろう。今このタイミングで鬼女面を再び追わねばならないのは、全く頭の痛い話だ。何ひとつ思い通りに進まない事態に、焦る気持ちも大きい。

（だけど、方針は司箭に示して貰えた。たぶん大勢の協力を頼むことになるけど……もう、これだけ大事件になってるんだ。うじうじ考えてないで、正面から協力をお願いしよう。まずは警察の人たちに――もう二度と、あんな惨状を見たくはない）

決意を新たに美郷は背筋を伸ばし、肚に力を入れ、表情を引き締めて凜と声を張った。

「今から鬼女面の逃走ルートを断つために、近隣の辻を押さえます。西野さん、それから他の方もご協力ください。行動は必ず二人以上で、鬼女面と遭遇したら必ず僕か彼を。よろしくお願いします！」

美郷の言葉に頷いた西野が周囲を促し、あっという間に班分けされた警察官たちが周囲の辻へ散開してゆく。その様子に内心でほっと胸を撫で下ろしながら、怜路と視線を交わした美郷も近くの辻へと向かう。

――美郷や怜路のキャリア上、そして特殊自然災害係としてもかつてないほど「一般人」を巻き込んだ、鬼女面の怨鬼封じが始まろうとしていた。

あとがき

この度は、陰陽師と天狗眼第4巻をお手に取ってくださり、ありがとうございます。いよいよシリーズ四冊目、本編読了の方はご承知のとおり、物語は次巻へ続きます。物語の結末まで是非ともお見せしたいので、何卒応援よろしくお願いいたします！

さて、今回の舞台は広瀬の出身・安芸鷹田市です。実在の地名は「安芸高田市」なのですが、巴市同様に名前をもじっております。安芸高田といえば神楽！　中でも、私の大好きな新舞!!　ということで、読まれた方の中には「神楽」そのものが身近でない方も多くいらっしゃるかもしれませんが、今回はどうにか魅力が伝われば良いなと思いながら書かせて頂きました。作中に登場する神楽門前湯治村は実在の施設で、温泉や名物料理の描写は実際に足を運んで確かめながら書きました。こちらも魅力が伝わっていれば嬉しいです。

今回はシリーズ主人公の美郷とは別に、美郷の旧友である広瀬が「主役」として活躍します。といって、物語の中で「主役を張る」ということは、つまり「何かしらの葛藤に直面する」ことと同義。よって今回の広瀬は大いに悩んでおります。彼の立場は「普通の人」。美郷のように特別な「主人公」の隣で生き、本人は自分をつまらない脇役だと思っています。

私も広瀬や由紀子同様、自分は「特殊で特別な主人公」の隣に居るつまらない脇役だ、と思いながら若い時期を過ごしました。今回の物語は、そんな若い頃の自分に言ってあげたい言葉が詰まっています。もし同じような辛さを抱えている人に届いたら嬉しいです。

そしてちょうど五年前、本作のＷＥＢ連載を始めた頃、私のメンタルは作中の篠原そのものでした。己が今書いている「辛さ」に果たして解決策は出るのか、甚だ疑問のまま執筆していた記憶です。その後シリーズの書籍化を経て、私の環境や気持ちも随分と変化しました。先日ようやくＷＥＢ連載を完走できたのですが、五年の歳月で得たものを全て詰め込み、作中人物たちも成長させられました。作品を通して出会えた皆様のおかげと感じています。

今回も、沢山の方に支えられての刊行となりました。先行しているＷＥＢ連載に伴走したり、書籍化作業を励ましてくださった皆様、素晴らしい装画をくださいましたカズキヨネ先生、装丁デザインをご担当くださいました大岡喜直様。そして何より「おんてん」をネットの海で発見してくださった担当編集の尾中麻由果様。本当にありがとうございます。

表紙には広島神楽の鬼女面と共に、普段の和柄とはひと味違う「神楽衣装の装飾」をふんだんに取り入れて頂きました！　自慢の神楽をヨネ先生の絵と共に全国発信できることが嬉しくてたまりません。ダークな雰囲気の装画でありながら、ことのは文庫らしい爽やかさのある装丁も流石の一言で、毎回本当に「プロって凄いなあ」と感激しております。

それでは、是非とも次巻でまた、皆様とお会いできますよう願って止みません。

２０２４年　10月　吉日　歌峰由子

ことのは文庫

陰陽師《おんみょうじ》と天狗眼《てんぐがん》
―クシナダ異聞《いぶん》・怨鬼《えんき》の章《しょう》―

2024年11月28日　初版発行

著者　歌峰由子《うたみねよしこ》
発行人　子安喜美子
編集　尾中麻由果
印刷所　株式会社広済堂ネクスト
発行　株式会社マイクロマガジン社
URL:https://micromagazine.co.jp/
〒104-0041
東京都中央区新富1-3-7 ヨドコウビル
TEL.03-3206-1641 FAX.03-3551-1208（営業部）
TEL.03-3551-9563 FAX.03-3551-9565（編集部）

ISBN978-4-86716-660-4　C0193